# 나이트비치

NIGHT
BITCH

레이철
요더

고유경 옮김

나이트비치

황금가지

나의 어머니와

모든 어머니에게

차례

1부

스스로 나이트비치라고 이겼을 때는 그저 자조 섞인 가벼운 농담을 던진 것에 불과했다. 여자는 자신을 기꺼이 놀릴 만큼 시원스러운 사람이었다. 분명 틀에 박히지도 아주 예민하지도 않았고, 작정하지 않고 던진 비아냥을 가볍게 웃어넘기지 못할 만큼 별나게 고지식하지도 않았다. 하지만 이 새로운 별칭을 붙이고 나서 며칠 동안, 여자는 자기 목덜미에 수북이 돋아난 까맣고 거친 털을 발견했다. 젠장, 이게 뭐야.

내가 개로 변하나 봐. 여자가 출장을 갔다가 일주일 만에 집으로 돌아온 남편에게 말했다. 남편이 소리 내어 웃었지만, 여자는 웃지 않았다.

사실 여자는 남편도 웃지 않기를 바랐다. 여자는 그 주 내내 침대에 누워 자신이 개로 변하는 게 아닐까 의심했다. 그래서 남편에게 이 말을 전하면 그녀 쪽으로 몸을 기울인 남편이 무슨 일인지 걱정스레 물어봐 주기를, 그리고 아내의 근심을 진지하게 들어 주기를 바랐다. 하지만 그 말을 꺼낸 순간, 여자는 그게 이뤄질 수 없는 바람이라는 걸 깨달았다.

진짜라니까. 여자가 우겨 댔다. 내 목에 이상한 털이 났어.

여자는 남편에게 까만 털 부분을 보여 주려 머리카락을 들어 올렸다. 남편이 그곳을 손가락으로 문지르며 말했다. 맞네. 당신, 영락없는 개야.

그도 그럴 것이, 여자가 평소보다 텁수룩해 보인다는 건 인정할 만했다. 제멋대로 헝클어진 머리카락은 말벌 떼처럼 머리와 어깨 주변을 이리저리 휘감고 있었다. 게다가 제때 뽑지 않아 얼기설기 자란 눈썹은 애벌레처럼 이마를 가로질렀다. 심지어 턱에서도 곱슬곱슬한 검은 털 두 가닥이 보였고, 밝은 빛에서 보면, 아니 솔직히 어떤 빛에서 봐도, 레이저 시술 후 그 자리에 다시 자라는 털처럼 오후 다섯 시의 그림자*가 드리워졌다. 여자의 팔에 늘 그토록 털이 많았던가? 헤어라인에서 턱 끝까지 잔머리가 이어져 내려왔고? 게다가 발등에

---

* 아침 면도 후 저녁 무렵에 자라는 거무스름한 수염을 가리키는 관용구.

도 털이 무성히 나는 게 정상일까?

내 이 좀 봐 봐. 치아를 드러낸 여자가 송곳니를 가리키며 말했다. 그녀는 그 송곳니들이 부쩍 자랐다고 확신했다. 송곳니 끝은 살짝 찌르기만 해도 손가락이 베일 만큼 날카롭고 뾰족했다. 물론 밤마다 자기 이를 확인하는 동안 손가락을 거의 베일 뻔했다. 매일 밤, 남편이 집을 비우고 잠옷 차림의 아들이 즐겁게 기차놀이를 할 때, 여자는 거울 앞에 서서 입술을 뒤로 잡아당기고 고개를 좌우로 돌린 다음 다시 뒤로 젖히며 송곳니를 위아래로 훑었다. 그러고는 휴대전화로 자기 송곳니와 비교할 만한 사진을 찾아 인터넷을 뒤졌다. 손톱으로 이를 톡톡 두드리면서 참 바보 같다고 중얼거리며 개 이빨을 가진 사람들을 검색했다. 그리고 사람과 개가 공통 조상을 공유하는지 검색하고, 인간 동물 잡종과 인간의 열성 동물 유전자를 검색하고, 인간이 가진 동물의 유전적 유산에 관한 연구를 검색했다. 그러다 늑대인간을 검색하고, 역사 속 진짜 늑대인간을 검색하다가 급기야 (약간은 불가사의한) 마녀를 검색하고, (조금은 관련 있는) 19세기 히스테리를 검색했다. 그 순간 문득 그러고 싶어서 안정 요법 및 『누런 벽지』를 검색했다. 여자는 대학 시절에 읽었던 『누런 벽지』를 다시 읽다가 딱히 아무것도 보지 않은 채 멍하니 변기에 앉아 있었다. 그러다 아예 검색을 중단

했다.

좀 만져 봐. 여자가 억지를 쓰며 자기 치아를 가리켰다. 남편이 손을 뻗더니 아내의 송곳니 끝을 집게손가락으로 쿡쿡 찔렀다.

아야! 남편이 손을 뒤로 휙 빼서 몸에 바짝 붙이며 소리쳤다. 장난이야. 남편은 아내의 얼굴을 향해 상처 하나 입지 않은 손가락을 흔들며 말했다.

내가 보기에 당신 이는 전이랑 똑같아. 왜 자꾸 당신한테 문제가 있다고 생각하는 거야. 남편이 유쾌하게 덧붙였다.

엔지니어인 남편은 "품질 관리"가 전문이었다. 여자는 그게 정확히 어떤 일인지 잘 몰랐다. 그래서 그이가 이리저리 돌아다니며 기계들을 살펴보고 최대한 효율적으로 움직이는지 확인하는 걸까? 시스템을 조정해 더 높은 주파수로 윙윙거리게 하려고? 출력 보고서를 판독하며 개선 방안도 제안하고? 아무렴. 그렇겠지.

여자가 아는 건 남편이 감정을 챙길 시간이 거의 없고, 꾸준히 직감을 경시하며, 상호평가가 필요한 과학 연구나 통계치가 뒷받침되지 않는 이야기는 대놓고 비웃는다는 것이었다. 그래도 자상하고 배려심 많으며 상냥한 남자였기에 그 모든 서운함에도 남편에게 무척 고마웠다. 어쨌든 여자는 한때

는 느꼈으나 이후 다르게 느끼게 된 것들을 곱씹곤 하는 우유
부단한 사람이었다. 걸핏하면 심장이 터질지도 모른다는 불
안과 걱정, 가슴속 감각에 시달리기 일쑤였다. 잔뜩 화가 나
분주하게 왔다 갔다 하기도 했다. 여자는 바삐 지내거나 아니
면 누워 자야 했다. 반면 남편은 아무것도 할 필요가 없었다.

그러니 부부가 남편의 판단력과 냉철한 평가와 엔지니어
다운 침착함을 따르는 건 당연했다. 물론 여자에게는 아무 문
제가 없었다. 침대에 누운 두 사람 사이에서 잠든 아이가 엄
마 다리 밑에 발가락을 꾹 끼워 넣었을 때, 그녀는 그렇게 생
각했다.

나 손님방 가서 자야겠어. 여자가 남편에게 속삭였다.

왜? 남편이 마주 속삭였다.

지금 너무 화가 나. 밤엔 말이야. 그 말에 남편은 대꾸하지
않았다. 그냥 잠을 좀 푹 자야 할 것 같아. 여자가 덧붙였다.

그렇게 해. 남편이 말했다.

침대에서 조용히 빠져나온 여자는 더듬더듬 계단을 내려
가 깨끗한 손님용 침대 시트로 몸을 밀어 넣었다. 그러고는
목덜미에 난 거친 털을 문지르며 마음을 가라앉힌 뒤 날카로
운 송곳니 끝을 혀로 핥았다. 그러다 아무도 방해하지 않는
깊은 잠에 푹 빠졌다.

어느 날은 한 아이의 엄마였지만, 어느 날 밤, 여자는 갑자기 전혀 다른 존재가 되었다.

6월이 지났다. 그렇다. 남편은 일주일 내내 집에 없었다. 사실 그는 올해의 24주가 지날 때까지 스물두 번이나 일주일간 집을 비웠다. 대체 누가 이렇게 날짜를 세고 산단 말인가.

어디 그뿐일까. 그 주에 아들은 귀에 염증이 생겨 몇 차례 경기를 일으켜야만 잠이 들었다. 맞다. 아이는 낮잠을 잘 자지도 못했고, 전혀 안 잘 때도 있었다.

더구나 여자는 난생처음으로 극심한 PMS(월경 전 증후군)를 경험하고 있었다. 서른일곱 살이라는 나이에.

그리고 평범한 금요일 밤, 그것도 가장 깊은 밤이었던 그때 침대에 있던 아들이 잠에서 깼다. 아들은 스스로 자지도, 자려고 하지도 않았기 때문에 엄마 아빠 사이에서 잠이 들었더랬다. 그날 밤 아들이 뒤척인 건 세 번째인가 네 번째였다. 여자는 평정심을 잃었다.

처음에 여자는 아무것도 하지 않은 채 남편이 깨어나기를 기다렸다. 하지만 남편은 깨지 않았다. 그가 한 번도 겪은 적 없는 일이었으니까. 여자는 평소보다 더 오래 기다렸다. 기다리고 또 기다렸다. 엄마가 시체처럼 가만히 누워 있는 동안 아들은 큰 소리로 울부짖었다. 그 와중에도 여자는 자신의 시체 자아가 기적적으로 되살아나서 '선택받은 자의 왕국'으로 인도될 날을 끈기 있게 기다리고 있었다. 그곳에서 시체는 흥미롭고 심미적인 수많은 요람을 조합해 놀라운 설치 미술을 만들어 낼 것이다. 끝없는 육아에 빠진 시체는 원하면 언제든지 다른 시체들과 어울려 전시회 개막식도 보러 가고 부활의 와인도 마실 수 있으리라. 그게 천국이었으니까. 그게 다였으니까.

여자는 아무 소리도, 미동도 없이 최대한 오래 누워 있었다. 아이의 비명이 분노의 불꽃을 부채질하며 가슴속에서 깜빡거렸다.

내면의 어둠 한가운데서 아주 뜨겁게 타오르는 단 하나의 불꽃, 그 불꽃은 모든 여자가 그렇듯, 그녀 역시 새로운 무언가를 잉태한 시발점이었다.

여자라면 누구나 일찍이 소녀 시절에 불꽃을 지핀다. 그리고 그 불꽃을 키우기도 끄기도 한다. 무슨 수를 써서라도 그 불꽃을 보호한다. 그 불꽃이 산더미 같은 불길로 번져 맹위를 떨치도록 내버려 두지는 않는다. 그건 얌전한 숙녀가 되는 길이 아니니까. 그래서 불꽃을 꼭꼭 숨긴다. 그저 조용히 타오르도록 놔둔다. 다른 소녀들의 눈을 들여다보며 거기서 깜빡이는 그들의 불꽃을 목격하고 음모를 꾸미듯 고개를 까닥일 뿐, 거의 참기 힘든 열기며 점점 커지는 불길에 대해서는 절대 큰 소리로 말하지 않는다.

불꽃을 끄는 이유는, 그러지 않으면 홀로 차가운 곳에 버려진 채 꼼짝 못 하게 되기 때문이다. 겨울이면 산란을 멈추는 닭 신세가 되고, 현실적인 운명에 갇히고, 세상만사가 다 그렇다고 체념하고, 합의하고 이해하고 판단하고 수긍하고, 다른 방식으로 생각하다가 '그'의 방식으로 생각하고, 결국 나만의 방식을 제외한 다른 모든 방식으로 생각하고 만다.

그런데 특정 음조로 긁어 대는 아이의 울음소리를 듣자마자, 여자는 질끈 감은 눈꺼풀 뒤로 불꽃을 보았다. 그 불꽃은 보이지 않는 공기에 잠시 파르르 떨리더니 한 번에 휙 길어졌다가 가늘어졌고, 잠깐 멈칫하다가 그녀의 가슴에 쿵 떨어졌다. 그러고는 결국 배 속 더 깊은 곳에서 활활 타오르기 시작했다.

드으으으아 시이이이이 조오오옴. 잠에 취해 겨우 반쯤 깬 여자가 울걱거렸다. 뭔가를 말하려 했지만(아마 다시 좀 자) 그 대신 웅얼웅얼하고 낑낑거리는 소리, 아주 오래전 들었던 소리만 입 밖으로 흘러나왔다. 어렸을 적에 할머니의 허스키가 먹다 남은 저녁 찌꺼기를 달라며 문 앞에서 애걸하던 소리처럼. 여자는 그 개를 끔찍이 싫어했다. 우선 얼음장 같은 파란 눈이 싫었다. 마치 좀비 눈 같았다. 게다가 짖는 소리가 거의 사람처럼 들려서 싫었다. 그런데 지금, 그런 소리가 그녀의 입에서 흘러나왔다.

그 기이한 소리, 허스키에 대한 기억은 여자가 생각했던 것 이상으로 그녀를 깨워 댔다.

뚝! 여자가 아들을 향해 날카롭게 소리쳤다. 남편은 발버둥 치며 데굴데굴 구르는 아이를 등진 채 꿈쩍도 하지 않았다. 아들은 큰 소리로 울다가 빽빽 악을 썼다.

뚝 그치라고. 뚝! 몸을 휙 돌린 여자가 아들에게 호통쳤다.

망할 쪽쪽이 어디 갔어! 여자는 남편을 향해 궁상맞게 투덜 거리다가 부자를 전부 외면하며 귀에 손가락을 꽂았다.

아이는 울고 또 울었다. 남편은 아무 짓도, 아무 노력도 하지 않았다. 불꽃이 크게, 더 크게 포효를 내뿜으며 매섭게 뜨거워지더니 결국 여자를 완전히 집어삼킬 듯 위협했다. 큰 소리를 지르며 벌떡 일어난 여자는 시트를 옆으로 휙 내던진 뒤 침대 옆 수면등을 향해 손을 뻗었다. 급히 서두른 나머지 조명이 바닥에 떨어지며 산산이 부서지는 소리가 들렸다. 분노에 휩싸인 여자는 끙끙대며 침대 주위를 비틀거리다가 다른 침대 수면등을 찾아냈다. 스위치를 돌려 켜 보니 남편이 침대에 앉아서 잔뜩 움츠린 채 쪽쪽이를 문 아들을 품에 안고 있었다.

길게 헝클어진 여자의 머리칼에는 작은 나뭇잎 조각, 크래커 또는 빵 부스러기, 정체불명의 하얀 솜털이 매달려 있었다. 여자가 깊게 숨을 내쉬었다. 침대 주변은 여자가 지나간 곳을 따라 피로 얼룩졌고, 그녀의 연약한 발바닥에는 수면등의 파편들이 박혀 있었다. 물론 여자는 이 사실을 눈치채지 못했거나, 어쩌면 신경 쓰지 않았을지도 모른다. 눈을 가늘게 뜬 여자가 코를 킁킁거리며 공기 냄새를 맡았다. 그러고는 침대 옆으로 슬그머니 돌아와 담요로 몸을 감쌌다. 남편을 돕겠다는 말도 없이 아무 손길도 내밀지 않고 깊디깊은 잠의 바닷속으로 곧장 곤두박질쳤다.

아침이 되자 여자는 부스스한 모습으로 지저분한 주방에 서서 커피를 마셨다. 피투성이가 된 시트들이 세탁기 안에서 출렁거렸고, 깨끗이 씻은 여자 발에는 붕대가 감겨 있었다. 아이는 거실에서 장난감 기차를 갖고 놀며 옹알옹알 조잘대고 함박웃음을 지었다. 여자의 남편, 한없이 쾌활한 남자는 거무스름하게 구워진 토스트 한 조각에 버터를 발랐다.

당신 말이야……. 남편은 잠시 망설이며 생각에 잠겼다가 말을 이었다. 어젯밤 한마디로 개(bitch) 같았어.

남편은 단지 관찰에 따른 의견일 뿐, 비열한 의도는 아니라는 듯 피식거렸다.

나이트비치. 여자가 거리낌 없이 말했다. 맞아, 난 나이트비치야.

그 말이 끝나자 두 사람은 웃음을 터뜨렸다. 달리 무슨 반응을 하겠는가? 여자는 한밤중에 치밀어올랐던 분노와 응어리, 매정함에 자신조차 깜짝 놀랐다. 그래서 전날 밤에는 완전히 다른 사람이 되었던 거라고 생각하고 싶었지만, 내심 끔찍한 진실을 알고 있었다. 나이트비치는 늘 그 자리에, 심지어 그리 깊지 않은 내면에 있었다는 것을.

나이트비치가 그렇게 등장할 줄은 아무도 예상하지 못했으리라. 수년 전까지만 해도 여자는 사기희생적이고 가정적이며, 불평도 없고 투덜대지도 않는 전형적인 어머니상 그 자체였다. 수면 부족에 시달리며 찌뿌둥한 밤을 보낸 뒤에도 금세 생기를 되찾아 아기를 돌보고 토닥이고 곤히 재웠다. 반면 자상한 남편은 밤새 코를 골며 잠에 곯아떨어지거나, 사실 대부분은 아내 곁에 없었다.

물론 남편은 직업이 있었다. 그는 돈을 벌었다. 그래서 출장을 떠났다. 다녀올게! 사랑해! 그러고는 눈을 반짝거리며 입을 맞추고 활기차게 손을 흔들었다. 여자는 아기를 안고 서서 남편이 차를 후진해 진입로를 떠나는 모습을 지켜봤다. 여자는 명문 대학 출신으로 남편보다 학벌이 좋았다. 그녀는 석사 학위를 두 개나 품에 안았지만, 남편은 하나도 없었다.(게다가 여자는 아기도 품에 안았다.) 물론 이게 시합이 되어서는 안 되고 애초에 그렇지도 않다. 아닌가? 그래, 절대 그래서는 안 된다. 한 번도 남편을 경쟁 상대로 생각한 적이 없었던 여자는 그 대신 스튜디오 아트 같은 비실용적인 분야를 선택한 자신을 탓했다. 미쳐도 단단히 미쳤지, 이 엄마야! 여자는 그저 예술을 좋아했을 뿐이다. 그 말인즉슨 아무리 예술을 좋아하더라도, 아무리 예술적 재능이 있어도, 그길로 그럴듯한 출세를 하거나 돈을 벌 방법은 없다는 뜻이었다.

여자는 육아에 전념하기 전에 "꿈의 직업"이라고 열렬히 자랑했던 일에 종사했었다는 사실을 마음 한구석으로 쭉 밀어냈다. 공공 미술관을 운영하고, 감명받은 예술가들을 초청해 작은 중서부 마을 공동체의 예술 의식을 넓히고, 미술 수업을 기획하고, 학교와 조율해 학생 참여 프로젝트를 진행하고, 예술 세계에 몰두하며 소신껏 자기만의 예술을 펼치고, 실은 더 나아가 그 일로 **돈**을 벌고, 희귀하고 마법 같은 예술 분야에서 작업하는 일. 물론 그 직업에 뒤따르는 폭넓은 작업과 봉급이 비례하지는 않았지만, 여자는 그저 자기 일에 감사했다. 할 일이 많아도 예술계에 몸담을 수 있어 고맙게 여겼다. 대학원 동기들도 그런 일자리를 간절히 원했기에, 여자는 일할 수 있다는 게 행복했다.

하지만 그러다 아기가 생겼다. 여자는 아기가 골칫거리가 될 수도 있다고 생각했지만, 감당할 수 없는 문제는 아니었다. 요즘 같은 시대에는 여성들이 아기 때문에 자기 삶을 멈출 필요가 없었다. 사무실에서도 일하고 집에서도 일할 수 있다. 원한다면 24시간 내내 일하고도 또 일할 수 있다. 이건 여성의 권리였다. 하지만 여자는 저녁에 열리는 전시회 개막식, 주말 미술 수업, 이른 아침 선생님들과의 수업 전 회의, 그리고 퇴근 후 연회를 간과했다. 남편이 출장을 가고 아기가 집에 있는 상황에서, 이런 일정은 더 이상 통하지 않았다. 대체 누가 아기를 어린이집에서 데려와 씻기고 재우겠나? 관객들이 아무리 진보적이라도 공식 행사에 아기를 데리고 올 수는 없었다. 25명의 자원봉사 안내원을 관리하거나 아기에게 수유하면서 미술관 이사회와 전략 회의를 이끌 수는 없었다.

여자는 노력했다. 한동안 정말 노력했다. 어쨌거나 꿈에 그리던 일을 하고 있지 않은가. 그야말로 꿈의 직업! 그래서 3개월 된 아주 작은 아기를 동네에서 유일하게 빈자리가 있고 유치원도 딸렸으며 아기 침대가 죽 늘어선 데다 시끄럽고 고리타분한 여자들이 플라스틱 젖꼭지로 분유를 먹이는 어린이

집에 맡긴 채 일을 했다. 그 일은 여자가 항상 꿈꿔 왔던 직업이었다. 그리고 여자는 나날이 경력을 쌓고 있었다. 성장하고 있었고, 성공 가도를 달리고 있었다. 그러다 아이를 낳았다.

　여자가 아이에게 줄 수 있는 건 모유뿐이었다. 여자는 어린이집에서 데려온 후 두 시간, 데려가기 전 두 시간, 아들이 잠든 아주 많은 시간 동안 아이를 빤히 바라봤다.(여자는 이렇게 생각했다. 부디 날 잊지 마. 아니, 그곳에서 더 행복하면 날 잊어도 돼. 아니, 어쩌면 네가 아기였을 때 이 엄마가 하루 여덟아홉 시간 동안 널 혼자 내버려 뒀다는 걸 그냥 잊을지도 몰라. 널 리놀륨 바닥에 눕혀 놓고 몇 시간 동안 울게 놔둔 여자들 틈에 말이야. 몇 달 후 그중 한 명이 여자에게 말했다. 아기가 자주 울곤 했어요. 평범한 사실을 이렇게 무심결에 내뱉자, 여자는 마치 어린이집 선생님이 날카롭고 예리한 칼날로 복부를 격렬하게 쑤셔 대는 것 같았다. 영원히 사라지지 않을, 죽을 만큼 괴로운 상처를 입은 동시에 갈기갈기 찢을 듯한 살의를 느꼈다. 왜 그 선생님은 여자가 끔찍이 아끼는 아들을 들어 올려 안아 주지 않았을까? 아이의 울음소리를 어떻게 견뎌 냈을까? 리놀륨 바닥에서 혼자 끊임없이 울어 대는 아이 얘기를 엄마에게 무심코 흘리다니. 여자는 이 괴팍한 잔인함을 몇 주 동안 곱씹었다. 결국 그런 곳에 아들을 맡기고 와야 했다는 건 사실 전적으로 엄마 잘못 아니던가? 아무렴, 그렇고말고.)

그리고 모유. 모유! 모유는 정말 중요하다! 아무리 강조해도 지나치지 않은 것. 모유는 젖먹이의 세상에서 가장 중요한 일이자 모든 엄마가 신봉하는 규칙이었다. 그래서 여자도 믿었다.

수유실은 미술관이 대학과 공유하는 건물 전체에서 가장 좁고 볼품없는 예배당이나 다름없었다. 개수대와 준비대, 의자, 형광등은 있지만 환풍구는 없는 가장 성스럽고 작은 방. 숭배와 찬양을 노래하는 엄마의 찬송가가 어디 있으려나? 여자는 아기와 젖가슴과 모유, 피부와 피부가 맞닿는 감각을 노래하고 싶었다. 갓 구운 빵 덩어리처럼 보들보들하고 몰랑몰랑한 따뜻한 아가들, 아주 기분 좋은 살냄새. 그 냄새를 맡아 보자. 실컷 맡아 보자.

그 망할 엄마의 찬송가는 대체 어디 있을까?

하지만 찬송가 같은 건 어디에도 없었다. 전동 유축기, 유축 호스, 깔때기, 정전기, 땀범벅이 된 옷, 퀴퀴한 공기, 세정제, 수많은 걱정, 그리고 꿈의 직업만 있을 뿐.

아기는 없었다.

그래서 여자는 고마운 마음이 들지 않았다.

그녀는 매일 한 번, 두 번, 세 번 수유실에 들렀다. 호스와 깔때기, 유축기를 들고. 스웨터를 머리 위로 당기자 셔츠 겨드랑이는 축축하게 젖어 있었고, 머리카락에는 정전기가 일었다. 지퍼가 뒤쪽에 달린 원피스는 벗기 힘들었다. 수유실을 예약한 시간대에는 미리 컴퓨터로 달력에 '사용중'이라고 표시해 두었다. 그럼에도 또 다른 성난 엄마가 수유실 문을 두드리곤 했다. 금방 나오는지, 기다려야 하는지, 아니면 아예 글렀는지 확인하러. 글렀어요.

물론 수유실에는 세정제와 뻣뻣한 종이 타월, '어떤 물기도 남기지 마세요. 다른 이용자들을 존중해 주세요.'라는 주의 사항, 혹 남아 있을지도 모르는 체액을 정화하기 위한 스프레이형 소독제도 있었다.

엄마가 수유용 준비대를 소독해야 한다고 대체 누가 생각했을까? 영원한 어머니이자 생명의 수여자, 만물의 창조자를 기리는 한없이 아름답게 우뚝 솟은 조각상을 세워 그 발치에 놓인 신성한 천으로 모유를 닦아 내야 마땅하다. 이게 아니라면 하얀 새끼 고양이, 아마 한배에서 태어난 새끼 중 가장 허약한 고양이를 아주 부드러운 베개와 좋은 사료, 차갑고 신선한 물과 함께 이 방에 두어야 한다. 그래서 이따금 실수로 떨어지는 모유 몇 방울을 이 새끼 고양이가 행복하게 핥을 수 있도록.

어느 날 여자는 호스와 깔때기가 든 가방을 수유실에 두고 왔다. 누가 가방을 훔쳤으면 어쩌지? 다행히 아무도 훔쳐 가지 않았지만, 유축기 흡착 부분 하나가 사라졌다. 누가 딱 그것만 가져갔을까? 또 다른 엄마? 여자는 상실감에 펑펑 울었던 것 같다. 지금은 잘 기억나지 않지만. 이 우주적 형벌 때문에 여자는 이후 다시는 수유실에 가방을 두고 나오지 않았다. 누가 봐도 우주적 형벌이 맞았다. 딱 그런 느낌이었다.

(새 흡착 부분은 어디서 구할 수 있지? 유축기의 그 부분을 뭐라고 부르나? 여자는 온라인으로 그 이름을 검색해서 구매할 곳을 찾아다녀야 했다. 하지만 그럴 시간이 전혀 없었다. 그 부분의 이름을 알아낼 시간도, 새 제품을 찾아낼 시간도 없었다.)

수유실이 환기가 되지 않았기에 이곳을 이용하지 않을 때는 문 밑을 받쳐 열어 두어야 했다. 하지만 삼각형 모양의 버팀쇠는 납작해지고 비틀어졌다. 수유실 문은 무거웠다. 대체 누구더러 한가롭게 문을 받치고 있으라고? 하지만 엄마들은? 버팀쇠 대신 의자를 사용한다. 아니면 버팀쇠를 더 단단히 문 밑에 박는다. 어떻게든 방법을 찾는다. 다른 엄마들을 생각하며 이 방이 있다는 사실에 감사한다. 어떤 워킹맘들은 이런 방조차 없다. 그러니 감사해야 한다.

자자, 급하다 급해. 젖가슴아. 서둘러 긴장을 풀고 젖이 나오게 하렴. 모유가 술술 나오지 않는다면 다 엄마 잘못이다.

커피를 너무 마셨거나 충분한 음식을 섭취하지 않아서니까. 따라서 스트레스를 최소화할 방법을 알아내야 한다. 에너지 바를 먹거나 견과류를 먹는다. 초콜릿 바를 통째로 먹으면서 동시에 가슴에 유축기를 댄다. 수유에 좋은 허브 영양제도 꼭 챙겨 먹는다. 오트밀을 많이 먹는다. 어떻게 하면 이 모든 균형을 맞출지 생각한다. 젖이 쫙 나오리라는 희망으로 물 1리터를 마신다. 그리고 차분히 명상하며 깊게 심호흡한다. 오늘은 회의가 여덟 건이나 더 있다.

아기에게 먹일 모유가 충분치 않았다. 아기가 나날이 커지고 있었다. 아기가 원하는 건 엄마 젖뿐이었지만 시간도, 모유도, 손도 부족했다. 어린이집이 6시에 문을 닫으니 늦은 회의는 없어야 했고, 교통체증과 주차장까지의 보행거리와 날씨까지 고려해야 한다. 젖병 꼭 챙겨야 해. **젖병 잊지 마.**

어느 날 저녁, 여자는 모유가 든 젖병을 잃어버렸다. 주차 요금을 내려고 주차권 넣는 기계 위에 젖병 가방을 잠시 올려두었다가 그대로 놓고 떠난 것이다. 울음을 터뜨린 여자는 잠든 아기를 어린이집에서 데리고 나와서 다시 주차장으로 차를 몰았다. 그리고 경비원을 불렀다.

네, 어느 분이 젖병 든 가방을 주고 가시더군요. 경비원이 말했다.

여자가 흐느꼈다. 경비원이 잃어버린 가방을 가져다주었다. 여자가 차에서 내릴 수도 없던 터라 그는 차창으로 가방을 건넸다. 뒷좌석에는 아기가 자고 있었다. 여자는 차를 몰며 집으로 가는 동안 줄곧 흐느꼈다.

아직 따뜻한 모유 두 병이 든 작은 가방을 발견해 그걸 들고 주차장 딸린 작고 후진 쇼핑몰로 다시 들어가서 경비실을 찾아 헤맸을 고마운 사람을 생각해 보라. 경비원을 만난 그 사람은 이렇게 말했을 터였다. 누가 젖병 가방을 두고 갔나 봐요. 무척 찾고 있을 것 같은데 혹시 주인 오면 돌려주세요. 그리고 경비원은 그 작은 가방을 경비실 미니 냉장고에 넣으며 기적 같은 발견과 주인에게 전해 주라는 그 친절한 마음에 고개를 살래살래 저었겠지. 아니면 젖병 가방을 잃은 엄마의 상실감 또는 부주의함에 고개를 저으며 혼잣말했을 거다. 애 엄마가 어쩜 이리 경솔할까? 혹은 그 모든 생각이 한 번에 떠올랐을지도 모른다.

여자는 가방을 찾아 준 사람에게 감사하고 싶었다. 누군지 몰라도 당신은 내 평생 가장 친절한 분이라고 말하고 싶었다.

점심 회의에(일하기도 바쁜데 먹을 시간도 필요해서?) 걸어가는 동안 여자는 의심이 들기 시작했다. 나중에 오른손으로는 휴대전화로 이메일에 회신하고 왼손으로는 양쪽 유방에 낀 유축기를 누르는 사이, 그 의심은 점점 광대한 음모론, 하지만 결국 사실로 끝나고 마는 그런 끔찍한 음모론으로 번져 갔다.

부모님이 여자의 생각을 조금이라도 알았다면 우리 애가 실성했다고, 실성이라 말하지만 어쩌면 저주받았다고 하며 그 악마에 대해 좀 더 말해 보라고 딸을 닦달했을 것이다. 하지만 그녀의 부모님은 딸이 무슨 생각을 하는지 전혀 몰랐다. 한 번도 딸에게 전화한 적이 없었고, 그건 여자도 마찬가지였다. 그래서 요즘은 서로에 관해 아는 바가 거의 없었다. 여자는 현재 자신을 괴롭히는 수많은 부당함과 개로 변하고 있다는 편집증이 부모님 탓이라고, 어떤 근본적인 면에서는 부모님 책임이라고 확신했다. 그러나 정확히 어떻게 동쪽으로 수백 킬로미터 떨어진 곳에 계신 부모님을 향해, 그리고 과거를 향해 미친 듯이 분노를 느끼는지 구체적으로 말할 수 없었다.

그러나 솔직히 부모님은 여자에게 가장 하찮은 걱정거리였다. 여자에겐 빌어먹을 모든 게 고약했으니까. 일이면 일, 수유면 수유, 매번 서두르고 아기를 안아 주지 못하는 것 전부. 엄마로서 분노가 치밀어 오른 여자는 사회제도와 자본주의, 가부장제, 종교와 성 역할, 그리고 생물학에 울컥하며 꼬치꼬치 따지기 시작했다.

이러한 의견들을 다른 이와 나누고 싶던 차에, 마침 어느 날 또 다른 다정한 워킹맘이 여자를 커피숍으로 불렀다. 그 워킹맘 역시 예술가였고, 여자와 같은 대학원 과정에 다녔으며, 지금은 그 대학에서 미술을 가르치고 있었다. 게다가 예술을 하면서도 치사한 방햇거리조차 없이 엄마로서의 삶도 매끄럽게 이어 갔다. 여자는 소셜 미디어든 다른 어디서든 그 워킹맘이 게시하는 기록들, 보육 첫날! 그리고 설치 작업하는 엄마 도와주기 같은 것을 멀리서 뚱하게 지켜본 적이 있었다. 그 엄마는 아기를 가슴에 묶은 채 육각형 철조망 더미를 들고 화랑에서 창작 작업을 하고 있었다.

왜 나는 저러지 못할까? 여자는 자문했다. 어찌 저렇게 쉬울 수 있냐고?

그래서 워킹맘으로 사는 건 어때? 다정한 워킹맘이 물었다. 피로에 찌들고 불행한 워킹맘, 꿈꾸던 일을 하지만 아이를 안아 주지 못하는 워킹맘이었던 여자는 미련한 눈빛으로 상대방을 응시했다. 이 모든 게 어떻게 속임수가 되었는지 의견을 피력하고 싶었다. 여자들이 모든 일을 떠안게 하는 속임수, 그들이 피할 수 없는 속임수가 되었는지 말이다. 하지만 여자의 뇌가 더는 예전처럼 작동하지 않았다. 다정한 워킹맘이 여자의 대답을 기다렸다. 뭔가 말을 해야 하나? "대회"란 게 뭐였지?

글쎄. 마침내 여자가 입을 열었다. 나는 워킹맘이라는 말이 지금까지 지어낸 것 중 가장 터무니없는 개념인 것 같아. 그러니까, 워킹맘이 아닌 엄마가 어딨겠어? 그럼 직장까지 다니면 뭐라고 불러야 하지? 일하는 워킹맘? 워킹대디라는 말이 있나 생각해 봐.

하! 여자는 자기가 얼마나 씁쓸한 기분인지도 모른 채 거침없이 탄식했다.

다정한 워킹맘은 안쓰러운 표정으로 고개를 끄덕였다. 또 다른 엄마(잠도 못 자고 아기를 돌보며 꿈에 그리던 일을 하는 엄마, 어쩌면 힘겹게 몸부림치는 엄마, 조금은 도움이 필요한 엄마, 그래도 최선을 다하고 있는 엄마…… 하지만 쯧쯧.)는 그 모습을 들키지 않으려고 노력했다. 겉으로는 그랬다. 누구나 별일을 겪기 마련이니까. 그런데 왜 여자는 그렇게 심통을 부렸을까?

그날 밤, 여자는 일을 마친 뒤 잠든 아기를 안고 울었다. 깨어 있는 아기의 모습을 매일 한 시간, 어쩌면 두 시간만 봐 왔기 때문이다. 어린이집에 있는 동안 좀처럼 낮잠을 자지 않은 아기는 울다 지쳐 집으로 돌아와서는 오로지 엄마 품에 안겨 젖을 먹다 잠들고 싶어 했다. 여자는 아기를 끌어안으며 울었고, 아기는 엄마가 내려놓으면 울었다. 아기는 항상 엄마 품에 있으려고 했다. 그래도 여자는 아기 탓을 할 수 없었다. 그래서 아기를 가슴에 동여맨 채 한밤중에 이메일을 보냈고 아기와 함께 곯아떨어졌다.

아이를 낳고 결정의 시기가 왔을 무렵에 돈을 더 많이 버는 사람은 남편이었고, 적게 버는 사람은 여자였다. 누가 봐도 여자가 집에 있어야 했다. 결정은 그렇게 단순했다.

결정을 내려야 할 당시, 여자는 정말 집에 있고 싶었다.(한마디로 몹시 지쳐 있었다.) 물론 전에는 그러고 싶었던 적이 한 번도 없었지만. 솔직히 말해 얼마나 대단한 특권인가. 엄청난 혜택 아닌가. 여자는 스스로를 미국 한복판에 살며 하루 24시간 아기를 안고 사는 꿈을 실현한 특권층이자 고학력 여성이라고 치부했다. 사실상 세상 사람들의 기준에 따르면 여자는 그 시점 이후, 어쩌면 그보다 앞선 시점에서도 불평할 게 하나도 없었다. 더구나 약간 거만한 데다 살짝 눈치도 없는 중산층 백인 여성이 불평을 하는 것도 좀 그렇지 않은가? 만약 여자가 기사를 읽고 자료를 검토하여 자신이 삶에서 차지하는 비중과 사회적 위치, 그리고 백인 남성을 제외한 모든 사람이 당하는 억압에 대한 그녀의 역사적 역할을 생각했다면, 감히 숨 가쁜 외마디 비명을 내뱉을 엄두도 내지 못했을 것이다.

하지만 아기들이 다 그렇듯, 여자의 아기도 성장했다. 몸집도 커지고 키도 자랐다. 점점 이쁜 짓이 늘었고 미운 짓도 했다. 아장아장 걷기도 했지만, 의학적으로 합의된 말 트는 시기가 지나서야 엄마라고 했다. 아기와 엄마 사이에는 거의 초자연적인 유대감이 있었으므로 엄마는 요리조리 굴리는 아기 눈동자와 이리저리 꼼지락대는 손가락만으로도 아기가 원하는 걸 직감할 수 있었다. 사실상 아들의 삶에서 딱 그 시기만큼은 온 세상에서 그를 이해하는 사람이란 오직 엄마뿐이었다. 엄마는 둘만이 공유하는 이 무언의 언어를 알아채는 유일한 사람이었다. 엄마가 친척 집에 맡기려 할 때면 아들은 울었고, 운 좋게 보모에게 맡길 때도 울었다. 심지어 아빠에게 맡겼을 때도 울었다. 물론 엄마는 식료품을 사러 가야 했지만 진심으로 그 시간을 즐기고 싶었다. 커피 한 잔을 사서 카트 옆에 붙은 작은 홀더에 끼워 넣고, 꼼꼼하게 물건을 비교하고 살피고 만져 보며 자기만의 여유로운 시간을 갖고 싶었다. 그렇게 오롯이 혼자서 마트 구경을 하고 싶었으나 끝내 아이와 함께 갈 수밖에 없었다.(기저귀 가방에 간식이랑 물티슈, 물 한 병, 갈아입을 옷, 장난감도 넣고 그림책도 가져가야 하나?) 결국은 아빠를 쓱 지나치는 엄마를 보며 세상 슬프게 우는 아들 때문이었다. 한 번도 곁에 있지 않았던, 드디어 곁을 지켜 줄 친아빠와 단둘이 집에 남는다니. 아니 안 돼. 아들은 그런 일을 겪은 적이 한 번도 없었다.

맞다. 말이 나와서 말인데, 여자는 정말 훌륭한 엄마였고, 최고의 엄마 중 한 명이었다.

여자가 훌륭하다는 증거는 이렇다. 아들이 태어난 날부터 매일 밤 깨었다가 또 깨었다가 다시 깨어나는 신통방통한 능력. 아쉽게도 남편은 수면 부족을 잘 이겨 내지 못했다. 하지만 여자는 놀랍도록 잘 일어났다. 평생 늦잠과는 담쌓은 사람처럼, 한밤중에 매시간 깨다가 새벽 5시 30분이면 어김없이 일어나는 게 유전적으로 입력된 것처럼. 물론 이 삶에 지쳐 있었지만 이상하게도 절대 고단해하지 않았다. 몸을 혹사해서 한계에 다다르고 녹초가 되어 몹시 억울하고 미치기 일보 직전이었어도, 매일 아침 벌떡 일어나 하루 종일 똑바로 서 있었다. 그야말로 예전처럼 잠을 안 자도 되는 거의 기적에 가까운 능력의 소유자인 듯이 다 이겨 냈다.

난 안 피곤해! 여자는 죽도록 일하던 시절에도 그렇게 말했었다. 그리고 주로 혼자서 어린 아들과 함께 집에 있던 1년 동안에도 여전히 눈을 말똥말똥 뜨고 놀랍도록 똑같은 어조로 읊조렸다.

난 괜찮아! 여자는 딱히 누구에게랄 것 없이 이찐지 망선이는 태도로 말했다. 그리고 정말 괜찮았다. 아들에게 젖을 먹이고, 가슴에 아기 포대기를 질끈 묶고 동네를 걸어 다녔다. 아기를 흔들며 함께 낮잠을 자고, 요리도 하고 청소도 했다. 잠이 들기는 했지만 대부분 제대로 자지 않았다. 그래도 괜찮았다. 그러다 아들이 두 살이 되면서 덩달아 여자 안에 있는 무언가도 바뀌었다.

여자는 나이트비치가 되고 싶었던 적이 없다. 이게 정말 선택의 문제라고 생각했다면 그렇게 되길 선택하지 않았을 것이다. 게다가 남편이 있었다. 여자는 남편에게 맨날 화를 내고 싶지 않았다. 남편을 정말 진심으로 사랑했기 때문이다. 요즘은 상상하기 힘들 만큼.

남편의 성향이 지나치게 이성적이긴 하나, 여자가 그를 사랑하게 된 이유가 물론 있었다. 예술가, 아니 적어도 한때는 예술가였던 여자의 눈에는 어떤 식으로든 남편이 다른 일반적인 엔지니어와는 달리 보였다. 실제로 남편은 그랬다. 여자가 남편을 처음 만났던 대학원 시절에 그는 지역 DNA 회사에서 일하고 있었는데, 말수 적고 마르며 창백한 데다 사람보다는 컴퓨터를 친구로 삼은 20대 남자와 아파트 지하층에 살고 있었다. 당시 여자는 남편의 직업이 흥미로워서 물었다. 당신이 DNA를 만든다는 건가요? 대체 뭐 하는 사람이에요? 사악한 마법사 같은 거예요? 그러자 그는 여자의 질문에 매우 기뻐하며 실험실에서 들을 법한 수많은 전문 용어로 대답했고, 여자는 가느다랗게 실눈을 뜨고 고개를 끄덕인 뒤 거듭 질문을 던졌다. 그러다 여자의 전시회에 참석한 그는 DNA 분야 엔지니어가 즐길 수 있는 선에서 작품을 즐겼다. 맞다. 그는 쾌활한 남자였다. 제대로 놀 줄 알았다. 하지만 결국 여자가 그에게 반한 이유는 그가 '폴더'라고 부르는 것 때문이었다.

내 폴더 구경할래? 어느 날 저녁, 장차 여자의 남편이 될 그가 물었다. 컴퓨터광 룸메이트는 어쨌든 예의 바른 청년이라 헤드폰을 낀 채 조용히 닌자를 죽이는 중이었다. 미래 남편의 컴퓨터는 거실 반대편에 있었는데, 그는 여자에게 자기 무릎에 앉으라고 말하고는 8만여 개의 파일이 들어 있다는 작고 노란 폴더를 열었다.

내가 인터넷에서 발견한 멋진 파일을 죄다 모아 둔 폴더야. 그러고 나서 그는 아무 말 없이 파일들을 하나씩 휙휙 넘겼다. 벌거벗은 여자가 두툼한 아이스 초콜릿케이크에 방귀를 뀌는 짧은 동영상. 포토샵으로 편집한 사람 눈과 치아를 가진 귀여운 흰 강아지. 마스크를 쓴 채 봉제 인형 더미 위에 오줌을 싸는 벌거숭이 사내. 러닝머신 위를 걷고 있는 뚱뚱한 고양이. 엉덩이로 선인장을 받치고 있는 노인. 빵 조각에 뒤덮여 해변 갈매기 떼에 둘러싸인 남자. 공책을 펼쳐 교실 책상에 앉은 나무늘보. 섹스 인형, 털짐승 인형탈. 기묘하리만치 작은 난쟁이들과 이상하리만치 사소한 상황들, 설명할 수 없지만 재미있고, 당혹스럽지만 불안한 모습들. 여자가 가장 좋아했던 건, 벌거벗은 일본 여자 두 명이 쪼그리고 앉아 작은 문어 위에 오줌을 싸는 동영상이었다. 당연히 문어는 몸을 움찔하며 바닥에 쪼그린 여자들에게서 도망쳤다.

와. 여자가 말했다.

불쌍한 문어. 그가 말했다.

저 여자들 왜 저러는 거야?

뭐 그냥 저 짓에 푹 빠진 것 같아. 나도 진짜 모르겠어.

물론 다른 이라면 죽 늘어선 별난 사람들의 체험을 보며 불쾌해하거나 놀랄지도 모르지만, 여자는 그러지 않았다. 그와는 반대로 남편이, 그러니까 우연히 알게 된 그 이상한 남자가 저 이상한 사람들 좀 봐 봐라는 말을 내뱉었을 때 기절할 만큼 황홀감을 느꼈다. 도덕적 잣대를 들이밀거나 업신여기는 티 하나도 없이, 그저 순수하게 매료되어 순수한 경이로움만 가득했던 그 말. 이 놀라움에 사로잡힌 여자는 그때부터 열정적인 사랑을 이어 갔다. 세상에, 사람들의 엉뚱한 행동과 기벽에 즐거워하는 사람을 발견하다니, 어쩜 이리 멋진 일이 있을까. 아마도 그 순수함은 사람이 지닐 수 있는 최고의 자질이었을 것이다. 남자의 무릎 위에서 그 자질을 목격한 순간, 여자는 그와 결혼하기로 결심했다.

그렇다. 그는 엔지니어였지만 별난 폴더도 있었고, 화장대에는 지저분한 봉제 동물 인형 수집품도 놓여 있었고(몇몇은 머리를 거꾸로 세운 채로), 침대 옆 수조에는 홉킨이라는 이름의 육식 개구리도 있었다. 여자가 그와 사랑에 빠진 이후, 개구리는 죽고 그의 직업도 바뀌었지만 폴더는 그대로 있었다. 물론 여자가 아이를 가진 이후로는 더 이상 그 폴더를 즐길 수 없었으니 최근 몇 년간은 아예 쳐다보지도 않았다. 아들의 탄생과 함께 그들의 집에 입성한 인류애라는 거대하고 새로운 무게를 생각하면, 인류애와 그에 따르는 모든 게 버거워도 너무 버거웠다.


여자는 더는 푹 쉬지도, 잘 먹지도 못했다. 지친 데다 짜증이 났고 몸이 변하고 있는 건 아닌지, 그 변화가 무슨 의미인지 걱정했다. 그래서 밤이 되면 두려웠다. 길고 어두운 밤마다 아이에게 소리를 지르지 않겠노라 다짐하면서도 다시 소리를 질렀고, 그러다 아이를 끌어안으며 용서를 빌었다. 쉬쉬, 엄마가 미안해. 괜찮아, 괜찮아.

피곤해도 너무 피곤했다.

털이 자라든 뭐든 쓸데없는 걱정은 관두고 한 주 잘 지내. 남편은 다시 집을 떠나기 직전, 주말 내내 집에 있던 48시간을 끝낼 무렵에 아내에게 그렇게 말했다. 체계가 있어야 하는 거, 알지? 계획을 세워 봐. 계획표를 짜라고. 그게 자기 일이라 생각하면 되잖아. 행복은 선택이야.

여자는 뭐라고 쏘아붙이고 싶었다. 아니, 어쩌면 속 모르는 소리를 지껄이는 남편의 얼굴을 찰싹 때리고 싶었는지도 모른다. 하지만 남편의 제의를 진심으로 받아들이려 애썼다. 남편은 단지 아내를 생각해서 최선의 조언을 하고 싶었을 뿐이다. 어쩌면 그가 옳을지도 모른다.

어쨌든 다시 월요일이 되었고 어김없이 남편도 떠났지만, 여자는 이번 주에 행복을 선택하고 있었다. 강박관념에서 벗어나 부정적인 생각을 그만두기로 했다. 개로 변하고 있다는 망상(물론 거친 털 뭉덩이가 퍼지며 자라나고 있지만), 최악의 시나리오, 건강 염려증, 소모적인 인터넷 검색을. 대신 일주일의 일정을 짜고 식사 계획도 세웠다.

행복이 선택이었으므로 오늘은 모성애를 선택했다. 그리고 예술도 선택했다. 오늘 여자는 그 둘을 아름답게 융합하며 행복을 만끽했다. 긍정적인 자기 모습이 흐뭇했다! 여자는 아침 내내 아이 곁에 있으며 휴대전화도 보지 않았고, 아들이 노는 모습을 보며 영감을 얻었다. 그런 다음 아이가 낮잠을 자는 동안에는 오래된 예술 작품들을 모두 꺼내 영감을 받고 새로운 작업을 시작했다. 생각해 둔 프로젝트가 없었다는 것, 몇 년 동안 제대로 영감을 받지 못했다는 것, 그리고 이전 프로젝트들, 오래된 비품들을 숨겨 온 벽장을 여는 게 두려웠다는 것, 그 모든 게 우스꽝스러웠다. 여자는 자신감이 좀 더 있어야 했다. 너 자신을 믿어. 시간을 내.

여자는 대학원 시절 동네 놀이터를 일종의 멋진 악몽으로 바꾸는 야외 야간 설치물 전체를 구상한 적이 있었다. 지오데식 정글 돔을 거대한 치마로 겹겹이 덮고, 그 꼭대기에는 돔 모양 치마를 입고 사람 크기의 흰토끼로 분장한 친구를 세워두었다. 그네는 보이지 않는 동물들의 펄럭이는 털 꼬리가 되었고, 그네가 매달린 금속 막대에는 파충류를 연상시키는 무지갯빛 천을 덮었다. 여자가 만든 주요 놀이 구조물은 머리가 많고 팔다리가 여기저기 달린 짐승 모양으로, 그 입구에서는 상상에서나 나올 법한 핏줄기 미끄럼틀이 튀어나와 있으며 그걸 타고 내려올 때는 그 안에 쌓인 반짝이와 스팽글이 덕지덕지 묻게 되어 있었다. 하지만 교수님들과 동기들은 여자의 작업을 그리 진지하게 생각하지 않는 것 같았다. 어쨌든 여자는 최종 프로젝트에 반짝이를 포함했고, 대학원 미술 학위 프로그램에 지원했을 때는 자기소개서에서 **독특한 성장 배경**을 드러내면서 가정의 **농가적 미학**, 친숙한 민속 전통, 전통적인 농업 기술과 집안의 비법을 예술로 변형시키고 끌어올리려는 열망이 있음을 강조했다. 결국 애팔래치아 농장에서의 금욕적인 성장 배경 덕에 장학금을 받고 입학했지만, 사실 여자는 어릴 적에 집에서 도망쳤고 자신에게 도움이 되는 경우에만 이 성장 배경을 활용했다. 어쨌든 미드웨스턴 대학교 입학 후에는 그 주변 지역에서 수없이 발견되는 로드킬당한 동물들을 수거해 나갔다.

사슴이나 너구리, 토끼, 코요테의 으스러진 시체를 가져와 뼈에서 썩어 가는 살을 뜯어내고 뼈를 세척해 표백한 후 사포질로 광택을 냈다. 그동안 전신 보호복과 무시무시하게 생긴 방독면을 착용해 뼛가루가 옷과 폐에 들러붙지 않도록 조심했다. 보석 세공 도구로 뼈를 도려낸 자리에는 금이나 은으로 도금했다. 형편이 좋을 때는 보석으로 무늬를 새겨 넣기도 했다. 여자는 주변 숲을 이리저리 돌아다니며 벚나무나 호두나무, 소나무를 확인하며 썩은 나뭇가지를 잘라 내서 가져와 치유해 나갔다. 나무를 다듬고 조각한 뒤에는 뼈와 금속, 심지어 모피까지 곁들이며 각종 요소를 결합하는 작업으로 신화

속에 나올 법한 새로운 동물 뼈대를 창조했다. 여자는 이 작품으로 엄청난 찬사를 받았다. 예술적 기교가 탁월하군! 교수님들이 감탄했다. 뼈를 준비해 다듬고 거기에 미세한 금속과 보석을 덧붙이는 기술이라니! 여자는 상상력 넘치고 독창적인 작품들을 만들었을 뿐만 아니라 매우 다양하고 정교한 기술들을 선보였다.

하지만 이제는 아무것도 없었다. 아무리 찾아봐도 여자의 내면에는 창조적 충동이 전혀 없었다. 임신 기간 동안, 특히 출산 3개월 전 잠 못 이루던 밤이면 몇 시간 내내 휴대전화만 바라봤고, 누군가는 공연 예술가라고 부를지 몰라도 여자가 보기에는 실시간 실험 예술에 깊이 몰두하는 사람들에게 집착했다. 여자는 어떤 부부가 서로 닮기 위해 광범위한 성형수술을 했다는 기사를 읽었다. 남편은 가슴 수술을 받았고, 아내는 남편처럼 가지런한 코가 갖고 싶어 자기 코를 깎았다. 그 수술들은 평생에 걸친 프로젝트였고, 공연 예술보다 더 심오한 것이자 그들의 삶과 예술 사이의 경계를 지우는 아이디어였다.

여자는 경계를 없애는 이 아이디어에 사로잡혀 더 많은 실험 예술을 샅샅이 조사했다. 우선 일찍이 순회 서커스단에서 일을 시작했지만 결국은 자칭 "수행적 삶의 실험"이라는 예술을 선보인 동유럽 쇼맨이 있었다. 그 쇼맨은 3년간 침묵 수행을 하고 한 달간 상점 앞 창문에서 나체로 생활했는데, 가장 유명한 것은 기억상실증에 걸린 뒤 수년간 일을 통해 과거의 세세한 기억을 회복한 일이었다.

사설탐정을 고용해 애인을 미행한 후 이를 주제로 전시회를 연 프랑스 여성은 또 어떤가? 의사가 준 그녀의 정신 감정 소견서를 대체 누가 유럽의 가장 유명한 박물관에서 열리는 전시회에 걸었을까?

여자는 자신의 출산 행위를 예술로 승화해 무대에 올리는 상상을 했었다. 무대 위에 설치된 사방이 유리로 된 수영장에서 펼쳐지는 적나라한 수중 분만 현장을 관객들이 보면 어떨까? 아니면 학생들이 줄서서 지켜볼 수 있는 강의실이자 병원 의료 극장에서 아이를 낳을 수도 있을 것이다. 그 공연은 긴급 대기용 행사이므로 밤이든 낮이든 언제든지 올 수 있는 사람들만 볼 수 있을 테고.

그런 공연은 둘째를 낳을 때, 출산이라는 걸 알았을 때 해보는 게 더 나을 것 같아서 미뤄 두었다. 그러다 아기가 태어났고, 그 뒤로 그 아이디어는 영원히 사라졌다.

여자의 시선이 주방 바닥에 있는 아들에게 향했다. 아들은 닫으면 우주선, 열면 큰 금속 꽃처럼 보이는 접이식 스테인리스 찜기를 갖고 놀고 있었다. 재채기도 하고 웃기도 했다. 아들은 여자의 유일한 프로젝트였다. 여자는 가장 궁극적인 창조를 했고, 이제는 아무것도 남은 게 없었다. 아들을 온전히 키우는 일이 여자가 동원할 수 있는 유일한 예술 행위였다.

하지만 오늘은 그 행위를 넘어서기로 했다. 처음부터 시작하자. 초심으로 돌아가는 거야. 그게 뭐든.

여자는 커다란 종이를 마스킹 테이프로 주방 바닥에 붙이고 찬장에서 핑거 페인트를 꺼냈다. 아침 식사를 마친 직후였고, 날은 화창했다. 지루해 보이는 아들은 뺨을 바닥에 댄 채 레일 위 기차를 밀며 바퀴가 돌아가는 모습을 지켜보고 있었다. 뭔가 새로운 것, 재미난 것이 필요했다.

여자는 아들의 파자마 셔츠를 머리 위로 끌어당기고 축 처진 기저귀를 벗겨 버렸다.

우리 그림 그릴까? 여자가 형형색색의 핑거 페인트를 풀어 놓은 접시를 가리키며 물었다.

손을 넣어도 되고 발을 넣어도 돼. 여자의 제안에 아들은 접시 쪽으로 아장아장 발을 움직였고, 질문을 던지는 듯한 눈길로 엄마를 바라봤다.

맞아! 미소를 지으며 말한 여자는 아들한테 보여 주려고 직접 접시에 손을 담근 뒤 바닥에 깐 종이를 쓰다듬었다.

아들은 발가락을 담갔다가 몸을 기울여 손바닥으로 물감을 문질렀다.

옳지! 여자가 아들을 응원했다.

두 손으로 종이를 톡톡 두드린 아들은 좋아서 활짝 웃으며 접시 위에 발 전체를 올려놓았고, 뒤로 주춤 물러서다가 미끄러지며 넘어졌다. 순간 멈칫한 아들의 뺨에 물감이 덕지덕지 묻었다. 아들이 환하게 웃자 여자도 따라 웃었다. 여자는 아들을 일으켜 세웠고, 손바닥에 물감을 묻혀 아들 배에 톡 찍었다. 아들은 두 손을 모아 엄마 머리카락을 물감에 넣었다.

오, 제법인데. 여자가 머리카락을 건지며 말했다.

바닥에서 일어난 아들이 신이 나서 까르르거리며 원을 그리듯 뛰어다녔다. 물감 묻은 손을 마구 흔들면서 의자와 커튼, 난로에 방울을 흩뿌렸다.

종이에다 해 봐, 아가. 여기도 얼마나 재밌는데? 옳지, 옳지. 종이에서.

아들은 접시 위에 뛰어올랐다가 종이 위에 뛰어올랐다가 토끼처럼 깡충깡충 뛰면서 나무 바닥을 가로질렀고, 행주를 움켜잡고서 있는 힘껏 높이 던졌다.

종이! 종이에다! 여자는 아들을 잡으려다 순간 미끄러졌고, 마침 열려 있는 수납장 문을 잡는 도중에 경첩까지 당겨

떼어 내고 말았다. 뜯겨진 경첩이 여자 손에 쥐어졌다.

아들은 이제 종이 위를 뒹굴며 물감을 치대고 있었다. 여자가 수납장 문과 경첩을 살펴보는 동안 아들은 엄마가 벗겨 놓은 그대로 거실로 향했다.

맙소사! 여자가 기분 좋게 소리를 질렀다.

아들은 놀이가 재밌는지 까르르 웃었고, 여자는 그 상황이 얼마나 심각한지 알려 주기 위해 몹시 진지한 얼굴로 정색하며 말했다. 장난 아니야. 진짜야.

장난? 벌거벗은 채 얼룩덜룩 물감을 묻힌 아들이 물었다.

아니야. 여자는 아들에게 살짝 다가가 주의를 줬다. 눈썹은 치켜올렸고 입꼬리는 엄한 엄마처럼 꾹 다물었다. 장난 아니야. 너 지금 지저분하잖아! 그냥 주방에 있자.

여자가 팔을 잡으려 달려들자 아들은 소리를 지르며 소파 위로, 커다란 쿠션 위로 뛰어오르더니 늘 하던 대로 그 아래에 파묻혀 몸을 숨겼다.

아들을 깨끗이 씻긴 여자는 아이가 만화 영화를 보는 동안 바닥과 의자, 난로, 수납장, 양탄자, 소파 등에 묻은 물감을 닦으며 남은 아침을 보냈다. 낮잠 시간이네. 여자가 청소 중에 혼자 중얼거렸다. 낮잠 잘 시간이야.

여자는 점심을 먹은 뒤 아들을 재우려고 침대에 눕혔다. 엄마가 책을 읽어 주고, 안아서 토닥이고, 자장가를 불러 주고 나서야 아들은 헝클어진 시트에 반듯이 누워 잠에 푹 빠졌다. 장밋빛 입술은 아주 살짝 열려 있었고, 길고 까만 속눈썹은 꿈결에 씰룩거렸다.

사실 엄마가 곁에 있어야 아들이 잠에 드는 건 여자 탓이었고, 애초에 아들이 태어날 때부터 엄마와 계속 한 침대에서 자게 된 것도 여자 탓이었다. 여자는 젖먹이였던 아들이 울고 보채는 밤마다 얼러 주었다. 너무 쉬운 일이었다. 옆으로 누운 두 사람은 따뜻한 어둠 속에서 서로 마주 봤다. 아기는 엄마 젖꼭지에 찰싹 붙어 작고 부드러운 손을 가슴에 갖다 댔다. 여자는 젖을 먹이며 꾸벅꾸벅 졸았고, 아들은 엄마 젖을 먹으며 쌔근쌔근 잠이 들었다. 아들을 침대에 바로 눕히면 살짝 벌린 입에서 모유 방울이 또르르 흘러내렸다. 고요히 깊어 가는 밤, 두 사람은 함께 잠이 들었고 아기가 다시 깨기 전까지는 깊은 잠에 빠졌다. 너무 쉽고, 너무 좋았다.

하지만 쉽고 좋은 것은 결국 나쁜 습관을 만든다. 아들에게 수면 교육을 하여 아기 침대가 있는 아기방에 강제로 들여보냈어야 했다. 울도록 놔뒀어야 했다. 아들이 잠들기 전이 아니라 깨어났을 때 젖을 먹여야 했고, 껴안고 재우지도 말았어야 했다. 모든 육아서에 그렇게 쓰여 있었다. 여자는 전부 잘못했다. 솔직히 그녀 자신을 탓할 수밖에 없었다.

아들과 침대에 누운 한 시간 동안 여자도 잠들어 있었다. 여자는 얼떨결에 허둥지둥 잠에서 깨기는 했으나, 야망의 무게와 육아 실패로 심신이 너무 무겁다 보니 겨우 침대에서 빠져나왔다. 오후 4시, 하루가 벌써 저물었다. 여자는 끙 소리를 내며 내일 다시 해보자며 다짐했고, 그 덕에 기분이 훨씬 나아졌다.

저녁 식사는 계획한 식단대로 만들었다. 으깬 채소를 잔뜩 넣은 칠면조 고기와 통구이 감자, 그리고 야채 샐러드. 그런데 일주일 전만 해도 이 모든 걸 다 잘 먹던 아들이 그날 저녁에는 입도 대지 않고 오로지 마카로니, 마카로니!라고 외치며 떼를 썼다. 여자는 욱한 마음을 누그러뜨리며 뒤늦게 마카로니와 치즈, 완두콩 요리도 만들었다. 아들은 한 번에 두 조각씩 입에 넣었고, 나머지는 바닥에 죄다 떨어뜨렸다.

해 질 녘 태양 빛이 모든 것에 우울한 색조를 드리웠다. 아들의 플라스틱 접시에 남겨진 젤리 모양 국수 조각, 높은 아기 의자 밑에서 굴러다니는 완두콩, 조리대와 고양이 밥그릇 옆에 어수선하게 흩어진 인형과 미니 자동차 등. 그 순간마다 여자는 자신의 외로움을 토닥였다. 마치 그게 둘째 아이라도 되는 것처럼.

어떻게 두세 시간을 더 버틸 수 있었을까? 어떻게 다섯 권의 책을 읽고, 잠자리 동화를 꾸며 내고, 한 시간이며 두 시간이며 침대에 누워 아들이 잠들기만을 기다렸을까? 낮잠을 잤는데도 너무 피곤했다. 감정은 그저 사람을 통해 움직이는 비현실적인 게 아닐까? 남편이 그렇게 말했다. 그 감정에 귀 기울일지 말지는 자기가 선택하는 거지. 여자는 스스로에게 감정적 풍경의 공정한 관찰자가 되라고 말했다. 그리고 **감정적 풍경**이라는 구절을 마음속으로 반복하다가 그 안에서 회색빛 하늘에 드리운 회색빛 실루엣을 보았다. 여자는 욕조에 물을 채웠다. 책도 읽고 동화도 지어냈다. 그리고 어둠 속에 누워 기다리고 또 기다렸다.

그날 밤 여자가 침대에서 아들을 재우며 기다림에 지쳐 갈때, 남편은 어딘가에 있는 호텔 방에 느긋하게 앉아 책을 읽거나 TV를 보거나 비디오 게임을 하거나 침대 위에서 룸서비스 식사를 하고 있었을 것이다. 설령 스프레드시트를 작업하거나 노트북으로 서비스 보고서를 작성하고 있었더라도, 조용한 공간에 혼자 있을 남편의 모습은 고급스럽고 이국적으로 느껴졌다. 가장 우울한 순간과 맞닥뜨린 여자는 남편도 가족과 떨어져 있는 이 시간을 갈망하며 매주 월요일 운전해 출장길을 떠날 때면 안도의 물결에 휩싸일 거라 상상했다. 나홀 내내 쉼 없는 잠! 암막 커튼! 당일 해치울 수 있는 개별 업무! 주급이 기다리는 주말!

남편이 필요 이상으로 하루 늦게 집에 온 적이 있을까? 커피를 연거푸 마시며 세인트루이스나 인디애나폴리스에서 집으로 오는 여정을 늦춘 적은? 남편이 여유롭게 카페에 낮아 인터넷을 뒤적이며 꾸물대는 모습을 상상하니 마음속에서 분노가 치밀어 올랐다. 그는 일이 끝나는 대로 집으로 와야 한다. 아내만큼 일찍 일어나야 한다. 서둘러 집에 돌아갈 수 있게 재빨리 일을 끝내야 한다. 만약 여자가 집을 떠나 있었다면 당연히 그랬을 것이다.

여자의 문제는 생각이 너무 많다는 것이었다. "부정적 생각" 및 기타 등등. 그 생각들을 멈추려 애썼지만, 육체적으로 너무 애쓴다는 느낌은 여전했다.

남편이 돈을 더 버는 게 여자 잘못이었나? 남편이 일을 관두는 것보다 여자가 일을 관두는 게 더 나은 일이었나?

남편이 항상 집을 비우며 일주일 내내 아내를 사실상의 싱글맘으로 만든 것도 과연 여자 잘못일까?

기차놀이가 정말정말 지루하다고 생각한 것도 여자 잘못이었을까? 아주 작은 정신적 자극이라도 얻고 싶어서 옛날 책 더미로, 오랫동안 벽장에 내버려 둔 반쯤 완성된 프로젝트로, 오후 내내 고독함과 고요함을 즐기는 시간으로 돌아가길 갈망하는 것도?

정신적 자극을 갈망했지만 여전히 독창적 사고나 의견을 꾀하지 못하고 있음을 깨달은 것도 그녀 잘못이었을까? 솔직히 여자는 더 이상 아무것에도 관심이 없었다. 정치든 예술이든 철학이든 영화든, 모두 다 지루했다. 가십과 리얼리티 TV를 탐닉할 뿐이었다.

여자가 리얼리티 TV에 빠져 자신을 미워하게 된 것도 그녀 잘못이었을까?

젊은 여성이 그저 일류 교육을 받으면 모성이라는 역사적 제약에서 벗어날 수 있고, 단순히 경력을 쌓기만 하면 아이를 낳은 후에도 쉽게 직장에 복귀할 수 있으며 이전 세대가 했던 고된 노동을 피할 수 있다는 대중적인 사회적 통념에 빠져든 것도 여자 잘못이었을까? 물론 아이를 낳는다는 게 이론적으로 언젠가 복귀할 수 있는 직장에서 벗어난다는 뜻은 아니다. 그 대신 그건 사람을 육체적으로나 정신적으로(특히 정신적으로) 비틀거리게, 너무나 비틀거리게 하는 일에 대한 몰입, 상상할 수 없는 일의 무게, 기하급수적으로 늘어나는 업무량을 의미했다. 정신적으로 가장 건강한 사람조차 생물학에 맞선 비뚤어진 야망, 본능에 맞선 출세주의, 현대의 엄마가 스스로 행복해지려면 덜 동물적이어야 한다는 부담감에 무릎을 꿇을 수밖에 없는 것이다. 자자, 지금 우리는 진화했고 문명화되어 있잖아. 대체 네 문제가 뭐야? 정신 차려. 정말 창피하다.

사실 생각해 보면 여자를 나이트비치라고 부르는 건 정말 공평하지 않았다. 성별을 강조하는 그런 비방은 여자가 자기 몸으로 아기를 만들었고, 몇 달 동안 증식 세포를 키우며 몸매를 망가뜨렸고, 나날이 뚱뚱해졌고, 썩 중요하지는 않지만 젊은 여자다운 성적 매력까지 떨어졌다는 사실을 고려하지 않는다. 진정한 페미니스트는 체형이나 마른 몸매나 이성애적 남성의 관심 끌기 따위에 신경 쓸 생각도, 관심도 없다. 도리어 그보다는 사신에게 매력 있는 사람이 되고 싶어 한다. 자기만의 생각이 있고 자기 미래를 위한 목적이 있는 사람. 물론 그 목적이 엄마는 아니었지만 어쨌거나 여자는 이제 엄마가 되었고, 그래서 매력 넘치는 엄마가 되어야 한다고 절실히 느꼈다.

하지만 남성을 비하하는 적절한 대응어는 없다. 안 그런가?

여자가 나이트비치라면, 엄마 눈을 똑바로 쳐다보며 갓 수거한 장난감 통을 바닥에 버리고 하는 말이라곤 마카로니밖에 없는 아들은 빌어먹을 애새끼일까? 아니다.

한편으로 밤새도록 '심연의 군주' 캐릭터를 레벨업하는 컴퓨터 중독자 남편은 침대에 있는 대신 비디오 게임을 하며 만족스러운 성생활의 잠재력을 효과적으로 낮췄다. 그는 미친놈일까? 아마도.

개 같은 년(bitch)이라는 말에는 어떠한 울림, 개자식이나 후레자식이란 말이 남자를 향할 때는 결코 완전히 연상시키지 못할, 어떤 비난조의 피할 수 없는 울림이 있다. 개 같은 년은 단호하고 날카롭고 늘 결정적이다. 여자는 주황색 카펫과 깜빡이는 형광등이 있는 허름한 작은 사무실에 앉아 금속 도장으로 공식적이지만 무의미한 문서에 도장을 찍는 지루한 소도시 관료의 모습을 떠올렸다. 개 같은 년. 개 같은 년. 개 같은 년. 고마워요, 좋은 하루 보내세요.

집은 잠자코 깨끗이 기다렸다. 그날의 물감 얼룩은 아득한 기억이 되었다. 여자 옆에 누운 아들은 한 번이 아니라 두 번 목욕했다. 낮 목욕과 밤 목욕을 해야 했고, 여자는 모든 방법을 동원해 아들을 어르고 달래서 금세 잠에 빠지도록 노력했다. 그리고 마침내 아들은 장렬하게 잠이 들었다. 몸을 움찔하며 침대에서 일어난 여자는 계단을 내려가 화장실로 향했다. 초가을쯤 다친 꼬리뼈에 멍이 들었거나, 아니면 바지 꼬리표가 엉치뼈 부분을 거슬리게 하는 것 같았다. 모호하지만 계속되는 불편함이 신경 쓰여서 등뼈 아랫부분을 향해 손을 뻗었다. 손가락으로 부어오른 덩어리를 발견하고는 거울에 비춰 보며 눈으로 직접 확인했다. 툭 솟아오른 혹이 보였고, 만지면 찌릿했다.

두 손가락으로 등뼈 아래쪽을 누른 여자는 통증에 움찔했다가 다시 몸을 돌려 거울을 들여다보았다. 그래도 자세히 볼 수가 없기에 손거울을 집어 들었다. 하지만 손거울 역시 혹의 정체를 밝혀 주지 못했다. 그 부분을 휴대전화로 계속 찍어 보니 화면에 흐릿하게 잡힌 붉은 혹이 보였다. 여자는 그 혹에서 툭 튀어나온 털 한 가닥이 있다고 느꼈고, 그 털을 살짝 비틀면 거슬리던 불편함이 조금은 수그러들지 않을까 판단했다. 그래서 무턱대고 그 털을 잠시 잡아당겼다. 하지만 통증이 더 심해지며 온몸에 쓰라림만 퍼져 나갈 뿐이었다.

젠장. 여자는 혼자 중얼거렸다. 그러고는 발을 쿵쿵거리며 손님방에 있는 벽장으로 걸어가 낡은 미술 도구 상자를 꺼냈다. 뚜껑이 열리자 물감과 퍼티의 톡 쏘는 냄새, 오래된 접착제에서 풍기는 싸하고 독한 냄새가 여자를 달래 주며 홀로 있는 그 긴 시간, 늘 지저분하고 화끈거리는 손가락, 온갖 점토와 물감, 접착제가 사방에 튄 작업복을 떠올리게 했다. 깊게 숨을 들이마시며 그 냄새에 흠뻑 취한 여자는 자신의 프로젝트들, 아무 프로젝트로나 되돌아가고 싶다는 깊고 절박한 갈망과 그런 일을 할 수 없다는 완전한 무력감을 깨닫고 솟구쳐

흐르는 눈물을 애써 참았다. 그리고 재빨리 얇은 상자를 뒤져 날카로운 작토 사 나이프(그녀가 줄곧 찾던 칼)를 찾아내어 주방 싱크대에서 깨끗이 씻은 뒤 난로 불꽃 위에 갖다 댔다. 욕실로 간 여자는 나이프 끝으로 붉은 혹을 더듬어 내려가다, 걸쭉한 고름이 흘러나오는 순간, 왠지 모를 안도감을 느꼈다. 그런 다음 뜨거운 물수건을 혹에 대고 쭉 밀면서 고름을 빼냈고 작은 수건으로 톡톡 두드렸다. 다시 확인했을 때 혹은 이미 오므라들어 있었다. 하지만 절개한 상처에서 웬 털 뭉치가 고개를 내밀었다. 그 털 뭉치를 묘사할 수 있는 유일한 단어는 꼬리였다.



병원에 가야 해. 여자의 남편이 자상하게 말했다. 직접 물혹을 자르다니 믿을 수가 없어. 안전하지 않잖아.

알았어. 하지만 나한테 꼬리가 있다는 사실은 어떻게 설명할 건데?

남편이 웃었다. 그는 항상 아내가 하는 말에 웃었다.

꼬리라고는 할 수 없지. 원래 그 부위에 나는 물혹에는 털이 있거든.

여자는 그런 물혹에 대해선 다 안다. 꼬리뼈 꼭대기에 생기는 물혹은 모소낭이라 불렸고, 젊은 사람들에게 가장 흔했으며, 왕왕 털이나 피부 찌꺼기를 담고 있었다. 물론 여자는 그런 물혹을 찾아 인터넷을 뒤지고, 사진을 확인하고, 고름을 짜내고 빼내는 동영상을 살펴봤다. 하지만 그중 어떤 것도 여자 몸에 생긴 물혹과 모양이 달랐다. 뽑아도 뽑히지 않는 검은 털을 보며 기분이 좋을 때 그 털이 흔들리는 모습을 상상했지만, 여자는 그런 생각에 사로잡힐 때마다 재빨리 떨쳐버렸다. 그런 상상을 한다는 게 너무 이상했기 때문이다. 꼬리를 흔들다니.

까놓고 말하면 하루에 딱 한 번 신나게 흔들긴 했다. 그 외에는 절대 금물이었다. 그녀가 이런 충동에 굴복한다면 또 어떤 일이 벌어질지 누가 알까? 꼬리를 흔들고 싶은 욕망에 완전히 사로잡혀 아들의 가느다란 머리털을 사랑스럽게 핥고, 침대 시트의 평평한 부분을 발로 짓이기고, 그 자리에 웅크리고 앉아 팔뚝에 턱을 괴고 잠이 들어 버릴지 누가 알겠나?

여자는 개로 변하지 않았다. 꼬리도 없었다. 이빨도 날카로워지지 않았다. 게다가 목덜미 전체를 덮었던 털은 동물의 털이 아니었다. 남편이 옳았다. 이럴 때일수록 이성을 잃지 말아야 했다. 오오, 여자는 그런 공상적인 일들을 상상하지 않도록 그저 마음을 다스렸다. 아들이 잠든 한밤중에, 숨을 헐떡이며 창가에 앉아 탁 트인 까만 밤을 응시할 때 말고는 그러지 않았다.


다음 날 아침, 여자는 이성적인 사람이라면 누구나 하는 일을 하고 도서관으로 향했다. 주말 이후 샤워를 하지 않았다는 건 신경 쓰지 말자. 지금은 주 중반이니까. 다만 기름기가 엉겨 붙은 머리카락은 손가락이 훑고 지나지도 못할 만큼 너무 두터웠고, 건초같이 너덜너덜하게 물결치는 끝부분은 구불구불한 가을 나뭇잎처럼 얼굴 주위를 바스락거렸다. 게다가 눈 아래 생긴 다크서클은 어떤 컨실러로도 지워지지 않았는데, 여자는 부모님에게 없는 그 다크서클을 지금은 유전 때문이라고 치기로 했다. 불행히도 그 다크서클 때문에 양쪽 눈을 세게 맞았거나 백혈병에 걸린 것처럼 보이는 게 문제였다.

전날 밤 여자는 (아니나 다를까) 제대로 자지 못하고 걱정에 파묻혀 깨어 있었다.(꼬리라니? 말이 돼???) 자신의 끊임없는 이론화와 진단을 잠재우려면 도서관에 가서 책을 빌려야 했다. 인터넷은 정말 끔찍한 곳이었다. 당연히 그렇지 않을까. 끝없는 정보, 무한한 검색어, 이미지와 동영상, 기사, 데이터베이스, 토론 게시판, 실제로 백혈병에 걸렸는지 알아보는 진단 테스트까지. 여자는 어젯밤 전까지만 해도 양쪽 눈이 세게 맞은 것처럼 보여요라는 검색어를 입력하면 일곱 가지 흔한 눈 부상뿐 아니라 외상성 뇌 손상, 뇌진탕, 만성 두통 등 끝없는 전문 지식이 쏟아진다는 사실을 미처 몰랐다. 검색어를 더 들여다보다가 알레르기, 꽃가루와 음식, 완화제, 대기 오염, 민감성과 염증 등을 훑어보았다. 그런 다음 자가 면역 질환, 뚜렷한 병명 없이 원인 모를 통증과 타박상에 아픈 여자들, 고통과 불안에 시달리는 여자들, 갖은 이유로 다친 여자들, 기댈 곳 없이 자기 몸을 혹사하는 여자들, 각자 자기만의 사각형 전등만 멍하니 바라보는 여자들의 사진을 마주했다.

세상에. 여자는 침대에 누워 곰곰이 생각했다. 맙소사. 여자는 한밤중에 인터넷에서 본 병들고 겁먹은 엄마들처럼 되고 싶지 않았다. 그들의 물혹에서 솟아나는 털, 모공에서 풀리는 실, 여드름에서 나오는 미세플라스틱, 영상 증거!를 비롯한 기타 등등. 정의할 수 없는 무언가를 가진 여자, 곁눈질과 의심스러운 눈초리를 받는 여자가 될 생각은 없었다. 까맣게 멍든 눈이나 쉽게 설명할 수 있는 병, 상처, 골절 등 눈에 보이고 이해될 수 있는 증거, 뭐가 문제냐고 묻는 사람에게 보여줄 수 있는 증거가 살에 새겨져 있으면 얼마나 편할까? 손가락으로 딱 가리키면 아하! 이것 때문이군요!라는 말을 들을 수 있는 증거.

그래서 여자의 상태가 완벽하게 이성적이면서 비상 상황이 아닌 지금, 무궁무진한 모든 것의 집합소인 도서관에서 마음을 가다듬는 게 그녀에게는 옳은 일처럼 보였다. 충분히 연구되고 평가된 모든 자료, 똑똑하면서도 똑똑하지 않은 이들이 투자가 이루어지기도 전에 작성하고 개정하여 사실 확인을 거쳐 숙고한 생각과 말이 대중에게 널리 전파되는 곳. 도서관은 진통제나 다름없었다. 아들과 함께 도서관에 다가서자, 여자는 심장이 더디게 뛰는 느낌이 들었다. 그리고 안에 들어가자마자 향기 하나 없는 공기를 깊게 들이마셨다.

여자는 도서관에서 물혹에 관한 의학 서적 한 권을 꺼냈고, 특히 유피낭종이라 불리는 물혹에는 아주 드물게 머리카락이나 치아, 눈동자 조직이 들어 있다는 사실을 알아냈다. 그래서 몸에서 자랄 수 있는 모든 혐오스러운 것이 보고 싶어졌고, 마치 공장 조립 라인의 생산품처럼 등뼈 물혹에서 하나하나씩 연속으로 솟아나는 치아를 상상했다. 또 다른 한 권은 도서관 데이터베이스에서 검색한 뒤 서가에서 급하게 찾아냈다. 왜냐하면 도서관 2층, 듀이 십진 분류표에 따라 민속학관련 서적이 있는 350번에서 413번 사이의 통로 바로 그곳에서 아들이 시쳇말로 멘붕에 빠졌기 때문이다. 아들은 비문

학 서가에 있는 게 지치고 짜증 난 나머지 바닥에 누워 발을 쿵쿵 굴렀다.

가자아아아아아아아! 여자가 398.3WHI 열을 찾아 낡을 대로 낡은 책등을 집었을 때, 아들이 막무가내로 울부짖었다. 여자는 아들을 바닥에서 일으켜 번쩍 안은 뒤 어린이 열람실 한쪽 구석에 있는 장난감 기차로 가려고 계단을 내려가는 동안 허리가 욱신거렸다. 열람석에 앉아서 삑삑, 칙칙폭폭 소리를 내며 행복해하는 아들을 지켜보던 그녀는 작은 활동실에서 모여 있는 끔찍한 북 베이비즈 엄마들을 발견했다.

문제는 여자가 다른 엄마들과 함께 있는 것을 즐기지 않는다는 점이었다. 물론 우연히 죽이 잘 맞는 흥미롭고 재미있고 아름답고 총명한 여성을 만났는데, 마침 그 사람이 아이 엄마라는 사실을 알게 된 거라면 괜찮았다. 심지어 괜찮은 것 이상으로 무척 멋진 일이었다. 아이들 흉을 보며 불평하는 멋진 여자. 화요일 오후 로제 와인에 살짝 취해도 개의치 않는 여자. 여자 역시 엄마였기에 다른 엄마와의 친목을 무작정 피하지는 않았지만, 단지 모성애를 공유한다는 이유로 친목을 쌓아 가는 건 혐오스럽다고 느꼈다. 여자는 엄마들과 아이들이 가득한 방에 있는 게 무척 불쾌했다. 구겨진 과자 봉지를 움켜쥔 채 아이의 기저귀 냄새를 맡으며 갈아 줄 때가 되었는지 확인하는 엄마들, 아니면 아이를 졸졸 따라다니며 콧물을 닦느라 휴지를 무기처럼 휘두르는 엄마들, 심지어 아이들이 뛰어다니며 소리를 지르고 바지에 오줌을 싸고 서로 부딪치다가 더 크게 소리를 지르며 울고 웃고 뛰어다니는 동안 그 중간 거리쯤에서 서로 번갈아 가며 멍하니 바라만 보는 엄마들…… 엄마들의 그런 표정을 보면 딱 감이 온다. 피로와 지루함뿐만 아니라 더 많은 것이 담긴 표정임을 여자는 알 수 있었다. 그들은 마치 자기가 잃어버린 것, 기억조차 할 수 없는 것을 응시하는 듯이 보였다. 그게 뭐였을까……?

여자 자신이 자주 멍하니 바라만 보곤 하는 엄마였기에 너무나도 잘 아는 표정이었다. 아이가 동화를 듣고, 뛰어놀고, 기차놀이를 하고, 그림책을 볼 때면 여자는 계속 우두커니 그렇게 있었다. 멍한 상태가 그녀를 압도했고, 아들이 덤프트럭처럼 경적을 울리며 옆에 왔을 때야 비로소 그 사실을 깨달았다.

그래서 여자는 엄마라는 맥락에서 다른 엄마와 친구가 되는 게 무척 싫었다. 도서관 유아열람실에서 진행되는 손뼉치기와 속삭이기, 바닥 놀이, 단체 까꿍 놀이와 거미줄 타기 놀이, 행복과 긍정을 강요하는 놀이도 싫었다. 그건 '전천후 엄마'나 진심으로 포용할 만한 놀이였고, 여자는 그런 일에 목

매달고 싶지 않았다. 사실 여자도 엄마였지만 그런 유형의 엄마는 아니었다. 삶 전체를 짜맞추며 아이 곁에 있는 엄마, 모든 나날을 아기 모임과 활동으로 채우고 엄마라는 해류에 완전히 잠긴 엄마, 몇 날 몇 주 도서관 일정과 시민 행사를 누비는 엄마, 물놀이장과 정글짐 정보에 관한 문자를 보내고 과일 및 채소에 뿌리는 농약이며 진드기에 대한 경고를 공유하는 그런 엄마. 하지만 그 엄마들이 거기에 있었다. 여자는 열람실 문에 난 창으로 그들을 보았다. 엄마들. 행복한 엄마들.

그중 최고는 금발의 엄마였다. 위대한 금발. 여자는 그 엄마를 도서관에서 보거나, 놀이터 가장자리에서 힐끗 쳐다보거나, 그 엄마가 쇼핑몰 놀이 공간에서 맹렬하게 문자를 보내는 모습을 볼 때마다 속으로 늘 그렇게 생각했다. 그녀의 수다스러운 금발 쌍둥이 딸들은 황홀한 숲 배경 치마에 사슴과 부엉이를 귀엽게 수놓은 점퍼를 세트로 맞춰 입었고, 윤기 나는 머리카락은 양 갈래로 나누어 나비 모양의 분홍 벨벳 리본으로 묶었다. 아이들이 기어 다닐 때마다 사람들은 치마 아래로 살짝 비치는 주름진 노란색 기저귀 커버를 언뜻 보았을 것이다. 기저귀 커버 엉덩이 쪽에는 셀레스트와 오베르진이라는 각 아이의 이름이 수 놓여 있었다. 비록 한 아이에게 가지*라

---

* 오베르진(Aubergine)이 '가지'라는 뜻의 단어이다.

는 뜻의 프랑스어 이름을 짓기는 했지만, 금발의 엄마는 완벽하고 기념비적인 천생 엄마였다. 심지어는 딸 이름에 신경도 쓰지 않았다! 아이와 동반할 수 있는 어디에서든 미소 짓고, 웃고, 수다 떨고, 얘기를 나누고, 껴안고, 먹을거리를 주는 동안에도 곤혹스러운 채소 이름을 전혀 부끄러워하지 않았다. 여자가 안전거리에서 위대한 금발을 지켜보는 지금, 두 딸 중 한 명이 엄마에게 아기 수화를 했고, 그다음에 엄마가 다른 딸에게 수화를 하자 그 애가 귀엽게 응수했다. 그 후 위대한 금발이 두 딸을 꽉 껴안았다. 세 모녀는 한바탕 낄낄거리며 웃음을 참지 못했다. 위대한 금발이 기저귀 가방에서 빨간 사과 두 개를 꺼내 건네자 어린 딸들은 초롱초롱한 눈빛으로 바라보다 촉촉한 사과를 잇몸으로 쪽쪽 씹어 댔다.

　그때 고개를 든 위대한 금발의 시선이 후줄근한 엄마에게 꽂혔다. 구겨진 셔츠를 입고 장난감 기차 옆에 있는 피곤해 보이는 엄마. 가엾어라, 항상 아들과 단둘이만 있네(아들은 인형 같다.), 게다가 눈빛도 오묘하고. 왜 저 사람은 모임에 끼지 않을까? 잠시 후 위대한 금발이 가볍게 손을 흔들더니 옆에 앉은 엄마에게 빠르고 명랑하게 몇 마디 건네고는 기저귀 가방 깊숙한 곳에서 무언가를 꺼내며 일어나 여자 쪽으로 걸어 왔다. 여자는 할 수 있는 힘껏 상냥하게 엷은 미소를 지으면서도 속으로는 이렇게 외쳤다. 젠장 젠장 젠장 젠장 젠장.

어머, 안녕하세요! 위대한 금발이 다정하게 인사하며 여자에게 다가왔다. 여자는 잠시 진짜 유령을 만났나 싶었다. 위대한 금발이 너무나 완벽했고, 실루엣도 너무나 깔끔했기 때문이다. 위대한 금발은 아직 중간쯤 떨어져 있는데도 몇몇 여자들이 부리는 마법처럼 고상한 향기를 풍겼다. 여자는 그 후각적 경험에 미친 듯이 기뻐서 등 아래쪽이 살짝 요동치는 느낌이 들 정도였다. 설마 꼬리를 흔드는 거야!? 여자는 깜짝 놀라 겁에 질렸다. 그리고 한편으로는 이 여성을, 이 위대한 금발을, 걸어 다니는 풍부한 향기의 주인공을 보고 얼마나 개탄했는지 순간적으로 잊어버렸다. 보나 마나 새로 세탁한 흰색 반바지와 부드러운 캐시미어 탱크톱에서 풍기는 건조기 시트의 신선함, 마치 프랑스 향수 가게에서 제조된 파촐리 오일이 위대한 금발의 손목과 귀 뒤에 가볍게 남은 것처럼 저속하면서도 놀랍도록 세련된 향. 각각의 향기에서는 입에 넣기엔 너무 큰 풍선껌, 턱 아래로 뚝뚝 떨어지던 설탕물처럼 달콤한 분홍색 딸기 사탕 같은 여자 자신의 어린 시절 추억이 연상되었다. 위대한 금발이 손목에 찬 매혹적인 팔찌가 짤랑거리자, 여자는 감각적인 몽상에서 벗어나 장난감 기차가 놓인 탁자로 돌아와서는 무심코 얼굴을 찌푸리며 가볍게 손을 흔들었다.

기차놀이에 푹 빠졌던 아들이 고개를 들어 더럽디더러운 손을 흔들었다. 그제야 여자는 아들이 심각하게 불결하다는 걸 알아차렸다. 빗질도 하지 않은 머리, 아침 식사 때 흘린 주스로 얼룩진 셔츠, 며칠 계속 입다 보니 엉덩이가 늘어질 대로 늘어진 바지, 대걸레처럼 축 처진 축축한 기저귀. 게다가 자기가 봐도 고요하고 강렬한 공포 같은 여자의 외모는 또 어떤가? 눈 밑에 컨실러는 발랐나? 데오도런트도? 마지막으로 세수한 게 언제였더라?

어머나! 위대한 금발이 여자가 은근히 바라던 편안하고 친근한 분위기를 풍기며 말을 걸었다. 어떻게 지냈어요? 우리 여기저기서 본 적이 있는 거 맞죠? 금발이 한 손가락으로 자신을, 다른 한 손가락으로 여자를 가리키고는 손가락들을 앞뒤로 움직이며 상냥하게 물었다.

아이랑 같이 북 베이비즈에 와요. 그녀가 덧붙였다.

아, 아들이 기차놀이에 푹 빠져서요. 여자가 아들을 가리키며 말했다. 아이는 이미 장난감 기차로 돌아가 크게 경적을 울리고 있었다.

그렇군요. 그럼 다음에 오시면……. 금발은 극적 효과를 위해 잠시 말을 멈췄다가 음모를 꾸미듯 제안했다. 나랑 다른 엄마들이 새로운 사업을 시작했어요. 허브를 팔고 있거든요!

정말 재밌어요. 그러니까 내 말은, 그쪽도 허브를 꽤 좋아할 것 같은데, 맞죠? 천연 원료나 뭐 그런 것들요.

음, 아마도요! 여자는 허브를 파는 게 가장 평범한 일인 양, 무슨 말인지 정확히 알겠다는 듯이, 그리고 자신도 역시 그 기대에 무척 부푼 것처럼 기를 쓰고 되도록 밝게 대답했다. 곧 몇 가지를 더 물어볼 참이었다. 그래야 예의 바르고 정상적인 사람처럼 보일 테니까. 여자가 이 두 가지 모두를 위해 몹시 애쓰고 있을 때, 위대한 금발의 쌍둥이 딸들이 시끄럽게 악쓰는 소리가 기차 탁자까지 울려 퍼졌다. 그 소리에 위대한 금발은 여자에게서 물러나 애들이 다 그렇죠?라는 몸짓으로 눈을 굴리며 입을 열었다. 가 봐야겠어요. 나중에 봐요, 알겠죠?

그래요! 여자는 믿음직스러운 열의와 너그러움이 잘 전달되길 바라며 활기차게 대답했다.

위대한 금발은 싱긋 웃으며 손을 흔들었다. 그리고 모임으로 천천히 돌아가 울먹이는 아이들을 감싸 안으며 콧물 범벅이 된 쌍둥이의 코를 손가락으로 기꺼이 쓰다듬었다.

빠아아아아아아아앙! 아들이 소리를 질렀다. 빵빠아아아아아아앙!

얘야. 여자가 지저분한 어린 아들에게 말했다. 갑자기 피로가 몰려오고 너무 진이 빠져, 정말 너무너무 침대로 돌아가고 싶었다. 아가, 집에 가자.


　그날 밤 아이가 한 시간 넘은 잠투정 끝에 겨우 잠이 들자, 여자는 소파에 털썩 주저앉아 눈을 비비고는 토트백을 뒤져 도서관에서 대출한 책들을 꺼냈다.

　아들을 위한 소방차와 버스, 그리고 덤프트럭 그림책이 줄줄이 쌓이는 가운데 여자를 위한 책은 단 두 권이었다. 여자는 이 두 권의 책이 어떤 식으로든 자신의 현재 상태를 밝혀주기를 바랐지만, 과연 그럴 수 있을지 무척 의심스러웠다. 적어도 어쩌면 끊임없는 걱정을 떨쳐 버릴 무언가가 있을지도 모른다. 그래서 날카로울 수도 그렇지 않을 수도 있는 송곳니, 지금은 거의 싹트기 직전의 일정한 상태일지 모를 꼬리, 살금살금 목덜미를 따라 내려오는 수북한 털까지 잊어버릴지도 모른다.

　의학책은 너무 전문적이고 너무 장황한 데다, 글씨체까지 깨알 같았다. 그래서 여자는 두 번째 책인 『신비한 여인들에 대한 현장 안내서』(1978년 출판)를 선택했다. 이 책의 표지에 등장한 온갖 환상적인 생물들은 1970년대풍에 낸시 드루*와

---

* 여러 차례 드라마로 만들어진 미국 추리 소설 시리즈의 주인공.

B급 영화 스타일로 그려져 있어 그림자와 잉크칠이 많았고, 모든 그림의 가장자리는 살짝 흐릿했다. 여자는 책등을 살펴보며 실화임을 확인한 뒤 왠지 모를 호기심에 사로잡혀 첫 쪽을 펼쳤다.

옛날 여자 괴물들을 소개한 중학생 수준의 유치한 이야기라 생각했지만 일단 정독을 시작하니 제대로 된 현장 안내서라는 사실을 알게 됐다. 작가 완다 화이트는 "나는 신비한 여성들을 찾아 일곱 대륙을 돌아다녔고, 이 탐험은 내 모든 연구 경력에 영향을 미쳤다. 이 책은 그 연구의 정점이다. 동료들은 내가 연구하고 있는 분야, 즉 신화민속지학이 성공할 만한 연구 분야가 아니라고 주장했지만, 나는 이 책을 통해 그 주장에 반박하는 결정적인 자료를 제시한다."라고 썼다.

"이들의 습성과 식습관, 생활방식을 이해하면", 작가는 이렇게 말을 이어 갔다. "여러분 역시 야생에서 그 여인들을 만나 그들의 마법을 직접 경험할 수 있을 것이다."

완다 화이트는 머리말에서 "여성성이 신화적 차원에서 나타나는 방식에 관심 있었다."라고 설명했다. 특히 "모성의 경험과 이 경험이 어떻게 여성성을 복잡하게 하고 악화시키며 부정하는지"에 끌렸다고 말한 뒤 계속해서 질문했다.

여성은 스스로 선택할 수 있는 정체성을 유지하는 데 실패했을 때, 어떤 정체성으로 회귀할까? 자기 정체성을 어떻게 확장해 존재의 모든 부분을 포괄할까? 여성은 어떻게 자연계에 의지해 자신의 가장 깊은 갈망과 가장 원초적인 환상을 표현할까?

책 뒷면에 저자의 사진은 없었고 약력만 짧게 적혀 있을 뿐이었다. "완다 화이트는 생물학 박사학위를 받았고, 새크라멘토 대학교에서 강의 중이다. 평생 신화민속지학 분야에 헌신했다."

여자는 이 모든 것을 신앙 치유나 공동 소유 주택 판매 설명회를 보는 듯한 태도, 즉 가볍고 어리둥절한 관심과 온화한 회의론을 품고 숙고했다. 그럼에도 계속 책을 읽어 나갔다.

화이트는 첫 번째 장(章)에서 페루의 새 여인들(Bird Women)이 열대 우림의 크고 잎이 무성한 가지에 살았으며 나뭇가지와 갈대로 복잡하고 교묘한 둥지를 만들었다고 설명했다. 여러 페이지에 걸쳐 많은 거주지가 소개되었고, 그중 하나는 옆면에 작은 구멍이 뚫린 둥근 구 모양으로 거의 20미터 높이에 자리했고, 또 다른 하나는 앤디 골드워시의 작품과 견줄 만한 예술적인 다층 구조물이었다. 새 여인들은 과일과 곤충을 먹고 정기적으로 모여 공동체 간의 음식을 공유하며 몇 시간 동안 여기저기서 꽥꽥거렸다. 처음부터 그렇게 태어나는 것은 아니고 60대에 깃털과 부리가 돋아나는데, 다만 결혼하지 않았거나 아이가 없는 경우에만 그랬다. 무엇 때문에 그런 변화가 생겼는지는 불분명했다. 페루 작은 마을의 주민들은 나이 든 독신 여성들의 실종을 두고 "새들의 부름"에 굴복했다고 설명하곤 했다. 마을 사람들은 숲을 향해 손짓하며 하늘을 가리켰고, 팔을 퍼덕이며 그 상황을 묘사하려고 노력했다. 새 여인들은 인생의 후반부를 나무에서 나무로 돌아다니며 가장 사랑스러운 울음소리를 내고 비행하는 법을 배우며 보냈다. 화이트는 어느 새 여인의 비행 모습을 한 번 목격했다고 주장하며 새 여인이 처음이자 마지막으로 하는 그 비행을 "황혼의 비행"이라고 지칭했다. 일단 비행을 익히고 나면 새 여인은 직접 만든 둥지를 떠나 수평선을 향하며 미지의 목적지로 가는 하늘로의 첫 여행을 시작했다. 화이트가 아는 것이라곤 비행을 배운 새 여인이 한번 둥지를 떠나면 절대 돌아오지 않았고, 남은 무리는 화이트가 "베토벤이나 모차르트의 음악처럼 감미롭고 기교 넘치는 흐느낌"이라고 묘사한 음조로 며칠 동안 노래를 불렀다는 것이다.

여자는 여기까지 읽다가 소파에서 잠들었다. 그리고 꿈속에서 잎이 우거지고 새소리로 휩싸인 나무와 눈부신 석양을 바라보며 깊게 숨을 들이마셨다. 그러다 그대로 곤두박질쳤다. 무게도, 몸도 없다. 오로지 움직임과 하늘만 있을 뿐. 끝없는 추락.

목요일. 여자는 너무 오랫동안(허구한 날 밤낮으로) 착용한 운동용 브래지어를 입은 채 헝클어진 머리로 잠에서 깼고, 그와 동시에 옆에 있던 어린 아들도 깨어났다. 시간이 어떻든 달리 할 일은 없었다. 아이가 밤중에 엄마를 깨웠었나? 두 번? 세 번? 나쁜 꿈을 꿨을까? 새벽 3시에 물을 마시고 싶었을까? 쪽쪽이를 떨어뜨렸나? 신경 쓰지 말자. 아이는 해가 뜨자 일어났고, 여자는 그냥 눈을 감은 채 침대에 누워 있었다. 내가 움직이지 않으면 자는 줄 알겠지. 그 희망이 늘 여자의 머릿속을 스쳐 지났으나, 아들은 엄마 가슴에 올라타 얼굴을 비벼 댔다.

엄마. 일어나. 일어나, 일어나, 일어나라고.

알았어. 여자는 꿈쩍도 하지 않은 채 대답했다.

엄마. 아들이 또 깨웠다. 기차놀이 할래.

여자는 바닥에 있던 구겨진 바지를 입고 서랍을 열어 유일하게 살짝 닳은 윗옷을 걸쳤지만, 아직도 반쯤은 잠에 취한 상태였다. 아들은 이미 축 늘어진 수면용 기저귀를 찬 채 아래층으로 내려가 거실 바닥을 덮고 있는 기차선로에 있었다. 그러고는 찬 나무 바닥에 부드럽고 작은 뺨을 대고 기차 바퀴가 움직이는 모습을 뚫어지게 쳐다봤다.

빠앙 빠아아아아앙. 아들이 경적을 울렸다. 빵빠아아아아아아앙.

매일 아침, 늘 똑같았다. 거실 바닥에 기차가 돌아가는 6시면 여자는 주방 가스레인지 위에 무거운 프라이팬을 올리고, 그 위에 버터 한 숟가락과 냉동고에 있는 주름진 봉지에서 꺼내 온 냉동 해시브라운을 놓은 뒤 소금을 살살 뿌리고, 냉장고에서 요구르트 한 통을 꺼내고, 전날 밤부터 싱크대에 방치된 유아용 접시를 씻고, 꼬마 왕자님이 유일하게 음식을 담아 먹는 트랙터 그림 접시를 씻고, 해시브라운을 뒤집고, 그릇에 음식을 채우고, 아들의 포크와 숟가락을 씻고, 해시브라운을 접시에 담고, 주방 구석에 있는 작은 플라스틱 탁자에 접시를 놓는다. 우유 마실까, 주스 마실까? 우유야, 주스야?

여자가 바나나를 먹으면 아들도 먹고 싶어 했다. 자기 바나나가 아니라 엄마가 먹을 바나나인데도. 물론 나머지 음식도 다 먹었다. 맞다. 아들은 여전히 배가 고팠다. 여자가 본인이 먹을 스무디를 만들려 하자 아들은 믹서기 버튼을 누르겠다고 졸라 댔다. 하지만 믹서기 소음이 무서워 마음대로 누르지 못하니 다짜고짜 바닥에 드러누워 짜증을 냈다. 아들은 자기가 버튼을 누를 때 시끄러운 소리가 나는 게 싫었다. 그래도 꼭 버튼을 눌러야 했다.

아들, 시끄러운 거 알지. 매일 아침, 시끄럽다고.

아니야, 엄마. 아니야아아아아아아아아. 아들이 소리를 질렀다.

매일 아침, 늘 그랬다. 매일매일이 똑같았다. 아침을 먹고 나면 기차놀이를 하고, 기차에 관한 책을 읽고, 같은 책을 읽고 또 읽었다. 또 읽어 줘, 또. 이번이 마지막이야. 딱 한 번만. 진짜 딱 한 번이야. 그러고 나면 블록을 걸어 내려가서 번화가를 건너 교회 주차장을 가로지른 뒤 작은 언덕에 있는 기차 선로로 달려간다. 선로를 잘 살펴봐. 흔들림이 있는지 잘 봐봐. 아들, 돌은 던지면 안 돼. 아무도 돌을 던지지 않아. 선로 위에서 균형을 잡아 볼까. 떨어져도 괜찮아. 소리 지르고 돌을 획 차면 되지. 자, 진정하고 다른 기차 얘기해 보자. 기차가 곧 오는지 볼까? 물론 여자는 몰랐다. 그들은 그저 참을성 있게 기다리면 된다.

이게 지루했을까? 그렇다, 여자는 지루했다. 그래서 아무라도 이토록 단조로운 일상, 너무나 지루한 하루, 매일 아침 일어나자마자 정신 활동이 느려지는 이 상황을 이해해 주길 바랐다. 높은 희망, 예술 프로젝트와 예술적 에너지에 관한 생각, 화창한 날과 행복한 아들, 목표 달성을 향한 생각으로 하루를 시작하지만 먹을거리와 청소할 거리를 외우느라 아침의 희망은 서서히, 꾸준히 분쇄된다. 일정이라는 더딘 고통의 시간, 즉 아침 식사와 산책 시간, 점심 식사와 낮잠 시간, 응가 싸는 시간, 저녁 식사 시간 등등, 이거 하면 저거 하고 다시 이거 해야 하는 시간이 지나면 모든 생각은 머릿속에서 싹 사라지고 육체적 피로, 허리 통증, 기름진 머리, 짜디짠 생선 모양 크래커 과다 섭취로 생긴 더부룩함만 그 자리에 남는다. 그리고 아들 눈높이에 맞는 대화를 하며 끊임없이 응가에 관한 다른 질문을 하고 있었다.

응가는 변기에 싸야 해. 아들이 배가 아프다고 하자 여자는 그렇게 말했다. 이제 두 돌이 훨씬 지났으므로 변기에 응가를 싸야 했다. 아들은 기꺼이 변기에 앉았고, 여자는 변기 사용법에 관한 『변기』라는 책을 읽어 주었다. 그러다 응가가 막 나오려고 하자, 아들은 기저귀에 싸겠다고 떼를 썼다.

그래도 아가, 변기에서 한번 해보자.

싫어! 아들이 벌떡 일어나며 말했다. 기저귀에 할 거야!

여자가 한숨을 쉬었다.

그래, 알았어.

여자가 기저귀를 채워 주자, 아들은 두툼한 소파 뒤 모퉁이로 가 머리를 쑥 내밀었다.

응가야 나와. 아들은 끙끙 소리와 함께 엉덩이에 힘을 주면서 자기가 좋아하던 대로 엄마와 눈을 마주치며 응가를 했다. 아들이 소파 뒤에서 나왔을 때는 기저귀가 불룩하게 부풀어 있었다.

엉덩이 닦아 주세요. 아들이 엄마한테 말했다.

그리고 그날 밤, 아들은 늦게까지 잠들지 않았다. 몇 시간이 흐르고 또 흐르는 동안 두 사람은 침대에 나란히 누워 사투를 벌였다. 여자는 으르렁거리고, 사납게 짖고, 이빨을 드러내고, 눈을 가늘게 뜨고, 양쪽 귀를 머리뼈에 바싹 당기는 짓을 꾹 참아 냈다. 물론 이 모든 짓을 하고 싶었을지라도.

그들의 집은 이상한 각도로 지어진 미드 센추리 모던 스타일의 방갈로식 주택으로, 집 짓는 법을 모르는 건축업자가 지었다. 여자가 처음 이사 왔을 때는 이 집이 참 매력적이라고 생각했다. 사실 미심쩍은 배선과 욕실이 한 개라는 단점에도, 남편은 바로 여기가 그들이 살아야 집이라며 여자를 설득했었다. 하지만 지금은 너무 좁거나 높이가 낮은 문이 화를 돋웠다. 어떤 모서리도 직각이 아니었기 때문에 아무리 청소해도 깨끗한 느낌이 안 들었다. 여자는 이 집에 점점 화가 나고 분통이 터졌다. 이 빌어먹을 집.

여자는 양을 세는 대신, 침대에 누워 아이가 잠들기를 기다렸다. 아이가 엎치락뒤치락하면 그 애의 다리를 이불 속에 가지런히 풀어 놓았고, 물이나 먹을 걸 달라고 하거나 괜히 칭얼대거나 엄마와 놀려고 하거나 뾰루퉁하게 있으면 쉬쉬거리며 말했다. 밤이야, 밤. 이제 자야지. 아이가 계속 버티며 뒤척이는 동안 여자는 시체처럼 가만히 옆에 누워 석고벽에 구멍을 뚫는 상상을 했다. 온몸의 힘을 불러내 주먹으로 딱딱한 벽을 내리치고 뼈가 욱신거리는 쾌감을 느끼면 얼마나 좋을까. 보나 마나 손은 피투성이가 되고, 손마디는 맥없이 부러질 것이다. 하지만 벽이 깨지고 허물어지고 훼손되는 순간, 그 폭력이 마음의 평화를 안겨 준다. 여자는 그 사실을 이제야 깨달았다.

펀치, 펀치, 펀치. 아들 옆에 누운 지 한 시간. 펀치, 두 시간. 아직도 안 자네. 다른 날 밤이었다면, 여자는 아마 소리를 질렀을 것이다. 다른 날 밤이었다면, 침대에서 일어나 아래층으로 내려가며 침실을 몰래 따라 나와서 살금살금 계단을 내려오는 아들을 무시했을 것이고, 아들이 엄마 팔뚝을 껴안고 보채도 모른 척하며 소파에서 책을 읽었을지도 모른다. 여자는 원하는 일을 마음대로 하며 아들이 보챌 때마다 어디서든 잠들게 내버려 뒀을 것이다. 하지만 그럴 수 없었다. 여자는 쓸쓸한 그 순간에도 그저 아들과 함께 침대에 누워 있을 수밖에 없었다.

주의를 딴 데로 돌려야 한다. 뭐든 읽자. 내면에 솟구치는 실망과 절망을 떨쳐 버릴 수 있다면 무엇이든. 여자의 침대 옆 탁자에 『신비한 여인들에 대한 현장 안내서』가 놓여 있었다. 그래, 이거야.

여자는 『신비한 여인들에 대한 현장 안내서』를 한 번에 쭉 읽지 않았다. 대신 그 두꺼운 책을 임의로 펴고 그 페이지에서 발견한 내용을 떠안기로 했다. 책이 정체된 게 아니라 실제로 그녀에게 말하고픈 사실이 있고, 그 사실을 구체적으로 들려주는 실체처럼 존재한다고 느꼈기 때문이다.

지금은 무슨 이야기를 하고 싶은 거야? 공원에서 여자는 가방 속 책을 꺼내며 생각했다. 그러면 책은 그 질문의 대답인 양 "남극에서의 소풍"이나 "변형에 대한 몇 가지 생각"을 열어젖히곤 했다.

이날 밤, 여자는 마침내 다음 날 남편이 집에 도착하기를 행복하게 기다리며 침실의 답답한 열기 속에 누워 있었다. 아들은 지금 옆에서 코를 골고 있었다.(단 두세 시간 만에 잠이 들었다!) 그래서 책을 휙 펼치자, "국내 변종"이라는 제목이 적힌 부분이 나왔다.

화이트에 따르면 "해외에서의 연구는 내 경력에서 가장 흥미롭고 매혹적인 부분을 차지했지만, 국내에 있는 신비로운 여성 변종도 간과될 수 없으며, 사실 그들만의 솔직하고 진지한 동기도 고려할 가치가 있다."고 한다.

좋아, 그렇다면. 여자가 생각했다. 어디 읽어 볼까.

이번 장에서 여자는 슬레이더라는 종족을 알게 됐다.


……경력, 성공, 재정적 수입, 그리고 권력과 관련된 모든 일에 끌리고 몰입하는 현대 여성의 한 유형. 이 여성은 특정 분야에 국한되지 않지만, 본인이 선택한 전문 분야에서 가장 높은 지위를 차지하고 있다.

이 여성은 어떤 스타일이든 스스로 적합하다고 생각하는 대로 옷을 입겠지만, 만일 이 여성과 적대적인 사업 협상을 벌일 만큼 운이 나쁘다면 조심해야 한다. 조각조각 잘라 내는 듯한 표정에 며칠간 무력해질지도 모른다. 날카로운 말 한마디가 모든 삶의 결정에 충격적이고 참담한 의심을 불러일으킬 수 있다. 비록 수년간의 관찰에 바탕을 두고 있으나 아직 확인되지 않은 내 연구에 따르면, 때때로 슬레이더는 서서히 조금씩 날카로워진다. 신체 구조에 뾰족한 부분이 새로 돋아나고 얼굴도 다소 바깥쪽으로 좁아지며 이마와 턱, 코에 급격한 변화가 일어나기도 한다. 어쩌면 이 변화가 마법일 수도 있고, 아니면 노화일 수도 있다.(자금이 뒷받침된다면, 기꺼이 마땅한 연구를 설계할 것이다.)

실패한 슬레이더도 그에 못지않게 매섭지만 정말 유감스러운 종족이다. 직장 밖에서 이 여성은 티끌 하나 없는 집에서 고분고분한 아이들 및 그들과 똑같이 유순한 배우자로 구성되었으며 엄격한 일정을 준수하는 가정을 꾸린다. 이런 유형의 슬레이더도 완벽함을 추구한다. 이 슬레이더들의 꿈은 이제 방향을 틀었고, 스스로 더 악랄한 존재가 될 것이다. 나는 이들의 가족이 잘되길 바란다.

슬레이더는 타 여성과의 모호한 생활 동반자 관계를 선호한다. 이 관계가 성적이든 아니든 일반인은 아마 절대 구별할 수 없을 것이다.

혹자는 여성 사회 집단에 영감을 주는 협조적이고 이타적인 정신 때문에 다른 여성들이 슬레이더를 경멸하리라 상상할 수도 있지만, 나는 오히려 그 반대라는 사실을 알게 되었다. 슬레이더와 가까운 베타 여성들은 슬레이더를 대단히 높이 평가하며 그녀의 힘에서 자양분을 얻을 것이고, 수개월 또는 수년에 걸쳐 자신의 슬레이더 자아를 독려하며 성장할 것이다.

여자는 지그시 눈을 감았다. 생기 있고 활기찬 여성들 사이에 앉아 있는 것은 어떤 기분일까? 광활한 제국과 지금까지 꿈도 꾸지 못했던 세계를 건설하기 위해서? 사상의 교환, 사회의 진화를 통제하기 위해서? 전통적인 성공이나 권력에는 그다지 관심이 없었다. 그러나 여성들만이 통치하는 제국의 매력, 그리고 그 모든 것을 한순간에 무너뜨리는 힘의 위력을 한순간에 깨달았다. 한 여성이 표출한 분노로 폐허가 된 왕국. 짓밟히고 무너지는 방. 여자는 느끼는 감정을 자기 몸밖으로 표출하기 위해서라면 뭐든 할 수 있었다. 충분히 오래 참아 왔고, 더는 그 감정을 원하지 않았으니까.

목을 지나 지금은 어깨로 퍼진 털, 뾰족한 치아, 꼬리에 더해 다음 날 아침에는 가슴이 부풀어 올라 스치기만 해도 쓰라렸고, 허리 아래쪽은 경련이 일었다. 여자가 무슨 일을 하든 묵직하고 강한 두통이 머리를 지끈거리게 했다. 그녀는 이게 뭔지 안다. 아기를 낳은 지 1년 만에 돌아온 생리 때면 선명한 피가 쏟아지거나, 탁하고 진득한 피가 조금씩 새거나, 일주일 간 홍수가 나기도 하고 며칠간 아무 일도 일어나지 않기도 했는데, 어쨌든 이건 정상적이거나 적어도 정상적이라고 봐줄 만한 증상이었다. 그녀가 이제 생식 기관에 기대하는 건 고통 말고는 없었다.

생리 전에 이 정도의 고통을 느껴 본 적은 없었다. 고통이 너무 심하다 보니 남편을 살해한 뒤 PMS를 방어책으로 주장했던 여성들을 이해할 정도였다. 지금 여자의 유일한 본능은 폭력을 향해 있었다.

PMS의 고통을 가중하는 건 고양이였다. 이상한 각도로 삐친 부스스한 털과 멍청해 보이는 커다란 초록색 눈을 지닌 뚱뚱한 검은 고양이는, 살인적 분노를 유발할 만큼 똑같은 빈도로 뒹굴고 또 뒹굴었다.

어쩌면 여자가 고양이를 발로 툭 걸어차지 않았을까? 대부분은 무심코 그랬다. 고양이가 늘 여자 발치에 서서 먹을 걸 더 달라고 졸라 댔으니까. 하지만 아주 조금은 일부러 그러지 않았을까? 마음속에 있는 유쾌한 살해의 기쁨을 샘솟게 할 정도만? 맞다.

나가, 나가라고, 나가. 나가. 나가. 나가. 나가. 여자는 툴툴거리며 고양이를 잡으려 주방을 쿵쾅쿵쾅 뛰어다녔고, 고양이는 의자 사이로 잽싸게 미끄러졌다가 주방 식탁 아래로 피했다.

발을 쿵쿵 구르며 고양이를 몰아낸 여자는 마침내 별나게 둥실둥실한 고양이의 배를 홱 잡았다. 아주 작게 오므라든 배에서 장난감처럼 삑 소리가 났다. 다리가 씰룩씰룩 움직였다. 여자는 꿈틀대는 고양이를 문까지 데리고 가 현관으로 몰아냈다.

아들을 낳기 전에는 여자도 그 고양이를 사랑했더랬다. 새까맣고 보슬보슬한 솜털, 초록색의 큼직한 올빼미 눈, 종소리 같이 들리는 기품 있고 높은 야옹 소리. 그야말로 아름다운 생명체였다. 게다가 놀랍도록 아름다운 만큼 놀랍도록 멍청했다. 무턱대고 기를 쓰며 야옹거리다가 누군가 걸어와 사료를 가리키며 그릇을 살짝 흔들어야 굶주린 것처럼 허겁지겁 먹었다. 그리고 항상 여자가 걷고 있는 방향과 같은 방향으로 쏜살같이 달려가다 밟히기 일쑤였고, 그러다 끔찍한 소리를 내며 지하실로 휙 도망갔다. 급기야 사료를 너무 많이 먹은 탓에 체중이 늘어나서 더는 스스로 몸을 닦을 수 없었기 때문에 여자가 일주일에 한 번씩 엉덩이 털에 엉겨 붙은 똥을 씻어야 했다. 여자도 그 짓이 몹시 싫었지만 어쩔 수 없었다. 수의사가 "기형 외음부"라 부르는 것 때문에 요로감염증이 생기기 쉬워서 반드시 씻겨 줘야 했다.

하지만 우리는 여기서 함께 살아남았잖아! 여자가 고양이에 대해 불평할 때마다 남편이 따뜻하게 말하곤 했다. 남편은 그 바보 같은 것을 품에 안고서 논쟁을 벌였다. 자, 생각해 봐. 우리와 이 고양이는 모두 단세포 유기체에서 진화해 역사의 이 순간까지 함께 살아왔어. 우리가 해냈다고!

물론 여자는 한 번도 그렇게 생각해 본 적이 없었기에 웃음을 터뜨리곤 했고, 적어도 한동안은 고양이를 쓸모없는 해충이라기보다는 함께 승리를 거둔 동지로 여겼다. 그러나 그 동지애는 곧 희미해졌다.

아, 물론 그렇지. 하지만 솔직히 이 고양이는 인간의 손길이 없었다면 결코 살아남지 못했을걸. 이 아이의 품종은 왕실의 여왕 고양이였을 거야. 하루 종일 비단 방석에 앉아 혈색 좋은 요리사가 준비한 다진 고기를 먹던 고양이 말이야. 당신이 진화론적 규칙에 놀아난다면, 어떤 면에서 이 고양이는 죽을 만했지.

이제 여자는 그녀를 필요로 하는 존재, 껴안고 먹이고 씻기고 달래고 애지중지해야 할 또 다른 존재를 원하지 않았다. 지금은 오로지 고요함을 원했고, 무엇도 그녀를 건드리지 않길 바랐다.

사회, 성년, 결혼, 모성, 이 모든 것이 완벽하게 설계되어 어떻게든 여성을 자기 자리에서 못 움직이게 하는 것 같았다. 이 생각은 여자를 짓누르기 시작했다. 물론 전에도 머릿속에 스친 바 있는 생각이었다. 하지만 아들이 태어난 후로 감당하기 어려운 무게라는 새로운 형태로 다가왔고, 직장을 그만두고 나서 균형을 되찾기 위해 몸이 고생할수록 그 무게는 더욱 버거워졌다. 그리고 일단 가지고 있던 모든 것, 즉 경력, 아름다운 몸매, 야망, 친숙한 호르몬 등을 빼앗기고 나니 반(反)페미니즘 음모가 아닐까 하는 생각이 그럴듯한 정도가 아니라 거의 불가피한 것처럼 느껴졌다.

그날 여자는 고양이 사료와 기타 식료품을 사러 가야 했다. 물론 고양이 사료와 기타 식료품 따위를 사러 가기는 싫었지만 어쨌든 구하러 나갔다.

마트에 들어선 여자는 덫에 갇혀 있다는, 모든 게 음모라는 생각에서 벗어날 수 없었고, 긍정적 사고와 행복한 선택을 향한 노력에도 점점 불쾌한 기분에 휩싸였다.

카트를 끌고 농산물 코너를 거쳐 조제 식품 판매대를 지나는 동안, 여자는 문득 자기가 히스테리를 부리고 있는 게 아닌지 의문이 들었다. 죽어도 히스테릭한 여성이 되고 싶지 않았다. 그래서 히스테리를 부리는 여성이 아니라, 가끔 화를 내기는 해도 대부분 함께 어울리기가 멋있다는 장점이 있는 똑똑한 여성이라고 항상 자부했다.

물론 "히스테릭한 여성"이라는 개념 자체가 성차별적 산물임을 이미 알고 있었고 인정할 생각 따위도 애초에 없었지만, 한편으로 그런 꼬리표가 함부로 붙지 않도록 처음부터 확실히 하려 했다.

카트에 앉은 아들이 까까, 까까, 까까 쉴 새 없이 떠들다가 양 손바닥을 가슴 위아래로 문지르고 큰 눈으로 엄마를 바라보며 제발요라는 눈짓을 보냈다.

여자는 빙그레 웃으며 아들 코를 쓰다듬고는 이리저리 두리번거리며 제과점 쪽으로 어슬렁어슬렁 걸어갔다.

히스테리를 부리고 있다는 주장이 사실이라면, 그리고 히스테리의 일부인 사회 체계가 처음부터 여성에게 불이익을 주도록 설계됐다면, 그건 히스테리가 아니었다. 사실 히스테리에 대한 느슨한 역사적 정의가 자궁과 통제 불능의 여성 호르몬을 비난했을지언정, 바로 이것들이야말로 여성을 불리하게 만든 게 아니라 더 높은 수준으로 끌어올려 마음가짐을 날카롭게 하고, 성 역할 논의의 현실에 도움을 주고, 퍼렇게 날이 설 때까지 비판적인 사고력을 연마하게 했다.

물론 최근에 여자가 느낀 분노는 분명 생리학적 과정의 부산물이기도 했다. 하지만 아이를 낳고 나서 어떻게 화가 나지 않을 수 있겠는가? 여자는 의아하게 여기며 치즈 조각을 집어 들어 냄새를 맡았다. 건초 향, 스모크 향, 꿀 향, 사향 같은 곰팡내, 달콤하게 썩은 톡 쏘는 냄새 등. 이럴 수가. 여자가 치즈를 다시 내려놓으며 놀라워했다. 월경 전 증후군, 여자는 그 말이 두려웠지만 깊은 깨달음과 함께 되뇌었다. 이게 설마 개로 변화하면서 겪는 또 다른 증상일까? 감각이 이렇게 예민해지다니. 이 감각은 제과점을 돌아다닐수록 점점 강해지기만 했다. 제과점의 잘 익은 효모 냄새, 아들의 초콜릿 칩 쿠키에서 나는 베이킹 소다와 쓴 코코아 향, 신선하고 시큼한 모든 상태의 우유 냄새, 올리브 판매대의 식초 향, 봉지로 포장된 빵을 파는 통로에서 풍기는 말라 버린 풀밭 냄새, 갓 나온 커피 찌꺼기가 걸러지는 높고 날카로운 소리까지.

초콜릿으로 뒤덮인 아들이 행복해하는 동안, 여자는 가게를 이리저리 돌아다니며 새로운 방식으로 살아 있었다. 그녀는 진한 차향, 아들의 기저귀에서 풍기는 오래된 오줌의 축축한 오물 냄새, 그리고 해산물 판매대에서 나는 짠 내와 날것의 냄새를 맡았다. 아들은 수조에 있는 바닷가재 구경을 좋아했다. 줄무늬 발톱이 달린 가재들은 탁한 물속에서 한 무더기로 뒹굴고 있었다. 그들은 그 앞에 멈춰 서서 가재들이 서로 엎치락뒤치락하며 유리에 부딪히는 모습을 지켜봤다.

마트는 정말 숨 막히는 곳이야. 여자는 카트를 앞으로 밀며 생각했다. 그러다 상점에서 일하는 노부인을 지나쳤다. 그 노부인은 작은 탁자에 놓인 전기냄비에서 시식용 생선튀김을 요리하고 있었다.

엄마 한입만? 여자가 쿠키를 가리키며 아들에게 물었다. 나눠 먹을까?

아들이 쿠키를 내밀었고, 여자는 그 가장자리를 살짝 베어 먹었다. 고마워. 여자가 감사의 표시를 하자, 아들은 지저분한 손으로 손뼉을 쳤다. 여자는 쿠키 한 상자를 통째로 먹고 싶었다. 별안간 몹시 배가 고팠다. 아니, 고픈 것과는 좀 달랐다. 쿠키는 먹고 싶지 않았다. 여자는 고기 판매대로 가서 두툼한 꽃등심 스테이크 세 팩을 샀다. 동전과 피와 죽음의 냄새는 여자를 헤아릴 수 없는 배고픔에 몰아넣었다. 꽃등심은 정말 아름다웠다! 짙고 붉은 고기가 하얀 지방의 소용돌이와 완전히 대조를 이루는 그 아름다운 자태를 왜 전에는 미처 알지 못했을까. 하나하나 다 작은 걸작이야. 여자가 입술을 핥으며 생각했다. 그러고는 고기를 더 달라고 했다. 다진 고기 1킬로그램 주세요. 아니 1.5킬로그램 주세요. 브라트부르스트 소시지 여섯 개도 주세요. 저 스튜용 고기는 어떤가요? 맛있어 보여요. 500그램만 주실래요? 어머, 저 우둔살 좀 봐. 저건 딱 주머니쥐만 한 크기로 주세요. 여자가 우둔살을 가리키며 정육점 주인에게 말했다. 정육점 주인이 흐뭇하게 웃으며 고기를 꺼냈다. 추가로 조리된 케밥도 주세요. 야채 케밥으로요. 그게 건강에 좋으니까요. 여자가 마음을 가다듬으며 말했다.

그럼요. 야채는 무척 고상한 사람들이 먹잖아요. 걔들은 야채를 사지 않죠.

대체 무슨 소리야. 여자가 혼자 중얼거렸다.

그만해. 또 다른 자아가 말했다. 혼잣말 그만하라고.

젠장. 여자가 생각했다.

그날은 금요일이었고, 남편은 늦게 퇴근할 예정이었다. 여자의 카트에는 4킬로그램이 넘는 소고기가 실려 있었다. 그리고 아직 주스와 물티슈, 요구르트, 바나나, 바사삭한 과자, 그리고 완전 고상한 사람들이 먹는 당근 한 봉지가 필요했다.

아기와 함께 바삭한 과자를 사러 거의 동물에 가깝게 예민해지는 후각을 느끼는 동안, 농장을 배경으로 한 모든 크래커 상자 뒷면과 진열대에서 집어 든 프레첼 봉지의 우지직한 소리에서 가부장 사회의 거대함이 어렴풋이 나타나는 광경을 상상해 보자.

마트의 자동 미닫이문을 지나 주차장으로 걸어갈 때, 누군가가 뒤에서 이름을 부르기에 여자는 몸을 돌렸다.

샐리였다. 미혼에다 귀엽고 젊고 행복한 금발 머리 샐리가 반갑게 손을 흔들고는 기쁨에 겨워 여자 쪽으로 깡충깡충 뛰다시피 하며 다가왔다.

잘 지냈어요!? 샐리가 여자를 끌어안고 아들의 머리도 쓰다듬으며 물었다. 너무 오랜만이네요. 아들이랑 집에 있으니 좋았겠군요? 정말 신났겠어요.

샐리는 공공 미술관에서 일했고, 여자는 그곳 책임자로 있다가 사임했다. 미술관을 그만둔 건 옳은 선택이었다. 그랬었다. 아들이 어린이집 리놀륨 바닥에 축 늘어져 있는 동안 직장에 있는 것은 괴로웠다. 그러나 집에 있는 것도 괴로웠다. 전혀 다른 괴로움일 뿐.

여자는 샐리에게 이렇게 말하고 싶었다. 마음이 복잡해요. 난 지금 상상도 못 했던 사람이 됐어요. 이 현실을 어떻게 맞서야 하는지도 몰라요. 현실에 만족하고 싶지만, 내가 만든 감옥 안에 갇혀 나 자신을 계속 괴롭히다가 한밤중에 무화과 쿠키를 폭식하며 울음을 참아요. 사회적 규범, 성 역할에 대한 기대, 그리고 정말 짜증 날 정도로 무딘 생물학이 날 이렇게 만드는 것 같아요. 물론 내가 어떻게 이 지경에 이르렀는지 하나하나 따져보기도 힘들지만요. 그냥 늘 화가 나요. 언젠가는 이 모든 고뇌를 보여 준 현대의 사회 체계를 내 작품으로 비평하고 싶지만, 더는 뇌가 아기를 낳기 전처럼 돌아가지 않아요. 지금 난 정말 바보가 됐어요. 다시는 똑똑하지도, 행복하지도, 마르지도 않을 것 같아요. 자꾸 내가 개로 변할까 두렵기만 해요.

그 대신 여자는 웃으며 이렇게 말했다. 너무 좋죠. 엄마가 되는 건 정말 행복한 일이잖아요.


새 프로젝트 생각해 봤어. 그날(바로 금요일!) 저녁에 여자가 욕실 문간에 서서 남편에게 말했다. 남편은 아들의 머리에 따뜻한 물을 끼얹고 있었다. 왠지 뭔가를 부수는 일이랑 비슷할 것 같은데? 나 야구 방망이로 부술래. 아니면 도끼라든가.

아, 철퇴로 그림 그리는 건 어때? 남편이 말했다.

그러게…… 여자는 어이가 없다는 듯 대답했다.

남편은 웃으며 아들의 머리에 비누칠을 했다.

엄마들의 분노를 대변한 물건 부수기. 여자가 말을 이었다. 하지만 꽤 예술적으로 말이지.

엄마들이라. 남편이 말했다.

엄마들은 화가 나 있거든.

화가 났다고?

그냥 신경 꺼.

당신의 다음 프로젝트를 추측해 보라고 한다면, 나는 당신이 정육점 주인이 되려고 맹훈련하고 있다고 말해야겠는걸. 우리 냉장고에 고기가 꽉 찼잖아.

꽉 차진 않았어. 다른 것들도 있거든?

당신, 아직도 개로 변하고 있다고 생각해? 남편이 눈살을 찌푸리며 물었다. 마치 물론 농담이지만 당신 좀 바보 같아라고 핀잔을 주는 것 같았다.

조용히 해. 난 괜찮아. 우리 이번 주에 북 베이비즈에도 가 봤어. 음, 도서관에 가서 그 모임을 구경했지.

어땠어?

못 견디겠더라. 그 말에 둘 다 웃음을 터뜨렸다.

여자는 아이를 목욕시키는 남편이 고마웠다. 물론 그사이에 남편은 아들을 닦을 수건을 건조기에 넣어 따뜻하게 해 달라고 했고, 아들이 먹을 토스트 한 조각도 부탁했으며, 욕조 옆 뚜껑 닫힌 변기에 앉아 휴대전화로 무언가를 읽는 동안 아들 방에서 잠옷도 가져와 달라고 부탁했다. 여자야 누군가의 도움 없이도 일주일 내내 이 모든 일을 스스로 해냈지만, 그렇다고 이런 일로 남편을 지적하면 옹졸해 보이지 않을까?

단 10분만이라도 소파에 앉아 멍하니 창밖을 바라보고 싶었다. 하지만 남편 역시 여자가 그의 귀환에 들떠 말이 많아질 때 조용히 쉬고 싶어 했다. 어쨌든 남편은 미니애폴리스나 시카고에서 돌아오는 몇 시간 동안 차 안에만 있었고, 하필 그 주에는 호텔에서 늦게까지 자지 않고 책을 읽거나 인터넷을 하느라 몹시 피곤한 상태였으니까. 방이 너무 조용하거나 룸서비스를 너무 늦게 주문해서 소화가 잘 안 되는 등 여러 가지 이유로 푹 잠들지 못했는지도 모른다. 사실 맨날 호텔에서 지내는 것도 고역이야. 남편이 토로했다.

집에 도착했을 때 투덜대는 아내와 산만한 아들과 엉망진창인 집이 맞이했다면, 그도 스트레스를 받았겠지. 그런데 몇 시간을 운전하며 쌓인 피로를 풀 짬도 있었고 한 시간 남짓 컴퓨터까지 하며 편안하게 집에 복귀하지 않았나. 지난 몇 년 동안 남편의 응석을 다 받아 주며 여자는 몇 번이나 되뇌고 기억해야만 했다. 남편은 나쁜 사람이 아니라는 것을.

아들의 목욕 후, 여자는 늘 그렇듯 똑같은 밤을 보냈다. 남편이 일주일 내내 그럴 시간이 있었는데도 이제 몇몇 이메일 업무를 처리해야 했기 때문이다. 정말로 여자는 남편이 귀가한 순간, 집을 훌쩍 떠나 저녁 내내 커피숍에 가고 싶었다. 아니면 손님방에 틀어박혀 미술 작품이나 작업 장비, 미래의 휴가를 상상하고 싶었다. 여자는 집 밖으로 나가고 싶었지만 그랬다간 남편이 불편할 것 같았다. 남편 말대로라면 온 가족이. 그래서 그대로 집에 머물렀다.

어쩌면 여자는 자신이 기분 좋은 척한다고 생각만 한 게 아니라 실제로 기분이 좋았던 게 아닐까? 남편이 집에 도착하자마자 가족답게 함께 있는 모습에 사실 즐겁지 않았을까? 매주 여자는 이런 가능성을 생각하며 자신을 애써 설득했다.

여자가 아들을 구슬려 재운 뒤, 남편은 아내가 행복해하는 모습에 얼마나 기뻤는지, 그녀가 사는 재미를 찾길 얼마나 바랐는지 말했다. TV에서 남편이 고른 외국 영화가 웅얼거릴 때 두 사람은 지저분하고 낡은 소파에 앉아 있었다. 남편은 아내의 팔뚝에 난 부드러운 잔털을 쓰다듬다가 파자마 바지 밑으로 손을 넣어 정강이 털을 더듬었고 허벅지까지 손가락을 뻗었다. 평소에는 꺼끌꺼끌하지 않았지만 새로 자란 털이 무성했다. 그 주 언제쯤 여자가 다리털을 밀었는데도 어느새 다시 온전히 차고 넘치게 자랐기 때문이다.

음. 남편이 아내의 목에 머리를 파묻으며 신음했다. 한 손으로는 아내의 목덜미를 잡고 또 한 손으로는 머리카락을 한 움큼 쥐었다.

앗. 아내에게 키스하던 남편이 깜짝 놀라 중얼거렸다.

잠깐……. 여자는 송곳니로 남편을 벨까 두려워 그의 손을 자기 허리로 옮긴 뒤 입을 꽉 다문 채로 살짝 키스한 채 말했다. 남편이 여자 등에 있는 잘록한 부분에 손을 갖다 대자, 그녀가 얼굴을 찌푸리며 남편을 밀어냈다.

물혹 있잖아. 남편에게서 떨어진 여자가 소파 반대편 끝에 웅크려 앉으며 말했다. 그냥 기분이 이상해. 생리 중이거든.

음, 그렇다면……. 허리춤을 잡아당긴 남편이 능글능글한 미소를 지으며 고개를 아래로 숙였다. 하지만 여자는 싫어라고 대답한 뒤 빙긋이 웃으며 남편에게 키스하고 나서 TV를 향해 몸을 돌렸다. 그리고 그게 다였다. 어떻게 몸통에 새로 돋은 네 개의 분홍 돌기를 남편에게 보여 주겠는가? 물론 남편은 그냥 점이라고 말할 게 뻔하지만, 여자는 그게 아님을 너무나 잘 알았다.

젖꼭지야. 젖꼭지일 수밖에 없어. 가슴에 있는 것까지 포함하면 현재 총 여섯 개의 젖꼭지가 여자의 몸에 있었다.


토요일 아침, 여자가 욕실로 뛰어들었다. 얼마 만에 씻는 걸까? 3일? 일주일? 그녀가 샴푸 한 줌을 손에 덜기도 전에 남편이 욕실로 들어와 우유가 다 떨어졌다고 말했다. 잠시 뒤 아들이 울면서 샤워 커튼을 잡아당기자, 남편은 아이를 번쩍 안은 뒤 잽싸게 데리고 나갔다. 주방에서 아이를 달래는 남편 목소리가 들렸고, 아들은 이에 질세라 울부짖었다. **엄마!**

잠시만! 여자는 두피를 박박 문지르며 노래를 불렀다. 애 좀 잘 봐. 그녀는 소리 높여 외치고 싶었다. 그냥 알아서 해 봐! 뭐가 그렇게 어려워? 애한테 뭐든 해 주면 되잖아. 바보 같은 표정을 짓든지, 빌어먹을 만화를 틀어 주든지.

여자는 남편이 복잡한 기계를 다루는 전문 지식은 뛰어난데 아이 문제를 해결하는 데는 완전히 젬병이라는 걸 도저히 이해할 수 없었다. 제대로 세수도 못 하고 욕실에서 뛰어나왔다.

우유가 떨어졌다고. 남편이 또 말했다.

나도 알아. 남편에게서 우는 아들을 떼어 낸 여자가 아이 뺨에 키스하며 말했다.

왜 우유가 다 떨어졌지? 남편이 물었다.

우리 아들이 다 마셨으니까 그렇지. 여자는 아들을 가리키며 말했다.

우유, 우유. 아들이 말했다.

음, 그렇겠네. 남편의 말투에서 짜증이 배어 나왔다. 마치 여자가 남편의 시간을 낭비한 것처럼 말이다, 그 반대가 아니라. 근데 당신은 알았어?

다 떨어져 간다는 건 알고 있었지. 그리고 나서 여자는 목소리를 고르고 침착하게 유지하려고 집중했다. 사야 할 목록에 있었어. 그런데 어쩌다 보니 깜빡했네. 그러자 남편이 한숨을 내쉬고는 주방 식탁 위에 열어 둔 노트북으로 돌아갔다.

수건으로 몸을 감싼 채 머리카락에서 물을 뚝뚝 흘리던 여자는 아빠를 향해 손을 뻗은 아들을 붙잡았다.

아빠. 아들이 말했다.

그냥 떠나는 게 어때? 여자가 생각했다. 그냥 가 버려. 어떤 면에서는 남편이 떠나는 게 더 편했다. 그러면 쉴 새 없이 쏟아지는 잔소리, 얄팍한 판단에서 영감받은 질문, 남편이 여자 입장이었다면 해야 할 모든 일을 어떻게 해결하고 그 해결책이 얼마나 단순하고 완벽하게 논리적인 X, Y, 또는 Z 문제에 불과한지 거들먹거리는 혼잣말을 듣지 않고서 마음 편히 아이를 돌볼 수 있었다.

물론 그랬다. 돌이켜보면 남편이 여자에게 우유에 관해 묻거나 아이를 돌보는 데 여자의 도움이 필요한가는 그리 중요한 일이 아니었다. 남편은 집을 떠나 있는 동안 아내와 같은 요령을 익힐 수 없었으니까. 하지만 그녀가 얼마나 고군분투하는지 안 보이나? 아내가 한 모든 일을 인정할 깜냥이 없는 걸까? 남편은 아내가 마치 긴 휴가를 보내는 듯이 대했다. 실질적인 도움을 줄 수 없다면, 적어도 집에 있을 때마다 고맙다는 말을 아낌없이 내뱉으며 마음을 전할 수 있을 텐데. 그대신 남편은 아내가 노동의 분업, 보이지 않는 노동, 정신적 부담에 대해 이야기를 꺼내려 할 때마다 자기가 버는 돈은 아무 의미가 없다는 식으로 뭔가를 던졌다. 물론 그건 결코 여자가 하려던 말이 아니었다.

여자는 훌쩍이는 아들을 위층으로 데리고 올라가 아이 방에 있는 기차 장난감에 앉힌 다음, 스포츠 브라와 편한 바지, 민소매 셔츠를 찾았다. 그녀가 매일 입는 옷들이었다.

남편을 견디며 보냈던 주말 후 찾아온 월요일, 여자는 아직도 정말 견디는 듯한 기분이었기 때문에 열의 없이 남편을 껴안았고, 그가 차를 끌고 진입로에 나왔을 때는 속으로 엿을 날렸다. 그리고 미지근한 커피를 들고 주방 식탁 의자에 털썩 앉아 마음을 추스르며 오븐 옆 수납장에서 납작한 구이판과 머핀 통, 프라이팬, 강판을 차곡차곡 꺼내는 아들의 모습을 지켜봤다. 물론 행복과 일정표에 관한 남편의 조언이 어쩌면 좋은 생각일 수도 있다는 것을 인정하고 싶지도, 절대 인정하지도 않았다. 한 주를 시작하고 싶지 않았고 현재의 마음 상태, 이렇게 시큰둥한 분노 속에서 하루하루를 이어 가기도 싫었다. 솔직히 너무 화가 나 눈물을 쏟기 일보 직전이었다. 생산적이지 않다. 누구에게도 좋을 게 없다. 사실 무엇보다 그녀 자신에게.

그래, 어쩌면 버거울 만큼 시간이 너무 많다는 것 외에는 아무 문제가 없었는지도 모른다. 그게 문제였다. 그렇다고 예술 작품을 만들거나 책을 읽거나 알차게 운동을 하는 등 평소 즐기던 일들을 진짜 할 시간이 있었다는 게 아니다. 오히려 아이를 쇼핑몰 놀이 공간에 데려가고, 수영장 옆 놀이터에 데려가고, 공공 체육관에 있는 유아용 놀이터 토트 랏에 데려가고, 아침이나 오후에는(왜 둘 다 안 될까?) 공립 도서관에서 하는 구연동화 시간에 데려갈 시간이 많았다. 많아도 너무 많았다!

내가 하루 종일 이렇게 해야 한다면 정말 황홀하겠다. 남편은 여자가 불평할 때마다 항상 그렇게 말했다. 그래서 여자는 더는 불평하지 않았다. 남편의 관점을 받아들이며 아이와 함께 많은 시간을 보내고 아이 관련 활동으로 가득 찬 전업주부 생활에 진심으로 황홀해지려고 노력했기 때문이다.

이번 주에 여자는 집 밖으로 나와 다른 이들과 소통하기 위해 훨씬 더 열심히 노력할 작정이다. 그리고 긍정적으로 생각할 것이다. 기저귀 가방을 꾸린 여자는 혼자 콧노래를 흥얼거리며 아들에게 옷을 입혔고, 아이의 코를 톡톡 두드려 웃음 짓게 한 뒤 머리를 빗겼다.

여자는 아들과 함께 숫자송을 부르며 집을 나섰다. 어깨에 기저귀 가방을 메고 양팔로 아들을 안은 채 잠시 멈춰 서서 잔디밭에 있는 것을 멍하니 바라봤다.

멍멍이다. 아들이 손가락을 가리키며 말했다.

맞다. 은단풍나무 그늘에 개 세 마리가 있었다. 골든레트리 버, 콜리, 바셋하운드. 여자가 항상 생각하기에 1980년대 여자애들이 좋아했던 품종들이었다. 사실 그녀 자신이 1980년 대에 그런 개들을 사랑했다. 어렸을 적에는 분홍색 머리빗으로 그 개들을 빗겨 주고, 라벤더색 나비 리본으로 장식하고, 리사 또는 젬 또는 벨베데레 씨라고 이름 짓는 상상을 하곤 했다. 만약 여자가 거리에서 실수로 발을 헛디뎌 다가오는 차에 치일 뻔하거나 아주 깊은 구멍에 빠진다면 그 개들이 구하러 오리라는 환상까지 품기도 했다.

그런데 지금 그 개들이 잔디밭에 있었다. 일제히 몸을 돌린 개들은 숨을 헐떡이며 여자와 아이를 바라보았다.

자, 이리 온. 여자가 큰 소리로 말했다.

그렇다. 말도 안 되는 상황이었지만, 사실 여자의 심장은 끔찍한 공포, 끔찍한 기쁨으로 쿵쾅거렸다. 여자는 어쩜 미쳐 가고 있었을까? 길들인 개들이 무리 지어 돌아다녔나? 왜 저 개들이 여자의 잔디밭에 있을까? 마치 어떤 모임을 소집하는 중인데 여자를 그 대열에 끼워 주고 싶은 걸까? 여자는 엄마 품에서 나가려고 몸을 꿈틀거리는 아들을 내려놓았다. 아들이 마당으로 껑충껑충 달려가 개들에게 다가갔고, 개들은 미친 듯이 꼬리를 흔들었다. 개들이 축축한 코를 아들의 얼굴 쪽으로 내밀자, 아들이 꺅 소리를 지르며 뒤돌아서서 엄마에게 도로 달려왔다. 여자는 아들을 기다리며 현관 앞에 말없이 서 있었다.

이봐, 개들아, 안녕. 여자가 개들에게 다가가 인사를 건네자, 개들이 무릎을 꿇으며 손을 내밀었다. 바셋하운드가 먼저 빠른 걸음으로 다가왔고, 콜리와 레트리버가 금세 뒤따랐다. 바셋하운드는 여자의 다리 사이에 있는 풀밭에 벌러덩 드러누웠고, 다른 개들은 여자의 배와 어깨에 발을 얹고는 얼굴을 핥고, 냄새를 맡을 모든 부분을 킁킁거렸다. 평소 같았으면 그렇게 거리낌 없고 아부하는 듯한 애정 표현에 움찔했을 것이다. 이 개들은 너무 편안하고, 정말 사랑스러워. 여자는 적극적이고 무차별적인 개들의 애정을 아주 경멸하며 자랐었다. 개들은 더 많이 요구하고, 더 까탈스러워야 하고, 더 많은 조건을 대야 한다. 하지만 그렇게 하지 않는다. 언제나 행복한 태도로 입을 벌리고 혀를 흔들며 초롱초롱한 눈빛으로 사랑을 갈구했다.

그런데 이 개들, 이 80년대 개들은 뭔가 달랐다. 축축한 혀와 애정에 굶주린 발, 쿵쿵대는 따뜻한 몸이 너무 사랑스러웠다. 여자는 두 팔을 벌려 그들을 온몸으로 끌어안았다. 개들이 여자의 등을 두드리자, 여자는 웃으며 풀밭에 누워 버렸다. 개들은 여자의 온몸을 밟고 다니며 쉴 새 없이 흔들고 핥고 급기야 그 위에 드러누웠다. 아들이 재밌다는 듯 소리를 지르며 개들처럼 엄마 위에 쓰러졌다.

여자는 털과 개 냄새, 침, 까끌까끌한 잔디, 그리고 흙먼지에 덮여 있었지만 그래도 괜찮았다. 이 개들이 진심으로 좋았다. 세상에, 이게 대체 무슨 일일까?

여자와 아들은 앞 잔디밭에서 아침을 보내며 개들을 쓰다듬고, 질문을 하고, 착하다고 칭찬했다. 여자는 소파 밑과 차고 아무 데나 처박아 둔 공들을 가져왔고, 아들은 그 공을 하나씩 던지며 신나게 소리를 질렀다.

레트리버는 다른 개들보다 공 잡기에 능했다. 공중으로 점프할 때마다 귀를 쫑긋 세우고 눈을 반짝거리며 이빨로 공을 홱 낚아채는 광경이 무척 아름다웠다. 땅에 단단히 착지한 레트리버는 재빨리 몸을 돌려 아들 앞으로 달려가 아이의 발 앞에 공을 떨어뜨렸다.

아이가 공 던지기 놀이에 지쳤을 때, 레트리버는 현관 계단에 앉은 여자에게 다가와 그녀의 다리에 다정하게 머리를 얹었다. 여자는 양팔을 쭉 뻗은 아들이 콜리와 바셋하운드를 터벅터벅 쫓아다니고, 소리를 꽥 지르고, 까르르거리는 모습을 바라보며 레트리버를 쓰다듬었다. 길고 은은한 황금빛 털은 지금까지 느껴 본 어떤 것보다도 훨씬 부드러웠다. 마치 샴푸와 컨디셔닝을 한 다음 드라이기로 말려 애정을 담아 빗질한 것처럼.

너 방금 털 손질했니? 여자가 물으니 레트리버는 여자 목에 코를 비비고 손바닥을 핥았다.

여자는 그 개를 끌어당겨 꼭 껴안아 딸기 향과 비누 향이 나는 털에 얼굴을 묻었다.

딸기 향이네! 여자가 레트리버의 얼굴을 잡고 부드러운 눈을 들여다보며 말했다. 이렇게도 착하고 예쁘고 완벽할 수가. 레트리버가 미소를 짓자 여자는 그 개의 눈빛이 왠지 익숙하게 느껴졌다. 그래서 가늘게 눈을 뜨고 고개를 갸웃거리다가 개에게 중얼거렸다. 세상에, 우리 아는 사이야?

레트리버는 여자의 손을 자기 입에 살며시 넣더니 현관에서 잔디밭으로, 그리고 인도 쪽으로 끌어당겼다.

이리 와요. 그렇게 말하는 것 같았다. 레트리버의 이빨이 여자의 피부를 파고들었다. 여자는 혹시 물리지 않을까 막연하게 걱정했다.

하지만 어디로 가는 걸까? 여자는 무심코 생각했다. 이 개가 날 어디로 데려가고 싶은 걸까? 자기 집으로? 우리가 달리고 또 달릴 수 있는 노글노글한 푸른 잔디가 무성한 드넓은 들판으로? 우리 몸에서 솟는 모든 힘, 근육과 근막으로 질주하는 피를 느끼고, 우리의 폐가 활짝 열려 우리 자신을 하늘 전체로 데려갈 수 있는 곳? 인간은 없고 단지 삶, 삶, 삶의 고동과 추진력만 있는 곳?

여자는 개를 따라 잔디밭을 이리저리 걸어 다녔고, 백일몽 같은 하루는 더디게 흐르며 반짝반짝 빛났다.

앞마당의 길고 푸른 풀밭에서 아들은 그늘에 누웠고, 콜리와 바셋하운드가 그 양옆에 있었다. 콜리는 마치 아이가 잠들기 전에 손바닥으로 토닥여 주는 여자처럼 아들 옆에 무릎을 꿇고 그 애 가슴에 한 발을 얹었다. 바셋하운드는 기다란 귀를 흔들며 아이의 귀에 무언가를 속삭였다. 잠자리 동화, 어쩌면 자장가일지도.

어머, 저 개들이 우리 애를 낮잠 재우잖아. 여자가 생각했다. 정말 사랑스러워.

여자가 지나가자, 콜리와 바셋하운드 둘 다 그녀의 눈을 바라보며 고개를 끄덕였다.

다 괜찮을 거예요. 그들이 여자에게 말했다. 계속해요. 그리고 레트리버는 다시 여자의 손을 잡아당기며 집과 아들, 그리고 원하기도 하고 원하지도 않는 삶에서 여자를 멀리 이끌었다.

새 한 마리가 높고 날카롭게 울었다. 움찔한 여자는 레트리버를 내려다본 뒤 아들과 다른 개들을 쳐다봤다. 레트리버의 입에서 손목을 빼내고 겁에 질린 채 아들을 향해 쏜살같이 달려가서, 넋이 나간 아이를 땅바닥에서 끌어안으며 개들에게 소리를 질렀다.

저리 가! 여자가 손목을 휘저으며 소리쳤다. 집으로 돌아가라고! 완강한 요구에 개들은 거리 쪽으로 걸어가며 크고 슬픈 눈으로 현관에 있는 여자를 힐끗 쳐다봤다. 이 사악한 짐승들, 어서 꺼져! 그렇게 나무라고 난 뒤 여자는 그저 멍하니 고개를 뒤로 젖힌 채 모든 게 뒤엉킨 가슴속 동굴에서 울부짖었다. 그날 아침의 참담한 분노와 기쁨, 찬란한 황금빛 햇살, 2년 넘게 밤새 자지 못한 이유, 외로움과 추악한 욕망, 그리고 아들의 부들부들한 금발 곱슬머리 등, 그 모든 게 거대한 소리를 내며 쏟아져 나왔다. 길 한복판에서 딱 멈춰 선 개들이 여자의 울음소리에 귀를 기울였고, 그녀가 울음을 멈추자, 왔던 곳이 어디였든 전력 질주를 해서 돌아갔다.

개 떼라고? 남편이 전화로 말했다. 월요일 늦은 밤, 아들은 침대에 누워 있었고, 여자는 벌벌 떨며 울었다.

내가 털로 뒤덮인 데다 꼬리도 있으니까, 그 개들이. 여자가 숨을 헐떡이며 말했다. 난 개를 좋아하지도 않았는데, 이제는 개가 갖고 싶어.

자기야. 남편이 차분하게 말했다. 남편의 수화기 너머로 케이블 뉴스 소리가 흘러나왔다. 이게 다 분명 호르몬 불균형 때문이야. 병원은 예약했어?

아니. 여자가 코를 풀며 말했다. 그녀는 병원에 가고 싶지 않았다. 모두 다 괜찮다고, 이게 다 기분 탓이라는 의사 말이 듣기 싫었다. 모든 게 괜찮지 않았다. 화가 나 잠에서 깬 뒤 줄곧 성나 있던 그 첫날 밤 이후, 여자는 계속 원인을 기분 탓으로 돌리려 애썼다. 그럼에도 무엇 하나 좋아지지 않았다. 다른 이들이 그녀의 걱정과 분노를 어떻게 합리화해도, 이 또한 지나갈 일이며 다 좋아질 테니 마음을 가다듬고 화를 가라앉혀 진정으로 감사하고 만족해야 한다고 말해도, 행복은 선택의 문제이며 특권을 누리느라 거만해져서 한 번에 너무 많은 것을 원한다고 힐난해도 말이다.

여기에 조용히 굳어지는 추측에 대한 여자의 불안까지 한 몫했다. 여자는 그 추측이 어떻게든 내면에서 속삭일 때마다 마음에서 격렬히 밀어냈다. 바로 골든레트리버와 위대한 금발이 하나라는 추측. 둘 다 완벽하게 말쑥했고, 둘 다 삶의 활력과 재미를 보여 주었으며, 둘 다 불가사의하게도 딸기 향을 풍겼다.

여보, 개들이 또 찾아오면 동물관리소에 전화해. 남편이 말했다. 남편 입안에 무언가 가득 차 있는 것 같았다. 아마 심야 룸서비스겠지. 여자는 그게 바닐라 아이스크림 한 숟갈과 뜨거운 퍼지소스를 얹은 따뜻한 브라우니임을 알아챘다.

식사 중이야? 여자가 물었다.

개들하고 놀지 마. 남편이 말했다. 제발 부추기지도 말고.

알았어. 그러고 나서 여자는 한동안 아무 말도 하지 않았다.

당신 화났어?

나 그냥 자러 갈게. 여자는 이렇게 말하고 전화를 끊었다. 너무 빨리 끊기는 했지만, 우연히 그랬다고 부인해야 할 정도로 빠른 건 아니었다.

여자는 양치를 하고 세수를 하며 울음을 그치고 마음을 추슬렀다. 넌 어른이잖아. 그녀는 치실질을 하며 자신에게 말했다. 어른스러움을 강조하기 위해 여자가 생각할 수 있는 가장 어른스러운 일이었다. 그게 인생이야. 받아들여. 하지만 여자는 자신을 괴롭히는 단순한 질문들을 머릿속에서 떨쳐 버릴 수가 없었다. 왜 남편은 다정하거나 위로가 되는 말을 못 할까, 미안해 또는 당신한테 정말 고마워 같은? 왜 평범한 인간관계에 존재하는 정서적 교류의 규범을 모를까? 공감은 할 수 있을까? 아니면 두 사람이 가끔 농담하듯이, 매우 안정적이고 애정 어린 가정 교육을 받고 자란 사람을 죽이지는 않지만, 오히려 다른 이의 감정을 인지하지 못하고 여자의 마음을 이따금 혹은 항상 후벼 파는 소시오패스일까?

여자는 아들 옆 침대에 누워 희미한 어둠의 형상, 조용히 조각조각 갈라지는 듯한 천장, 옷장의 암회색 심연을 응시했다. 전화로 울지 않았더라면 좋았을 텐데. 그러면 남편이 아내의 걱정을 더 심각하게 받아들였을지도 모른다. 남편이 잘 알아듣게 하려면 다른 방법이 필요했지만, 기이한 날들이 이어지는 와중에 기이한 날을 보낸 여자는 그 늦은 시간에 평정심을 지킬 수 없었다.

남편은 아무것도 이해하지 못했다. 아내의 슬픔이나 분노도 이해하지 못했고, 개들이 몹시 이상한 불안함을 주는 이유도 이해하지 못했다. 그래서 여자는 레트리버가 이끌었던 순간의 기분이 어땠는지, 그 개가 어떻게 말을 걸었는지, 그리고 그녀의 모든 괴로움, 내면의 모든 충동과 투쟁을 이해하는 것처럼 그 말이 왜 그리 황홀하고 위로가 되었는지 설명조차

하지 않았다. 아니, 여자는 절대 남편에게 입도 뻥긋하지 않을 것이다. 그 얘기는 아내에게 남은 얼마 안 되는 신뢰마저 망칠 게 뻔하다. 아내의 직감과 감정은 그에게 중요하지 않았다. 사실 그건 허무맹랑해. 허무맹랑, 그게 딱 알맞은 말이었다. 황당한 이야기, 도시 괴담, 민간요법, 외계인, 숲을 돌아다닌다는 신화 속 생물처럼. 그래서 여자는 살면서 가장 진실한 것이자 길을 보여 주는 빛이라는 걸 알면서도 그 감정을 바로 무시했다.

여자는 침대 옆에 쌓여 있는 동화책 더미를 뒤적이며 희미한 불빛 아래에서 『신비한 여인들에 대한 현장 안내서』를 찾아냈고, 심신이 지쳤어도 책을 확 펼쳤다. 완다 화이트가 여자의 지친 영혼을 달래 줄 정확한 통로를 언제든 안내할 것 같았기 때문이다.

완다. 완다. 여자가 얼마나 간절하게 완다를 만나고 싶어 했는지. 그녀는 가루분 향기가 풍기는 완다의 가슴에 대고 펑펑 울고 싶었고, 친모가 한 번도 해 준 적 없는 방식으로 이 노부인이 부드럽게 머리를 쓰다듬어 줬으면 했다. 노부인의 아기가 되어 카디건으로 감싸여 보드라운 포옹과 따스한 온기를 느끼고 싶었다. 아주 작은 다정함이라도……. 오, 소중한 완다.

"결국." 여자가 읽었다. 야간 시력이 그 어느 때보다 좋았다. "다리 사이의 작은 구멍에서 아기를 밀어내는 것, 또는 가면을 쓰고 가운을 입은 낯선 사람이 당신의 배를 갈라 피투성이의 가냘픈 아기를 끌어내는 것보다 더 믿기 힘든 일이 무엇일까? 둘 다 터무니없는 명제이며, 아이가 있는 데서는 믿을 수 없는 한편으로 부인할 수도 없는 진짜 현실이다."

여자는 눈물이 맺혀 책 읽기를 잠시 멈췄다. 그러다 눈을 박박 문지르며 눈물을 훔쳤다.

마치 그 책 자체가 가장 아끼는 친구 같았다. 페이지 하나하나가 여자의 마음을 아는 것 같았다. 그녀는 계속 읽었다.


......믿을 수 없는 것은 사실 믿을 수 있을 뿐만 아니라 지극히 중요한 것이며, 세상에서 매우 현실적인 위치를 차지한다. 나는 심지어 믿을 수 없는 것이 앎의 또 다른 방식이고, 구성 원리는 과학의 조직화 패러다임과 모순되는 것이 아니라 그 조직화의 원리라고 입증할 것이다. 믿을 수 없는 것은 아마 직접적인 진실을 전달하지 않을지도 모르나, 사람이 기꺼이 인내하고 듣고 숙고할 의지가 있다면 더 깊은 진실을 전달할 것이다.

다음 날 아침, 여자는 여전히 마음속에 마법처럼 살아 있는 믿을 수 없는 것과 함께 눈을 떴다. 그녀는 자리에서 일어나 아들의 아침 식사를 만들었고, 아들이 요거트 한 그릇을 먹으며 얼굴에 덕지덕지 묻히고 머리카락을 빠트리는 등 난리를 피워도 멍하니 설거지를 했다. 완다 화이트는 어떤 사람일까? 여자는 망상에 사로잡혔다. 그리고 햇빛이 얼룩덜룩한 캠퍼스에 있는 완다 화이트의 사무실과 옷장 안에 깔끔하게 늘어선 많은 트위드 재킷과 치마를 상상했다. 접시에서 단단하게 굳은 달걀노른자 한 점을 집어 든 여자는 완다 화이트가 비혼에 매우 건강하리라 확신했다. 항상 선크림을 바르고 채식을 좋아하겠지. 삶의 행복과 성취감을 느끼고, 아무도 믿지 않는 존재를 연구하기 위해 세상을 여행하고, 그러고 나서 캠퍼스로 돌아와 개인 사무실에서 오랫동안 자기 노트를 들여다보며 똑똑하고 유용한 정보로 바꾸었을 거야. 어쩌면 캠퍼스 괴짜였을지도 몰라. 다른 교수들은 그녀의 연구를 진지하게 보기는커녕 거짓말처럼 여겼을지도 모르지. 음, 그렇다면 대학은 왜 화이트를 채용했을까? 화이트의 연구는 다른 연구들을 합친 것보다 더 흥미롭고, 더 획기적이었다. 그런데도 왜 화이트에 대해 못 들어 봤을까? 아들이 소리를 지르며 손뼉을 치고 이미 더러운 주방 바닥에 요거트 방울을 떨어뜨리는 사이, 여자는 의구심에 잠겼다. 왜 화이트는 아침 쇼에 한 번도 출연하지 않은 걸까? NPR에도? 휴대전화의 뉴스피드에도?

어쩌면 화이트는 한낱 허풍쟁이였는지도 모른다. 만약 그렇다면 어떻게 그 대학교에 채용되었던 걸까? 분명 화이트의 저작은 의심스러웠다. 페루의 새 여인은 매력적이지만 완전히 사실적으로 들리지는 않았다.

완다 화이트는 철학과 소속 교수였는데, 정말 엉뚱한 곳에 있는 것 같았다. 어떤 과학과에 있어야 하는 것 아닐까? 아니면 인류학? 여자는 화이트의 학문이 철학의 우산 아래에 있는 게 그녀의 책과 학문의 사실 여부를 독자로 하여금 판단하도록 하려는 의도는 아닌지 궁금했다.

아침 식사를 마친 후, 여자는 아들과 거실 바닥에 앉아 장난감 트럭을 앞뒤로 굴렸고, 신이 난 아들은 키득거리며 즐거워했다. 그리고 휴대전화로 새크라멘토 대학교 웹사이트를 죽 훑으며 교수진 소개란에 있는 완다 화이트를 찾아냈다. 사진은 없었다. 단지 아주 사소한 정보만 있었다. 여자는 화이트의 메일 주소를 '새 메일 쓰기'의 받는 사람에 붙여넣기를 한 뒤 창을 닫았다. 아직 아무 내용도 없지만 임시 저장한 채로. 그리고 모든 질문과 생각, 그리고 화이트에 대한 수많은 느낌을 모아 오늘 밤 아들이 잠들고 나면 적어 두기로 했다.

여자는 아들이 거실에 있는 플라스틱 튜브에 구슬을 하나씩 넣는 모습을 지켜봤다. 아들은 구슬이 위에서 아래로 미끄러져 빙글빙글 돌다가 팅 소리와 함께 떨어지는 모습을 보고 놀라움과 기쁨을 감추지 못했다. 기쁨에 겨워 비명을 지르거나 손뼉을 치거나 바닥에 손을 얹고 놀랍도록 수직으로 당나귀 발차기를 하며 뛰어올랐다. 아들이, 여자의 아들이.

여자는 아들을 데리고 집에서 몇 블록 떨어진 공원으로 향했다. 날이 아주 화창하고 공원도 가까웠기 때문이다. 정말이지, 두 사람은 그곳에 더 자주, 아마 매일 가야 한다. 살짝 더운 여름 날씨에 물든 완벽한 오후였다. 아들은 기어오르고 낑낑거리고 나무 조각을 입에 넣었다 뱉었다 했고, 여자는 혼자 화이트와 마법, 기이한 여자들 등에 관하여 이런저런 상념에 잠겼다가 자칼 무리 소리에 고개를 돌렸다. 그들이 거기에 있었다. 가끔 북 베이비즈 모임이 있을 때 마주쳤던 이들, 바로 엄마들이었다. 북 베이비즈 회원 엄마들. 별안간 메스꺼움이 엄습했지만 정확한 이유는 알 수 없었다. 어떻게 이런 우연이 다 있는지, 위대한 금발은 1000달러가 훌쩍 넘는 만능 쌍둥이 유모차를 끌며 선두에 있었고 그 들러리들이 뒤따르고 있었다. 맨날 콧물을 질질 흘리는 시무룩한 어린 아들을 둔 엄마, 너무 활동적이라 걸핏하면 돌멩이를 던지는 세 살짜리 아이를 둔 엄마였다. 여자는 가능한 한 빨리 아들을 불러들였다. 잡담도 하고 싶지 않았고, 실은 허브 파는 일에도 관심이 없었으며, 날씨나 낮잠 또는 배변 훈련에 관해 실없이 고상하게 굴기도 싫었다. 그 엄마들과 아이들 그리고 진절머리 나는 그들의 잘난 척을 신경 쓰기도 싫었고, 그 때문에 화이트와 화창한 날씨와 이토록 멋진 오후와의 교감이 깨지는 것도 싫었다.

어머나, 안녕하세요! 위대한 금발이 손을 흔들며 말을 걸었다. 여자도 마주 대꾸했다. 안녕하세요! 우리는 막 집에 가려던 참이에요!

잔디밭에 널브러진 기저귀 가방과 잡다한 장난감을 가져오고 파란 빨대 컵과 다루기 힘든 시리얼 봉지를 챙기느라 서둘렀다. 그 와중에도 여자는 위대한 금발과 동행인을 의식하지 않을 수 없었다. 어떤 활동을 해도 항상 그 두 엄마가 위대한 금발 곁에 있었다. 시무룩한 아이의 엄마는 키가 작고 팔다리는 뭉툭했으며, 눈은 지나치게 풍성한 속눈썹에 둘러싸여 부자연스러웠고, 어깨까지 생머리를 늘어뜨렸다. 다른 엄마는 탄탄한 몸매를 자랑하듯 요가 바지를 입었고, 까만 눈동자는 모공 없는 얼굴과 세련되고 날카로운 이목구비 덕에 예리한 지성미를 뿜어냈다. 그녀는 고개를 이리저리 까딱하며 아들의 불규칙한 동선을 따라다녔는데 그때마다 납작하게 편 풍성한 머리카락이 유난히 돋보였다.

공원에 울타리가 쳐져 있는 데다 그 엄마들이 유일한 출구를 에워싼 탓에 여자는 이 하찮은 무리를 지나갈 수밖에 없었다.

안녕하세요! 여자가 무리에 가까이 다가가며 인사를 했지만, 사실 정말 하고 싶었던 말은 이랬다. 먼저 갈게요! 우리는 종일 놀았거든요! 이제는 집에 가야 해요! 더 늦으면 안 되니까요!

참, 그러고 보니 내 소개를 제대로 안 했군요. 위대한 금발이 공원 문 앞에 서서(누군가는 일부러 가로막고 있다고 할 수도 있지만) 어이가 없다는 듯 고개를 저었다.

내가 이렇게 정신이 없다니까요! 엄마들이 가끔 하는 것처럼 위대한 금발은 유모차에 탄 쌍둥이를 보며 대화를 나누듯 자신을 나무랐다. 하지만 사실 그건 옆에 있는 다른 엄마들을 겨냥한 말이었다.

아, 괜찮아요. 여자는 말없이 공원 문을 바라봤다. 그때 여자가 생각한 건 이 문을 통과하고 싶다는 아주 정중한 요청이었다.

난 젠이라고 해요. 위대한 금발이 말했다. 그리고 이쪽은 밥스랑 포피예요. 그녀가 두 엄마를 가리키자, 키 작은 엄마는 슬픈 미소를 지으며 머리를 한쪽으로 기울였고, 요가복 엄마는 최근에 미백 시술을 받은 듯한 치아를 드러내며 고개를 끄덕였다.

만나서 반가워요! 여자는 유모차 사이로 조심조심 움직이며 황급히 인사를 건넸다. 아마 처음이자 마지막으로, 아프다고 울부짖는 아들의 통곡에 안도감을 느끼며 마음이 누그러졌다. 여자가 서두른 나머지 실수로 다른 유모차에 아들의 여린 정강이가 부딪혀서 우는 것이었다. 그러니 일단 아들을 달래야 했고 얼른 집으로 데려가 점심을 먹여야 했다. 분명 아들의 배가 몹시 고팠고, 지금은 비상사태이자 정신적 공황 상태이니 합리적으로 즉시 이 상황을 벗어나야 했다. 그래서 여자는 그렇게 했다.

괜찮아, 엄마가 미안해. 세상에, 너무 반가워요, 하지만 저는 이제 가야……. 여자는 울고 있는 아들을 가리키고 나서 그녀를 주시하는 세 여자를 힐끗 쳐다봤다. 세 여자는 딱히 불쾌해하진 않았지만 회의적으로, 조금 전처럼 따뜻하지는 않은 태도로 엉덩이에 손을 얹은 채 눈을 흘기고 있었다. 마치 이렇게 묻는 것 같았다. 뭐가 문제야? 정말로 매우 공정한 질문이었다.

나중에 돌이켜 보니 좀 무례했다는 생각이 들었다. 다음에는 분명 더 예의를 차려야 한다. 적어도 자기소개는 할 수 있어야 한다. 그리고 허브 판매에 관해서도 물어봐야 한다. 여자의 문제가 뭐였을까? 그날 저녁, 여자는 완다 화이트에게 편지를 쓰기 시작했다. 그녀는 화이트가 자신의 유일한 희망이라고 진지하게 믿었지만 정확히 어떻게 그런지는 알지 못했다. 그래서 최소한 『신비한 여인들에 대한 현장 안내서』에 마법 같은 특징이 있고, 그 마법이 여자의 생각과 대화를 나누고 있다고 스스로 확신했다. 그리고 이러한 결론에는 운율이나 이유가 없다는 사실을 깨달았다. 하지만 그럼에도.

WW

최근에 저는 교수님의 저서 『신비한 여인들에 대한 현장 안내서』와 교수님이 전 세계를 돌아다니며 연구한 내용을 우연히 발견했습니다. 여쭈고 싶은 게 정말 많지만, 제가 감히 단 몇 분이라도 교수님의 시간을 나눌 수 있다면 이 질문부터 하고 싶습니다. 교수님의 연구가 과학적이고 합리적인 의미에서 "진실"일까요? 아니면 세상을 완전히 설명하지 못하는 지식의 한계와 과학의 실패를 극복하고 더 큰 주장을 펴기 위한 학문을 수행하는 것일까요?

물론 이 질문이 다소 철학적으로 들리시겠지만, 새크라멘토 대학교 웹사이트에서 교수님이 철학과 소속이라는 사실을 알게 되었습니다. 그래서 어쩌면 이 질문들이 교수님의 권한을 벗어나지 않을 수도 있고 심지어 환영받을 수도 있다고 생각했어요.

개인적으로 최근에 저는 제 삶에서 특이하고 뜻하지 않은 걱정투성이의 시대를 맞이했습니다. 바로 모성이지요. 제 능력껏 분명하고 간단하게 말하자면 모성은 결코 평범하거나 단순하지 않습니다. 그래서 교수님의 연구와 철학적으로나 경험적으로 교차하는 것처럼 보이는 질문들에 직면하게 되었어요. 부디 교수님의 의견을 들을 수 있길 간절히 고대하겠습니다. 제 질문에 귀한 시간 내어 주셔서 감사합니다.

안녕히 계세요.

MM


어두컴컴한 주방 식탁에 앉은 여자는 환한 노트북 화면으로 완다 화이트에게 보내는 첫 번째 메일을 읽고 또 읽었다. 그녀는 너무 세게 다가가고 싶지 않았고, 곧바로 자신의 변이 얘기를 꺼내 완전히 비이성적인 사람처럼 보이기도 싫었다. 대신 같은 의문과 연구에 관심 있고 세심한 열혈 독자로 보이고 싶었다. 마우스 커서가 주방의 어둠 속에서 깜빡였다. 지금은 꽤 늦은 시간, 실은 이른 새벽이었고, 아들은 몇 시간 동안 잠들어 있었다. 아침이 되면 여자는 엉망진창이 될 게 뻔했지만 신경 쓰지 않았다. 여자의 생각은 하루 종일 완다 화이트에게 뻗어 있었고, 마음의 짐을 덜기 위해서는 그저 잡다한 생각을 머릿속에서 꺼내 이름뿐인 교수에게 보내야만 했다.

'보내기'를 누르자마자 온몸이 축 늘어졌다. 늘어져도 너무 축 늘어져 침실로 향하는 계단을 오르는 것조차 버거웠고, 아들 옆에 가자마자 침대에 고꾸라졌다. 거의 잠든 상태로 침대에 도착한 여자는 그제야 마음을 놓으며 최근 몇 년간 경험하지 못한 숭고한 휴식을 만끽했다.

그때 어떤 자연의 힘, 또는 신의 힘, 또는 마법의 힘이 꿀맛처럼 깊은 잠에 빠진 여자를 끌어 올렸는지 상상해 보라. 대체 어떤 힘이길래 몇 년 만에 처음으로 편안한 밤을 보낸 여자를 끌어당겼을까. 온몸이 죽은 듯이 느슨해지고, 호흡은 거의 없어질 정도로 느려지고, 꿈은 현실처럼 생생했다. 여자는 피가 타닥타닥 튀는 소리와 아드레날린이 뒤흔든 메스꺼운 속쓰림에 신음하며 달콤한 수면에서 끌려 나왔다.

침실 창문 밖에 있는 무언가가 긁고, 으르렁거리고, 젖은 주둥이로 킁킁거리고, 꾸르륵 목을 울리고, 혀를 내둘렀다. 여자는 수많은 몸뚱이가 서로 뒤엉켜 이리저리 미친 듯이 움직이며 안절부절 불안해하고 초조해하다가 무언가를 기다리고 있다는 느낌을 받았다.

세상에. 그녀는 몽롱한 정신으로 생각했다. 대체 뭐야, 도대체 뭐냐고.

여자는 옆에서 새근새근 코를 고는 아들의 가슴을 만지다가 바로 일어나 땀을 훔쳤다. 그리고 주방에서 큰 식칼을 움켜쥐었다가, 그보다 더 좋은 생각이 떠올라서 복도 벽장에 있는 야구 방망이를 찾아냈다. 너무 지치고 화가 나서 무엇을 발견하든 때려죽일 셈이었다. 자기 손으로 모조리 죽여 버릴 것이다.

높은 창으로 바깥을 내다본 여자는 보름달 빛 속에서 그들을 보았다.

개들이었다. 정말 많은 개가 있었다. 열다섯 마리? 스무 마리? 여자는 목덜미와 어깨를 덮은 거친 털을 긁적이더니 이빨을 드러냈다. 모든 소리가 들렸고, 모든 냄새가 코끝에 스쳤다. 그녀는 천천히 옆문을 열고 방충망 뒤에 서서 밤을 내다봤다. 그리고 거기, 계단 꼭대기에 앉은 레트리버를 보기도 전에 그 개의 딸기 비누 향을 맡았다. 레트리버 옆에는 예쁜 속눈썹을 지닌 땅딸막한 바셋하운드와 한밤중에도 신경이 바짝 곤두선 콜리가 있었다.

그 뒤로 수십 마리의 다른 개들이 보였다. 스무 마리도 넘는 개들이었다.

너희를 잘 알아. 여자는 개 삼총사를 보며 으르렁거렸다. 딱히 심술궂지는 않았지만 이런 의도에 가까웠다. 이럴 수가. 한밤중에 나를 깨우다니. 오늘 내가 너희한테 더 정중했어야 했군.

여자가 두려워하면서도 내심 바랐던 대로 그 개들이 찾아왔다. 개들은 여자가 무리에 합류하길 원했고 그녀를 데려가고 싶어 했지만, 여자는 가지 않았다. 그러지 않았다. 아무리 저항해도 마음속에 있는 무언가가 점점 빨라졌다. 그들과 합류할 생각에 들떴지만, 그 느낌을 분명하게 드러낼 수 없었다. 주인과 상의하지 않은 몸이 먼저 앞으로 뛰어내려 계단을 데굴데굴 굴러 깊은 밤 속에 널브러질지도 모른다는 느낌이 더 컸다. 여자가 조심하지 않는다면, 늦여름 매미가 경쾌하게 윙윙대는 소리와 꽃가루 무성한 공기의 이슬 같은 무게에 굴복하고, 유혹당하고, 그 따뜻한 포옹에 끌려 들어갈지도 모른다. 게다가 여자가 보고 있는 장면은 도저히 현실일 수 없었고, 백일몽이어야 했으며, 스트레스와 피로로 생긴 일종의 각성시환각이어야 했다. 여자는 머리를 앞뒤로 심하게 흔들다가 꼬리까지 이리저리 흔들어 댔다. 마치 수영장에서 막 나와 물방울을 털어내는 것처럼.

운동복 바지 속에서 여자의 꼬리가 본능적으로 꿈틀거렸

다. 돌연 양쪽 귀를 하나씩 제어할 수 있게 된 여자는 각각의 귀를 앞뒤로 움직이며 개들의 숨소리, 낑낑대는 소리, 꿀꺽거리는 소리를 하나도 빠짐없이 들었다.

이건 현실이 아니야. 여자는 감히 현관으로 향하며 생각했다. 현관 계단을 내려가는 순간, 목구멍에서 끓어오르는 갈망과 독립적이면서도 조화로운 한밤의 소음, 너무나 다채로운 향기에 무작정 이끌렸다. 잃을 게 뭐 있어? 이건 그저 환상일 뿐이야. 여자는 아들에게 자주 했던 말을 떠올렸다. 그냥 놀이야.

여자가 방망이를 현관 옆에 둔 채 진입로로 나서자, 개들이 인도를 가득 메우며 거리로 쏟아져 나와 다시 그림자를 드리우며 모여들더니 이웃집 잔디밭을 캄캄하게 물들였다.

레트리버가 어제처럼 여자의 손을 잡아 이끌며 동물들의 바다를 헤치고 나아갔다. 개들은 각각 그들 주위를 감싼 밤처럼 경계하면서도 고요했다.

진입로 한가운데서, 개들 한가운데서, 여자는 두렵지 않았다. 그녀는 기다렸다. 개들도 기다렸다. 그때, 이 팽팽한 신경전의 주변부 어딘가에서 개 한 마리가 높고 애처로운 비명을 질렀다. 예배를 청하는 찬송가의 첫 음일까. 여자가 생각했다.

그 소리와 함께 레트리버가 입에 물고 있던 여자의 운동복

소매를 잡아당기며 옷을 끌어 내리기 시작했다.

야, 멈춰. 여자는 처음에 웃다가 바로 정색했다. 레트리버는 손을 놓지도, 놓으려 하지도 않았고, 콜리도 다른 쪽 다리에서 옷을 잡아당겼다. 그래서 여자는 바지가 내려가지 않도록 허리춤을 꽉 잡아야 했다.

멈추라니까. 여자는 더 단호하게 강요하며 처음에는 레트리버를, 그다음에는 콜리를 발로 걷어찼다. 그래도 개들은 절대 놓지 않았고 여자가 옷을 잡아당길수록 더 꽉 물고 늘어지기만 했다.

오, 세상에. 여자가 말했다.

콜리는 한쪽 다리를 더 높이 들어 올렸고, 눈동자 색이 다른 텁수룩한 셰퍼드가 다른 쪽 다리를 끌어당겼다. 근육질의 검은 레트리버가 뒷다리로 껑충 뛰어올라 여자의 티셔츠 자락을 물어뜯었고, 밑으로 다시 내려올 때는 옷에 입을 바싹 붙인 채 이빨로 구멍을 냈다.

여자는 팔다리를 마구 흔들며 허둥댔다. 발로 차고 손으로 때렸지만, 개들은 여자를 향해 점점 더 몰려들었다. 여자는 이쪽, 그다음에는 저쪽, 또 그다음에는 손과 무릎까지 물어뜯겼고, 그 시점에서는 개들을 멈출 수가 없었다. 여자가 손으로 머리를 감싸자, 개들이 여자의 옷을 찢고 티셔츠 뒷부분을 잡아당겨 얇은 속옷까지 가뿐하게 찢어 버렸다.

소동은 시작했던 것처럼 갑작스럽게 끝났다. 단 하나의 발도 여자 위에 없었다. 여자는 벌거벗은 채 태아처럼 웅크린 자세로 땅바닥에서 헐떡였다. 여자의 귀가 씰룩거렸다. 느껴지는 거라곤 개들의 부드러운 숨소리와 전력을 다한 그들의 체취뿐이었다.

여자가 고개를 들었다. 개들이 주변을 서성거리며 낑낑거리고, 땅을 긁고, 여자를 곁눈질하다가 멈춰 서서 빤히 바라보며 길쭉하게 솟은 척추를 따라 털을 치켜세웠다. 여자는 진입로 바닥에 손가락을 웅크리며 이빨을 드러냈다. 눈동자가 활활 타올랐다. 그녀는 머리에 자라는 털과 흉물스럽게 퍼지는 갈기를 느꼈다. 엉덩이 근육도 말려 올라갔다. 문득 한 가지 생각이 떠오르다 금세 사라졌다. 넌 동물이야.

여자는 생각하고 싶지 않았다. 단지 행동하고만 싶었다. 오직 살아남기 위해서였다. 그녀는 으르렁거리다가 자신을 둘러싸고 있는 수많은 개 떼에 맹목적으로 달려들어, 살점을 찾아 이빨을 들이밀었다. 여자는 털과 피와 뼈였다. 본능과 분노뿐이었다. 오로지 몸의 무게와 그에 맞서는 땅의 끌어당김, 유난히 축축한 밤공기, 주변을 날아다니는 박쥐들, 사방을 돌아다니는 발과 다리, 머리의 움직임 외에는 아무것도 알지 못했다. 여자는 입을 벌린 채 깜깜한 밤을 샅샅이 뒤졌다. 무엇이든 닥치는 대로 물어뜯고 싶었다. 지그시 눈을 감은 그녀는 순수한 움직임, 순수한 어둠, 경련과 급증, 동물로서의 첫 번째 꿈이 되었다.

다음 날 아침 여자는 침대에서 일어났다. 티셔츠와 속옷을 입은 채였다. 운동복은 침대 옆 바닥에 얌전히 쌓여 있었다. 얼굴을 찡그린 그녀는 티셔츠 목덜미를 잡아당기며 한동안 운동복을 바라봤다.

걱정해야 한다는 걸 알았다. 완전히 멀쩡한 옷 상태를 보니 실성한 게 아닌지 의심해야 했고, 즉시 병원에 전화해 예약 시간을 잡아 정신과 의사의 진단을 받아야 하고, 여러 가지 약을 처방받아야 하고, 남편이 집에 돌아오자마자 솔직히 털어놓으며 그녀가 겪은 현실과의 단절이며 개들의 출몰과 찢긴 옷에 관해 설명해야 할 것이다. 그리고 아침 햇살 속에서 일어나 보니 옷은 아무 흠 없이 본래 그대로였다고. 여자는 이 모든 것을 다 알고 있었지만, 침대에 누워 있는 그녀 위로 아들이 기어오르자 거의 종교적 황홀경이나 다름없는 투명하고 순수한 감정을 주체할 수 없었다. 그 감정은 여자의 마음 깊은 곳에서 솟구쳤다.

여자는 아들을 붙잡아 공중으로 휙 던졌고, 아들이 웃다가 숨이 넘어갈 만큼 몇 번이고 반복했다. 그러다 젖은 코를 아들 목에 파묻고는 장난치듯 비벼 댔고, 신이 난 아들은 꺅 소리를 내며 갓 솜털이 난 여자의 귀를 잡아당겼다. 여자가 아들의 팔을 잇새에 넣고 부드럽게 깨물자, 아이는 다시 소리를 지르며 침실에서 도망쳤다. 침대에서 벌떡 일어난 여자도 자기 방으로 향하는 아들을 네발로 따라갔다. 여자의 머리카락은 그 어느 때보다 길어서 등을 타고 흘러 내려가 엉덩이를 덮었고, 그 끝이 다리 뒤쪽을 간지럽혔다. 두 사람은 지칠 때까지 함께 놀았다. 그사이 방은 초토화되어 기차선로는 이리저리 흩어지고 책 더미는 와르르 쓰러졌으며 침대 시트는 바닥에 쌓였다.

아래층에서 여자는 휘파람을 불며 아들의 아침 식사를 준비했다. 어젯밤에 무슨 일이 있었던 걸까? 두려워해야 마땅했지만 그런 마음이 전혀 들지 않았다. 신선한 힘이 여자의 몸에 생기를 불어넣었다. 그녀는 자기 몸을 사랑했다. 몸이 되는 것을 사랑했고, 자기가 만든 또 다른 몸인 아들을 사랑했다.

어쩌면 모든 엄마에게 이런 일이 일어났고, 다들 여자에게 이 일을 함구했을지도 모른다. 아들을 낳은 후 발볼이 넓어지고 샤워할 때 머리카락이 한 움큼씩 빠질 줄 몰랐던 것처럼. 어쩌면 이 변화가 모성의 비밀 중 하나였을 수도 있다. 아들은 해시브라운을 먹었고, 여자는 아들의 작은 탁자 옆에 있는 작은 의자에 앉아 멍하니 창밖을 바라보며 목덜미를 쓰다듬었다. 그러고는 자리에서 일어나 냉장고에서 스테이크용 고깃덩어리를 꺼냈다. 거기서 아주 작게 두 조각을 잘라 낸 다음 나머지는 프라이팬에 던졌다.

우리 이거 한번 먹어 볼까? 멍멍이처럼? 여자가 생고기 조각을 아들에게 내밀며 물었다. 아들은 음식을 입에 한가득 담은 채 고개를 끄덕이며 미소를 지었다. 그들은 각각 아주 작은 생고기 한 점을 가져다가 입에 넣고 씹었다. 여자는 으르렁 소리를 내며 아들을 간지럽혔고, 아들은 천진난만한 웃음을 터뜨렸다.

우리는 들짐승이다! 여자가 말하자, 아들이 대답했다. 밖으로 나가! 여자가 거기에 동의했다.

여자가 스테이크를 다 익히고 접시에 담는 동안 아들은 문으로 달려갔다. 그녀가 접시를 들고 조리대에서 돌아서자, 아들이 부엌으로 뛰어 들어와 소리쳤다. 이거 봐 봐!

아들이 죽은 쥐를 들어 올렸다. 여자는 소리를 질렀다가 이

내 웃음을 지었다.

어디서 찾았니? 징그럽게!

안 징그러워. 엄마, 이리 와 봐요.

여자가 따라가니 아들은 통통하고 짧은 손가락을 내밀며 눈을 크게 떴다. 그리고 쥐, 다람쥐, 토끼, 심지어 문 바로 밖 현관에 축 늘어진 너구리 한 마리 등 말 그대로 수북한 그 더미에 엄마가 어떻게 반응할지 유심히 지켜봤다.

여자는 숨이 턱 막혔다.

제물. 표식. 환영.


정오가 되자, 걸신들린 듯 배가 고팠던 여자와 아들은 도서 관 바로 맞은편, 그들이 시내에서 가장 좋아하는 점심 식사 장소로 내려왔다. 잡화 및 식료품을 파는 명품 식당가 중 하 나로 고급 쿠키와 크래커, 수입 젤리를 진열해 팔기도 했다. 대학생뿐만 아니라 엄마들도 좋아하는 차갑고 따뜻한 뷔페 식 요리도 있었다. 원하는 경우, 맥앤치즈 한 더미와 치킨 핑 거 세 조각을 선택할 수 있었다. 여자는 포도 한 접시를 통째 로 사기도 했다. 그리고 때에 따라서는 치즈 큐브로 눈을, 키 위 조각으로 코를, 딸기 요거트 한 수저로 입을 만들어 접시

위를 꾸미기도 했다. 그리고 물잔 옆에는 와인도 있었다.

아들은 그곳에 가면 접시에 뭘 담아야 할지 딱딱 골라서 엄마한테 알려 주는 걸 좋아했다. 꼬마 장군처럼 손가락으로 가리키며 투덜대듯 명령을 내리고, 손뼉을 치다가 금세 토라지고, 자기가 원하는 음식만 정확히 넣으라는 식으로 들들 볶았다. 여자는 케첩을 듬뿍 바른 미트로프, 말랑말랑한 고기찜, 치킨 핑거 몇 조각을 더 얹고, 맛있어 보이는 구운 옥수수 요리를 산더미처럼 쌓았다. 구운 옥수수를 좋아하는 아들도 그 엄청난 양에 손뼉을 치며 기뻐했다. 여자는 별도의 작은 그릇에 맥앤치즈 한 덩이를 담았다.

계산대 앞에 있는 상점 아가씨는 여자가 고른 고기 무게를 달다가 기다리고 있던 여자를 힐끗 쳐다봤다. 여자가 미소를 지었고 아들도 환하게 웃었다. 여자가 말했다. 지금 생리 전이라서요. 아가씨는 꺼림칙하게 웃으며 계산대 버튼을 눌렀다.

전부 다 해서……. 아가씨가 말했다.

그들의 음식값은 30달러가 훌쩍 넘었다. 여자의 배고픔의 대가, 그리고 점심값으로는 금액이 너무 컸다.

두 사람은 다른 엄마들이 아이들을 돌보는 야외 탁자 중 한 곳에 앉았다. 엄마들은 완두콩이나 증정용 요구르트를 먹이며 아이와 실랑이를 벌였고, 더러워진 턱을 닦고 흘린 음식물을 치웠다.

여자와 아들은 나란히 앉았다. 여자는 마카로니 그릇을 아들 앞에 놓고 치킨 핑거 한 조각을 작게 잘라 냅킨 위에 올려놓았다. 그리고 아들을 챙기는 와중에도 배고픔과 고기 냄새에 정신이 팔려 유난히 말이 없었다. 어쩌면 동물적 무아지경에 빠졌을 수도 있다. 치킨 핑거를 자르고 있었지만, 자기가 뭘 하는지도 모른 채 그러고 있었다. 오직 배고픔에만 집중할 뿐이었고, 이 배고픔은 거의 미칠 지경까지 내면의 모든 공간을 가득 채웠다. 여자는 자기 접시 쪽으로 몸을 돌렸다.

오! 눈부신 미트로프! 으스러질 정도로 근섬유가 부드러워진 고기찜! 여자는 포크를 사용하다가 손으로 먹더니 나중에는 아예 얼굴을 고기 더미에 들이밀었다. 누가 보면 일종의 숭배로 보일지도 모른다. 머리를 숙인 여자는 입으로 직접 음식을 먹었다. 여자의 행동은 무척 순수해 보였다.

눈을 동그랗게 뜨고 잠시 지켜보던 아들은 신이 나서 소리를 지르며 곧바로 엄마를 따라 했다. 맥앤치즈에 얼굴을 들이밀고는 눈꺼풀에 치즈를, 한쪽 뺨에 마카로니를 묻힌 채 고개를 들었다. 아들은 손뼉을 치며 좋아했다.

여자는 목구멍을 채우는 고기 감촉에 취해 계속 이성을 잃고 게걸스럽게 먹어 댔다. 아들이 손을 뻗어 옥수수를 한입

먹으려 하자, 여자가 낮고 조용하게 으르렁거렸다. 흠칫한 아들은 옥수수를 내려놓은 뒤 입에 문 치킨 텐더를 들고 좌우로 흔들었다.

꿀꺽꿀꺽 고기를 삼킨 여자는 그 맛에 신음하며 코를 훌쩍이고 쩝쩝거리더니 아들을 향해 코로 옥수수 더미를 쓱쓱 들이밀었다. 아들은 통통한 손으로 옥수수를 한 움큼 집어 입에 욱여넣은 뒤 눈을 감은 채 와구와구 씹었다.

여자는 먹고 또 먹었다. 기이한 동물적 본능에 꽂혀 계속 먹었다. 접시까지 깨끗이 핥은 뒤 고개를 들었다가 주위의 모든 엄마가 잠자코 지켜보고 있다는 걸 깨달았다. 심지어 직장인들까지 전화를 끊은 채 빤히 바라보고 있었다.

여자는 냅킨을 집어 들고 침착하게 얼굴을 닦았다. 그리고 매우 깊게 숨을 들이마셨다. 자연스럽게 행동하고 여유 있게 대처했다. 그녀는 울지 않았다. 절대 울지 않았다!

얼떨결에 옆 탁자에 앉은 남자와 눈이 마주쳤다. 깔끔하게 자른 머리에 셔츠 단추를 열어젖힌 남자는 서류 가방을 옆에 두고 앉아 있었다.

배가 고프셨나 봐요. 남자가 말했다. 궁금한 게 아니라 말로 주먹을 날리는 것 같았다. 방금 일어난 일에 다소 경외감을 느꼈다는 자백이었을까.

아. 여자가 얼굴을 붉히며 내뱉었다. 그리고 얼른 몸을 돌리고 웃으려 애썼다.

멍! 여자는 가벼운 웃음조차 나오지 않아 아들에게 장난스럽게 말했다. 그들은 그저 놀고 있었을 뿐이라고! 멍멍이 놀이였을 뿐이라고! 여자는 스스로 좋은 엄마이고 이건 단지 놀이일 뿐이라고, 이유가 궁금했을 사람들에게 속으로 대답했다.

멍멍! 아들이 다시 짖었다. 신이 난 아들의 얼굴은 치즈 범벅이 되었다. 여자는 아들의 머리를 쓰다듬으며 얼굴을 닦아 주었다. 아들이 다시 허겁지겁 음식을 집어 먹는 동안 엄마는 아주 위엄 있게 물 한 모금을 마셨다.

사람들은 다시 점심을 즐기는 것 같았지만, 여자는 제대로 쳐다보지 않았다. 그러기에는 방금 겪은 자의식의 상실, 그녀를 사로잡아 다른 의식 상태로 몰고 간 압도적인 배고픔, 오직 냄새와 맛과 배고픔만이 중요했던 그 순간이 너무나 끔찍했기 때문이다.

괜찮아. 여자가 깊게 숨을 내쉬며 조용히 속으로 말했다. 괜찮아.

엄마! 아들이 소리쳤다. 아들은 엄마를 사랑했다. 있는 그대로의 엄마를.

멍멍이처럼 해 봐. 아들이 말했다. 여자가 미소를 짓더니 아들을 향해 손바닥을 휙 돌리며 이제 그만이라는 신호를 보냈다. 아가야, 인제 그만. 멍멍이 놀이는 나중에 또 하자. 아들은 멍멍 소리를 내며 일단 만족한 채로 다시 음식에 열중했다.

누군가 여자의 어깨에 손을 얹자, 여자가 몸을 휙 돌렸다. 낯선 노부인이 뒤에 서 있었다. 그 노부인은 달콤한 가루분 향기를 풍겼고, 짧은 백발은 우아하게 멋을 냈다. 모든 게 보기 좋았다. 부드러운 화장과 깨끗한 안경, 웃을 때 생기는 눈가 주름, 여름날에 딱 어울리는 보송보송한 카디건까지.

아들이 있으니 얼마나 재미날까! 노부인이 말했다.

여자가 웃었다.

아 네, 너무 재밌어요.

게다가 엄마도 정말 멋져요. 노부인이 덧붙였다. 정말 멋진 엄마고 말고! 아이와 이렇게 즐겁게 놀아 주다니. 나도 그 시절이 기억나요.

어머, 감사해요. 여자가 다소 놀라며 수줍게 말했다. 노부인은 여자를 나무라기는커녕 오히려 기뻐하며 옛 기억을 떠올렸다.

우리도 멍멍이 놀이를 하곤 했단다! 노부인은 이제 아들에게 말을 걸었다. 우리 아들이랑 나도 그랬거든! 너무 재밌었고 우리 아들도 아주 좋아했지. 아르르르르. 노부인은 아들에게 이를 드러내고 머리를 앞뒤로 흔들다가 여자의 어깨를 다시 토닥이고는 빙그레 웃으며 가 버렸다.

여자는 노부인을 지켜보며 그녀가 여기 남아 함께 수다를 떨고, 살아온 얘기를 들려주길 바랐다. 혹시 아주머니도 놀곤 하셨을까요…… 개들처럼? 정말요? 사람들이 이상하게 보지 않았나요? 지금 아드님은 나이가 어떻게 돼요? 아드님과의 관계는 어때요? 아드님이 어렸을 때 일하셨나요? 어떤 열정이 있었어요? 옳은 선택을 하셨나요? 지금 돌이켜보면 이거는 하지 말았어야 했다고 생각하시는 게 있나요? 무엇을 해야 할지, 어떻게 하면 행복하고 성취감을 느낄 수 있는지 말해 주실 수 있나요? 혹시 비밀도 말해 주실 수 있나요? 누구나 비밀이 있기 마련이고, 전 그 비밀을 모두 알고 싶어서요.

여자는 노부인과 마주 앉아, 늙고 부드럽고 로션을 듬뿍 바른 그 손을 맞잡고 너무나 많은 질문을 하고 싶다는 갈망이 사무쳐 눈물이 나올 뻔했다. 멀리 떨어져 있는 친정 엄마는 여자에게 거의 전화한 적이 없었고, 어쩌다 통화를 하더라도 정원이나 날씨, 짧아지는 날들, 절실하게 기다리는 비 얘기만 했다. 한번은 여자가 임신 중일 때, 출산에 관해 얘기하려던 적이 있었다. 어떤 일을 예상해야 하는지, 그 고통이 얼마나 두려운지, 어떻게 견뎌 냈는지 알고 싶었지만, 여자의 엄마는 그저 그만큼 힘든 일이니까 산고라고 하지라고 할 뿐이었다. 여자는 그 말을 위안으로 삼았다. 물론 여자의 엄마는 이렇게 말하고 있었다. 불쌍한 딸, 하지만 넌 여자니까, 이건 네 삶이 정한 네 몫, 네 일을 하는 거야. 힘든 일, 말할 수 없이 고통스러운 일, 그러고 나면 침묵의 언약을 지키는 일을 하는 거지.

여자는 소지품을 챙기고 아들을 닦아 주고 더러운 접시를 되도록 빨리 빈 그릇 두는 곳에 전달한 다음, 아들을 따라서 문을 뛰쳐나와 놀이터로 향했다. 놀이터와 가게 앞을 샅샅이 뒤졌지만, 어디에서도 노부인의 모습을 볼 수 없었다.

아들은 놀이터 어딘가에서 짖어 대며 숨바꼭질하자고 엄마를 재촉했다. 여자는 태양 쪽으로 얼굴을 돌려 울부짖다가 아들을 향해 전속력으로 달려가 함께 놀았다.


당신은 절대 믿지 못할 거야. 그날 밤 여자가 남편에게 전화로 말했다.

음, 뭔데. 남편이 심란한 듯 물었다.

오늘 아침 현관에 죽은 동물들이 쌓여 있었어.

뭐라고?

토끼, 다람쥐, 아마 쥐도 있었을걸. 그 위에 너구리도 있더라. 여자가 우쭐대며 웃음을 터뜨렸다.

이상하네. 남편이 말했다. 곧이어 여자가 말했다. 뭐, 그렇긴 한데 좀 재미있기도 해.

당신 괜찮아? 남편이 물었다.

그럼, 기분이 아주 좋아. 몇 달 만에 이런 기분인지 몰라!

뭐, 좋은 소식이네.

그래? 여자가 웃으며 물었다. 그러니까, 당신한테 좋은 소식이야?

그게 무슨 뜻이야? 남편이 물었다.

여자는 웃고 웃고 또 웃었다.


WW

저는 인생에서 정말 중요한 게 무엇인지 늘 고민했어요. 물론 참 진부한 질문이라는 걸 알지만, 어쩌면 교수님도 비슷한 선상에서 고민하고 계실지 몰라 제 생각을 전하고 싶었습니다.

전 아이를 낳기 전에는 가정을 꾸리고 싶지도 않았고, 심지어 결혼을 꿈꿔 본 적도 없었어요. 대신 메아리치는 박물관의 여러 전시실, 먼지 하나 없는 바닥과 하얀 벽으로 이루어진 광활한 공간, 그런 공간들이 전해 주는 신성한 고요함, 그리고 그 공간에 전시된 제 작품에 대한 환상을 품고 있었습니다. 이것은 어렸을 때 품었던 첫 번째 환상이자 가장 일반적인 환상이었지만, 세월이 흐르면서 부풀려지고 변형되었지요. 전 오로지 앞머리가 거의 없는 값비싼 머리 모양과 최신 유행하는 안경, 수많은 흥미로운 프로젝트가 진행 중인 채광 좋은 화실만을 생각했습니다. 다양한 의견과 좋은 취향을 가진 친구들, 유럽 여행, 동네 친구들과 보내는 여름날만 계속 생각했어요. 시시콜콜한 얘기는 다 뺄게요. 제가 말하고 싶은 건, 전 이 모든 인생을 마음속으로 그려 왔다는 거예요. 그런 삶을 꿈꿨습니다.

하지만 그러다 제 몸, 그다음에는 아이를 생각해야 했죠. 네, 아들은 제게 큰 기쁨을 선사했어요. 아무리 큰 소리로 항변해도, 엄마가 되는 건 순수하고 유쾌하고 진실했습니다. 하지만 채광 좋은 화실에는 아이를 위한 공간이 없어요. 아니, 제 집에는 아이와 함께할 예술 공간이 아예 없습니다. 마치 제 모든 꿈이 다시 설정된 것 같았어요. 벽은 텅 비었고, 그 벽과 함께 저도 텅 비어 있지요.

결국 이 모든 건 여자는 무엇을 위해 싸워야 하느냐는 것입니다. 여자의 한정된 자원, 한정된 시간과 에너지, 영감을 고려해 볼 때 무엇을 위해 싸울 가치가 있을까요? 예술일까요? 거대한 상황 속에서 예술은 너무나 무의미해 보이고 심지어 이기적이기까지 합니다. 세상에 자기 관점을 밀어붙이는 것 누가 진정 원할까요? 특히 아이가 당장 엄마를 필요로

할 때는요?

제겐 엄마 노릇만큼이나 예술도 필수적으로 보인다는 것 말고는 다른 해답이 없습니다. 나 자신으로 살려면 예술은 필수적이니까요. 예술이 없다면 전 아마 사람이 되는 걸 그만둬야 할 겁니다.

그게 충분한 이유가 될까요? 예술이 제게 중요하다는 게?

MM


문 안팎에 흠집이 있었고, 책 가장자리는 씹혀 있었다. 베개 중 하나는 찢어지고 망가졌다. 여자는 집을 떠나 시내에 가지 않기로 했다. 그러고 싶지 않았다. 아들과 점토 놀이도 하고, 파이도 굽고, 거실에서 노래에 맞춰 춤을 췄다. 여자의 몸 전체는 털로 덮여 있다. 폭신폭신한 꼬리와 탄력 있는 배를 가진 고양이는 저항할 수 없다. 여자는 잔디밭에 나가 아들과 뛰고 또 뛰는 게 좋았다. 그들은 캐치볼을 하고, 던진 공을 가져오기도 했다.

우리 개 키울까? 여자가 아들에게 물었고, 아들은 좋다고 했다.

어쩌면 아빠한테 물어봐야 할지도 몰라. 여자가 말하더니 이렇게 덧붙였다. 어쩌면 안 물어봐도 되고.

두 사람은 근처 철물점으로 걸어가 개 사료와 함께 여자가 매우 맘에 들어 한 반짝이는 스테인리스 물그릇을 샀다. 집에 도착하자마자 여자는 물그릇을 먼저 시험해 봤다. 아들은 그 모습을 보며 웃다가 엄마를 따라 했다. 아들은 그때부터 자기가 마실 모든 음료를 그 물그릇으로 개처럼 마시고 싶어 했고, 여자도 그랬다. 그래서 두 사람은 그렇게 했다. 그들은 착한 개들이었으니까 고양이와도 물그릇을 공유했다.

여자는 더 나은 개가 되고 있었기에 점점 더 나은 엄마가 되고 있었다! 개들은 일할 필요가 없다. 개들은 예술에 관심조차 없다. 왜 이런 일이 전에는 한 번도 일어나지 않았을까?

여자는 개가 된다는 생각이 좋았다. 짖거나 으르렁거릴 수 있고, 그것을 정당화할 필요도 없으니까. 원한다면 자유롭게 달릴 수도 있다. 그녀는 몸이 될 수도 있고, 본능과 충동이 될 수 있다. 배고픔과 분노, 갈증과 두려움이 될 수도 있다. 그 이상, 이하도 아니다. 게다가 가슴이 두근대는 순수한 상태로 되돌아갈 수 있다. 여자는 아들을 출산할 때 그런 자유를 누렸다. 비명과 고함을 지르며 욕을 퍼부었고, 그럴 필요가 있었다면 아이를 죽였을지도 모른다. 남편은 여자 입에서 나오는 소음 때문에 거의 기절할 뻔했다. 그는 그렇게 불렀다. 소음. 한동안 여자는 한쪽 다리를 허공에 대고 누워 있었다. 도

우미 말로는 산모가 직접 하지 않으면 아이가 잘 회전할 수 있는 그 자세를 잡게 도와준다고 했지만, 여자는 본능적으로 알고 있었다. 그녀는 자기 몸을 따랐다. 그 밖에 따라야 할 게 뭐가 있었을까? 여자는 야망과 돈, 그리고 직업 세계의 일원이 될 수 없다면, 그 바람을 완전히 버리고 가장 깊은 꿈, 육체적 갈망의 야생으로 물러나고 싶었다. 더 이상 누가 무슨 미술 공모전에 나왔는지 읽지 말자. 노력하지 않았다고, 매일 직장으로 돌아갈 계획을 세우다 매일 실패했다고 자신을 질책하지 말자. 그래서 여자는 부름을 받는다고 느끼는 것에 굴복하곤 했다. 그 이상의 소망이나 관심도 전혀 없이 자기 새끼를 돌보는 동물. 괜찮아. 그때 여자는 몸의 모든 모공에서 돋아나는 털을 느낄 수 있었다.

여자는 순수한 행복에 겨워 짖었고 아들도 여자를 따라 짖었다. 그러다 머리 위에서 여자를 할퀴었다.


"……여성들이 자기 안에서 자라는 경이로움과 신비로움이 무엇인지를 누구에게 말할 수 있겠는가?" 여자는 희미한 램프 불빛 속에서 그 구절을 읽고 늦은 오후에 소파 위를 표류했다. 아들은 하루 종일 개가 되는 몽상에 잠긴 후 기저귀만 찬 채 거실 바닥에서 졸고 있었다.

인류 역사가 시작된 이후 여성들이 어떤 위업과 죄악, 심지어 상상조차 할 수 없는 존재 방식들에 접근해 왔는지 누가 말할 수 있겠는가? 여성은 한계에 다다르면 자신의 모든 능력, 모든 기량, 모든 생물학적 도구와 속임수를 자유롭게 발휘할 것이다. 이는 생존을 위한 것뿐만이 아니며, 생명을 잉태한 여성의 경우에는 자기 아이도 돌보기 위해서다. 아이가 없는 여성의 힘이 이처럼 어머니의 힘으로 대체된다. 세상의 어머니, 특히 유아와 아주 어린 아이의 어머니는 완전히 인간적이거나 완전히 동물적이지 않은, 그 사이의 독특한 공간을 차지하고 있기 때문이다. 그리고 이렇게 결이 다른 세계의 문턱에서 우리는 가장 강렬하고 신비로운 여성들을 많이 발견하게 된다. 이 공간에서 여성의 힘은 가장 막강하고 그 기질은 가장 변덕스러운 상태가 되어 타의 추종을 불허하는 능력의 연결고리를 만들어 낸다.

여자는 소파에 더 깊숙이 파묻힌 채 눈을 깜빡이며 깨어 있었다. 그 글이 바로 책 속에 있는데도 그녀의 마음 한구석에서 나오는 것처럼 보였다. 게다가 그 페이지에는……

아마도 가장 특이한 것은 신비로운 여성들이 대부분 자기 힘을 알아채지 못한 채 작별의 눈짓 하나 없이 신비의 영역 으로 곧장 나아간다는 점이다. 여성들에게 이 여정은 숨을 쉬 는 것처럼, 잠에 빠지는 것처럼 자연스러운 일이다. 알려진 세 계에서 미지의 세계로 넘어가는 일은 왕왕 무의식적으로 일 어나지만, 의식적이든 아니든 그것은 퀼로가 여성의 '아가 (aga)'라고 부르는 것, 즉 두 번째 삶의 시작을 나타낸다.


남편은 금요일 저녁에 집으로 돌아왔다. 늦여름이라 눈을 가늘게 뜨고 보면 나뭇잎 색깔이 변하고 있는 것처럼 보였다. 하루 종일 날이 좋아서인지 다섯 시간 동안 운전한 남편도 기 분이 좋았다. 왜 아니겠는가?

옆 방충망 문은 잠겨 있지 않았고, 그 뒤에 있는 묵직한 문 도 살짝 열려 있었다. 부부는 여름마다 그 문을 자주 열어 두 곤 했다. 열린 창문으로 산들바람이 밀려 들어왔고, 거실에서 는 음악이 부드럽게 흘러나왔다.

나 왔어. 신발을 차듯이 벗은 남편이 세탁기 옆에 여행 가 방을 두며 말했다.

부엌은 질서정연하고 깨끗했으며, 욕실은 그늘지고 표백제 냄새가 났다. 침대는 가지런했고, 카펫은 진공청소기로 청소되어 있었다. 부부 침대 옆에는 새 켄넬이 놓여 있었고, 그 안에는 부드러운 담요와 낮은 깃털 베개가 깔려 있었다. 바닥에는 평소처럼 지저분한 옷들이 없었다. 평소처럼 여기저기 흩어져 있던 장난감도 없었다. 황혼빛이 열린 창문 사이를 들락날락하며 얇은 커튼에 아른거렸다.

집 안에 들어온 남편이 아내를 불렀다.

자기야, 어딨어?

거실에 들어선 남편은 기저귀만 찬 아들을 발견했다. 깔끔하고 행복해 보이는 아들은 깨끗한 양탄자 위에 늘어진 개 옆에 앉아 있었다. 덩치가 제법 큰 개라 남편 눈에는 은색과 검은색의 두툼한 털코트를 입은 늑대처럼 보였다. 개는 한쪽 눈만 뜬 채 남편을 지켜봤다.

아가, 엄마는 어딨어? 남편이 물었다. 아들이 손뼉을 치며 웃었다.

멍멍이! 아들은 기쁘게 대답한 뒤 반죽 같은 물렁물렁한 팔로 개의 목을 감싸고 작은 머리를 그 가슴에 얹었다.

남편이 마치 강도라도 만난 듯이 손을 허공에 대고 다가가자 그 개는 일어섰다.

착하지, 좋아. 남편이 말했다.

입술을 뒤로 당긴 개가 이빨을 드러낸 다음, 가슴 깊은 곳에서 조용히 으르렁거렸다. 그러고는 잽싸게 일어나 집 뒤쪽의 열려 있던 프랑스풍 문으로, 그리고 긴 하루가 어두워지고 있는 잔디밭으로 전력 질주했다. 아들은 신이 나 소리를 질렀고, 남편은 열려 있는 문으로 개를 뒤쫓았다. 남편 생각에는 아내가 곧 다가올 밤을 향해 달려가는 것 같았다. 분명 저 밖에 있을 거야.

2부

멀리 뒤뜰에서 남편이 부르는 소리가 들렸지만, 그녀는 이제 더 이상 이전의 여자가 아니었다. 엄마도, 아내도 아니었다. 나이트비치였다. 그리고 미치도록 놀라운 존재였다. 아주 아주 오랫동안 이 순간을 기다린 것 같았다.

나이트비치는 어둠 속에 숨어 어디로 갈지 계획을 세웠다. 그녀는 길 건너 이웃이 자기 집을 따라 정성 들여 심은 피튜니아를 짓밟았다. 스탠리라는 이름의 그 남자는 공화당에 투표했고, 꽤 많은 장비가 있어도 연장 하나 빌려주지 않았다. 나이트비치가 지나갈 때 인사도 한 적 없었고, 자기가 애지중지 돌보는 잔디 위를 나이트비치의 아들이 살짝 걷기만 해도 버럭 성을 냈다. 나이트비치가 아들을 꾸짖으며 잔디밭에서 나오라고 하면, 노인은 팔짱을 낀 채 아이를 노려봤다. 그녀가 아들의 잘못을 사과하며 겸연쩍게 농담을 건네도 미소조차 짓지 않았다.

망할 놈의 잔디. 나이트비치는 스탠리의 집 옆에 웅크리고 앉아 어마어마한 똥을 싸며 생각했다. 그리고 그 더미 옆의 잔디를 발톱으로 긁어 풀 무더기를 뜯어낸 다음, 스탠리가 듬성듬성한 흙 위에 잔디 씨앗을 뿌려 놓은 넓은 초록빛 풀밭 가장자리로 가서 인도 위로 걸어찼다.

나이트비치는 가로등이 드리운 빛 웅덩이를 피해 뒤쪽 잔디밭과 울타리를 따라 길을 나섰고, 기차선로 아래를 지나는 터널을 통과해 작은 개울을 따라 이어지는 작은 공원으로 향했다. 그녀는 노숙자들이 공원 벤치에서 잔다는 걸 알고 있었고, 한번은 자전거를 타다가 파이프 놀이대 주위를 지나는 젊은 남자들을 우연히 목격하기도 했다. 평소에는 공원에서 무슨 일이 일어날까 두려워 그곳에 잘 가지 않았지만, 오늘 밤은 그 공원이 유일하게 가고픈 장소였다. 모든 동물 냄새, 벤치에 잠든 남자들의 자극적인 체취에 심장이 쿵쾅거렸다.

저들이 자는 동안 목을 물어뜯을 수도 있어! 아찔한 힘이 안에서 솟구치자 그런 생각이 들었다. 나이트비치는 힘에 사로잡혔다. 그리고 자신의 폭력성에 뒤덮였다. 우짖고 싶었지만 소리가 나지 않도록 조심스럽게 발걸음을 옮겼다. 차가운 숲의 개울이 그녀의 의식 주변에서 움직이자, 개울의 암흑 같은 냉기와 은밀하고 무자비한 흐름이 머릿속을 맴돌았다. 이런 면에서 개울은 나이트비치의 혈육이나 마찬가지였다.

달빛 아래에서 나이트비치는 평소 느끼지 못한 밤의 삶을 볼 수 있었다. 벌레들이 나뭇잎 위를 바글바글 기어 다녔고, 깜짝 놀란 새 한 마리가 나무 위로 높이 올라갔다. 풀밭과 색바랜 나뭇잎 아래에는 뱀 한 마리가 쥐를 향해 스멀스멀 나아가며 주변 공기를 아주 살짝 흔들었다. 그날 밤 전체가 탁탁 소리를 내며 그녀 주위에서 내내 가르랑거렸다. 달빛 자체가 진동하며 모든 걸 되살리는 것처럼 보였다.

나이트비치는 미루나무 옆에 있는 토끼를 힐끔 보자마자 꼼짝도 못 한 채 얼어붙었다. 그녀는 목덜미 털을 곤두세우며 이를 드러냈다. 그리고 앞다리를 내렸다가 다른 다리를 들어 올렸다. 동작은 거의 기계적이고 느리며 침착했다. 교묘한 달빛에 따라 접히고 펄럭이는 그림자처럼 보일 작정이었다.

토끼는 코와 귀를 씰룩거리더니 어둠을 향해 뛰어들었다. 나이트비치의 몸속 근육 하나하나가 팽팽해졌다가 갑작스럽게 움직였다. 그녀는 토끼 뒤를 쫓아 돌진했다. 덤불에 부딪히고 잡초를 헤치다가, 담쟁이덩굴 속으로 토끼가 사라지기 전에 냉큼 뒷다리를 잡았다.

나이트비치는 토끼 목을 이로 꽉 물었고, 그 작은 동물은 그녀의 입안에서 숨을 쉬었다. 토끼가 앞뒤로 난폭하게 던져졌다. 나이트비치는 눈을 이글거리며 토끼가 움직이는지 보려고 다시 땅에 던졌다가 또 집어 들고 이리저리 흔들어 댔다.

두려움에 물든 분비물 냄새!

따뜻하고 신선한 피!

이빨에 짓눌려 휘어 버린 토끼의 머리뼈!

나이트비치는 죽은 토끼를 입에 물고 밤새도록 동네로 돌아다니다가 자기 집 뒤편 잔디밭 가장 먼 구석에 얕은 구멍을 판 뒤 그 사체를, 그녀의 보물이자 전리품을 땅에 묻었다.

그 후에는 잔디밭을 서성거렸다. 그리고 그날 아침 일찍 아들이 잔디밭에 누워 있던 곳과 현관에서 잔디밭으로 걸어가던 길, 그리고 진입로 옆 파란 공 옆에 아들 손이 닿았던 곳의 냄새를 맡았다. 흙냄새도 맡고, 자동차 타이어 냄새도 맡았다. 고양이가 햇볕을 쬐며 즐겨 앉는 뒷계단 냄새를 맡았고, 고양이가 테라스를 건너 잔디밭으로 가는 길의 냄새도 맡았고, 그 냄새를 따라서 사과나무 아래의 자기 아지트로 향했다. 나무 아래에서는 사과 향과 함께 얼룩다람쥐, 다람쥐, 새들의 허울뿐인 향기를 맡았다. 그리고 풀밭에 드러누워 요리조리 구르며 털 냄새를 맡고, 그 냄새에 심취해 끙끙거렸다. 그러다 퇴비 통에 들렀다가 봄꽃을 즐겨 심었던 작은 바위 정원으로 향했다. 그곳에는 그녀의 냄새, 사람일 때의 냄새가 있었다. 나이트비치는 그 냄새를 바로 알아챘다.

의학적 치료나 심리 치료 이상으로, 행복을 선택하거나 사고방식을 바로잡는 것 이상으로, 그녀는 자신에게 줄곧 필요했던 것이 살아 있고 피투성이가 된 무언가에 이빨을 찔러 넣어 그것이 서서히 썩고 움직이지 않을 때까지 그 본질이 빠져나가는 희열을 느끼는 일임을 미처 몰랐었다.

철분 부족도 아니고 발작도 아니다. 나이트비치에게는 아무런 "문제"도 없다. 딱 하룻밤. 그녀는 폭력적인 하룻밤이 필요했다. 누가 어떻게 생각하든 신경 쓰지 않고, 원하는 곳에서 똥을 싸고, 어떤 생명체에게도 필요하지 않고, 어둠 속에서만 움직이는 몸이 되고, 자기 몸의 명령에만 귀 기울이는 그림자이자 유령이 되는 밤.

녹초가 된 나이트비치는 잔디밭에 몸을 웅크려 잠을 청했다.


벌거벗은 채 이슬에 젖은 몸을 웅크리며 한밤중의 도피를 끝낸 다음 날 아침에 그녀는, 아니 굳이 말하자면 나이트비치는 지금까지 느끼지 못한 엄청난 행복감에 젖어 일어났다. 태양은 마을 끝자락에 높이 솟아올라 뒤뜰을 깨끗하고 고른 빛으로 물들였다. 풀잎은 한 올 한 올 반짝였고, 모든 새가 노래를 불렀다.

나이트비치는 사과나무 아래에서 몇 시간 동안 잠을 잤을 뿐인데도 푹 쉬었다. 몸은 강인함과 넘치는 활기를 느꼈고, 벌거벗은 상태였어도 전혀 춥지 않았다. 아이가 태어난 후, 어쩌면 그전에도 이렇게 깨어난 적이 없었다. 몽롱하지도, 짜증 나지도 않았다. 오히려 의욕이 넘쳐 새벽 조깅도 거뜬히 해낼 것만 같았다. 그녀의 부비강은 깨끗했고 눈동자는 반짝였다. 무심코 만진 머리카락도 왠지 깔끔했다. 피부는 이슬처럼 촉촉해서 수년간 수면 부족, 수분 부족, 자외선 차단제 부족, 샐러드 부족에 시달렸다는 티가 조금도 없는 것 같았다.

나이트비치는 팔다리를 펼치고 양팔을 쭉 뻗어 뼈에서 피부가 당겨지는 것을 느꼈고, 다리를 천천히 뻗은 뒤 발가락에서 딱 소리가 날 때까지 꿈틀거렸다. 그녀가 벌떡 일어나자, 등뼈가 아래에서 위로 툭 튀어나왔다. 나이트비치는 영화 속에서만 봤던 배우들의 동작처럼 두 팔을 하늘로 뻗어 멋지게 하품했다.

뒤뜰 너머로 생생히 살아 숨 쉬는 벌과 벌레들, 나뭇가지 사이로 스며드는 부드러운 아침 햇살, 옥잠화의 크고 반짝이는 잎들을 바라보았다. 이렇게 기분 좋고, 이렇게 행복하고, 이렇게 말짱하고, 이렇게 만끽할 수 있을 줄은 꿈에도 몰랐었다.

살금살금 차고로 다가간 나이트비치는 비밀번호를 눌러 문을 열고, 차고 문이 시끄러운 굉음을 내며 위로 올라갈 때까지 몸을 낮게 구부렸다가 그 안에 있는 여분의 열쇠를 가져왔다. 그리고는 몸을 가린 채 옆문으로 허둥지둥 달려가 안으로 들어갔다. 마치 이브가 에덴동산 밖에서 첫날 아침을 맞이한 것 같은 기분이었지만, 솔직히 참 다행이었다. 자신을 새롭게 이해한다는 것. 더는 만약의 경우에 연연하지 않는다는 뜻이다. 이제는 진실을 아니까.

욕실 거울에는 지금껏 만난 적 없는 존재가 그녀 앞에 서 있었다. 텁수룩하게 엉겨 붙은 진흙투성이 머리카락, 피와 흙먼지로 얼룩진 얼굴, 타르 같은 그을음으로 뒤덮인 콧구멍. 손은 마치 몇 주째 정원을 가꾸고 있는 듯 거칠었고, 다리에는 붉게 긁힌 자국들이 여기저기 엇갈려 있었다. 나이트비치는 발바닥에 박힌 가시를 뽑은 다음, 샤워실에 발을 디뎠다.

뜨거운 물 아래에서 몸을 데우는 동안, 배수관을 따라 스르르 흘러가는 거친 머리카락과 털을 가만히 지켜봤다. 손과 발에서는 진흙이 흘렀고, 머리카락에서는 나뭇잎과 가지 조각들이 떨어졌다. 심지어 송곳니 끝도 잘려 나간 것 같았다. 나이트비치는 그 파편을 탁해진 물 안에 뱉었다.

그리고 정확한 예감, 내가 뭐랬어라는 승리감, 자신을 지배한 완벽한 분별력에 벅차오른 채 젖은 몸을 말렸다. 그러고 나서 시원하고 깨끗한 셔츠를 입은 뒤 침대로 올라가서는 꿈꾸는 남편과 꿈꾸는 아들 사이로 미끄러지듯 쏙 들어갔다.


중요한 것은 나이트비치가 잘못한 게 없다는 거였다. 몸에서 슬그머니 자라는 털이나 날카로운 이빨도 틀린 말이 아니었다. 꼬리가 생기거나 앞마당에 어슬렁거렸던 개 떼에 대해서도 틀리지 않았다. 사실 모든 정황에 대한 그녀의 느낌은 합리적이고 정확하게 일치했다. 개에 관한 것뿐만 아니라 그 전에도 그랬다. 남편이 자기 역량을 발휘하는 동안, 나이트비치는 얼마나 화가 나고 지쳤는지, 직장에서 멀어지고 경력이 보류되고 예술이 보류되고, 인생도 무기한 보류된 채 지금 집에만 있다는 게 얼마나 쓸쓸했는지 다 알고 있었다. 아이를 키우는 일, 여성의 일, 집안일이 평가절하되는 건 옳지 않았다. 하지만 일단 주부가 된 그녀는 아주 천천히 사라지더니 결국 아이 앞에서만 완전히 모습을 드러냈다. 하루 일상을 생각하다 떠오르는 의구심은 늘 한 가지였다. 이 아이가 없었다면 내가 존재하기나 했을까?

그렇다. 물론 나이트비치가 승자라고 결론지을 수도 있지만, 어떤 언쟁의 승자인지는 딱 꼬집어 말하기가 더 어려울 수 있다. 지금 그녀는 모든 논쟁의 승자라고, 적어도 최근의 논쟁에서만큼은 승자라고 추정해도 무방하다고 느꼈다. 처음에는 그런 본능이 미친 것처럼 보였지만, 이제부터는 자신의 본능과 판단력을 마음 놓고 믿을 수 있을 것 같았다. 정당하다고 느꼈고, 당연히 그래야만 했고, 그 정당성을 즐길 수 있었다. 그러나 지금 침대 위에서 곁에 자는 남편에게 자신의 정당성을 드러낼 수 없다는 사실에 분통이 터졌다.

아니, 분명 나이트비치는 결코, 절대로, 선량한 남편에게 자신의 변신을 드러낼 수 없다. 남편은 친절하고 합리적인 사람이었지만, 나이트비치가 자신의 가장 진실한 자아를 보여 준다면 과연 그가 뭐라고 할지, 무슨 짓을 할지 확신할 수 없었다. 병원에 가라고 강요하든지 더 심하게는 정신과 의사한테 가야 한다고 억지를 부리지 않을까? 그곳에는 나이트비치의 상징적인 변신을 무디게 하거나, 더 심하게는 완전히 멈추게 할 수도 있는 처방 약이 주황색 병에 수두룩 담겨 있지 않을까? 남편이 아내를 정신병원에 입원시키지 않을까? 엄마와 아들을 떼어 놓으려고? 그러면 나이트비치는 밝고 하얀 방에서 의자에 팔다리를 묶인 채 부드럽고 보송보송한 환자복 차림으로 멍하니 창밖만 바라보다가 점점 쇠약해지지 않을까? 분명 남편은 아내의 변신이 얼마나 자연스러운 일인지, 얼마나 건강하고 기운 돋는 일인지 절대 알 수 없을 것이다. 그리고 아내가 개로 변해도, 하물며 아들과 멍멍이 놀이를 해도, 아들이 제대로 된 보살핌을 받고 있다는 사실을 분명 모를 것이다.

당신 어떻게 그럴 수 있어? 나이트비치가 변신한 다음 날 아침, 남편이 부엌에서 걱정스러운 표정으로 말했다. 집에 왔더니 당신이 없더라? 애만 혼자 두고? 그리고 대체 그 개는 또 뭐야?

나이트비치는 남편을 빤히 바라봤다. 그녀는 팔짱을 끼었다가 너그렇게 팔을 풀었다. 그리고 이 대화를 나누는 동안 다정한 모습을 보이자고, 으르렁거리지 말자고, 이빨을 드러내지 말자고, 어떤 공격적인 언사에도 가담하지 말자고 스스로 다짐했다. 사실 이 문제를 아주 작은 소동으로 해결하고 싶었다. 그리고 대부분은 그녀가 어젯밤 무슨 짓을 했는지, 왜 일찍 집을 나가야 했는지 남편에게 밝히고 싶지 않았다. 나이트비치는 자신의 비밀이 그저 비밀로 남아 있기를 바랐다. 요즘 나이트비치의 비밀은 순전히 그녀의 것, 엄마와 아내와 중년 여성 이외의 것이었다. 이제 그 비밀은 한때 푹 빠져 있던 예술만큼이나 소중했다. 그리고 돌이켜 보면 그녀의 예술에도 뭔가 비밀스러운 것이 있었다. 아이디어에 대한 꿈, 작업을 시작할 때 마음속에 묵묵히 품었던 흥분, 꿈꾸던 프로젝트가 성장할 수 있는 높이, 혼자 작업하는 시간, 생각과 상상, 자신과의 대화 등. 나이트비치의 작품에는 삶에 관한 아름답고, 기분 좋게 비밀스럽고, 친근하고, 도취시키는 무언가가 있었다.

프로젝트에 대해 너무 빨리 말하는 건 그 프로젝트를 망치는 길이다. 그리고 다 끝난 후에 왈가왈부하는 것 또한 그 프로젝트를 흔하게 만든다.

가장 좋은 방법은 무언가를 조용히, 은밀하게 만든 다음 놀랍고도 웅장한 그 모든 영광을 세상에 드러내는 것이다. 출산처럼. 나이트비치가 생각했다. 자신의 가장 은밀한 부분에서 무언가를 밀어내는 것. 세상에 선보이자마자 소리를 지르게 하는 것. 완벽하고 영광스러운 것, 찍소리도 못 하게 하는 것, 그저 품에 안고 있다가 '봐 봐요'라는 한마디의 간청과 함께 세상에 내미는 것.

그렇다. 그녀의 예술. 그녀의 비밀. 이 비밀은 자신만의 것으로 간직해야 한다. 아무리 작은 조각으로 남는다 해도.

남편은 여전히 대답을, 어떤 응답을 기다리고 있었다.

당신한테 쪽지 남겼잖아. 나이트비치가 입을 열었다. 사과도, 양보도 하지 않았다. 완전히 불가사의하게 사라졌던 게 아닌 것처럼. 영리했던 그녀가 주방 조리대에 남긴 쪽지에는 산책을 좀 하다가 그날 밤 돌아오지 않을 예정이고, 혼자 있을 공간이 필요했을 뿐이며, 별문제 아니니 걱정할 필요 없고, 아이를 혼자 두고 가서 미안하지만 휴대전화 지도를 보니 남편이 불과 몇 블록 가까이에 있었다고 솔직하게 적혀 있었다. 또한 몇 분만 일찍 나가면 아무 일도 없을 것이고, 집에 있으면 미칠 것 같아 그저 나가야 했고, 남편을 사랑하고 아들을 사랑하며, 아침에 두 사람을 볼 것이라는 말도 있었다.

어쨌든 남편도 절대 양보한 적이 없었다. 사과한 적도 없었다. 그는 단지 자기 방식을 주장하며 모든 책임에서 벗어나거나 그렇게 하려 했다. 자기 뜻을 고수하며 차분하게 입장을 설명하고 자기 사리만 챙겼다. 이제 나이트비치도 그렇게 할 것이다.

　나이트비치가 1년 동안 키우던 땅콩 나무를 남편이 쓰러뜨렸을 때 그는 사과했던가? 어찌나 더디 자라는지, 점점 더 크게 자라길 바라며 그녀가 계절마다 이 창문에서 저 창문으로 자리를 옮기고 파란 비료를 희석한 파란 물까지 먹이던 나무였다. 그 일은 어느 짜증 나는 토요일 아침에 벌어졌다. 늦잠을 잔 그녀가 아들에게 줄 아침을 만들고 책을 읽어 주고 옷을 입히느라 분주한 사이, 남편은 바나나 껍질을 쓰레기통을 버리러 가는 길에 어쩌다 허둥지둥하여 창문턱에 있던 화분을 넘어뜨렸다. 그러고는 쏟아진 흙을 성급히 화분에 주워 담아, 식물을 대충 겉흙에 쑤셔 넣기까지 했다. 남편은 이 짓을 하고도 말 한마디 없었다. 그녀는 엉망진창이 된 바닥과 깨끗이 닦지 않은 창문턱의 흙먼지, 이미 시들해진 땅콩 나무를 보고 나서야 그 사실을 알았다. 남편에게 따져 물었을 때, 그는 성질을 내며 나무가 불안정하게 놓여 있어 진짜진짜 떨어질 수밖에 없었다고 말했다. 그러면서 자기가 실수한 게 아니라 단지 그 나무가 운명을 다 했다는 식으로 변명했다.

　땅콩 식물을 기르려고 한 자체가 어리석은 짓이었다. 대체 누가 그런 걸 기른단 말인가? 북위도에서도 잘 자라는 나무이기나 했을까? 다 자라려면 얼마나 걸렸을까? 애초에 사람들은 어쩌다 땅콩을 구울 생각을 했을까? 화분을 기를 때 이 모든 의문과 더 많은 의구심이 머릿속을 맴돌았었지만, 그래도 여자는 끈기 있게 버텼다. 땅콩 나무 키우는 게 재밌었기 때문이다. 그 일은 단지 그녀만의 프로젝트였고, 집안일을 잊게 해 주는 예술적 행위였다.

설마 죽겠어. 남편이 짜증을 내며 말했다. 죽을 이유가 있어야 죽지. 그냥 흙에 다시 넣고 물 주면 돼.

그렇게 했어.

글쎄, 그냥 쓰러졌다고 죽는 건 어불성설이라니까. 남편은 그의 이론적 근거가 나무를 되살릴 것처럼 무덤덤하게 말을 이었다.

미안하다는 말 한마디면 되잖아. 그러면 끝날 일인데.

그치만 내가 처리한다니까. 난 그래야 마음이 편하겠어.

그냥 미안하다고 하면 돼. 그렇게 말한 여자는 화분으로 향한 남편이 흙을 만지작거리며 나무를 위로 들어 올린 뒤 도로 집어넣고 손을 떼는 모습을 지켜봤다.

결국 남편은 거실로 가는 길에 아내 옆을 지나며 미안하다고 중얼거렸다.

그때 그녀는 남편 목을 물어뜯거나 야구 방망이로 그를 때리거나 목청껏 소리를 지르고 싶었지만, 그러기는커녕 남편이 아침 식사 때 더럽혀 놓은 접시를 씻기 시작했다.

그래서 나이트비치는 자신의 요점을, 쪽지를 남겼다는 사실을 강조하며 남편에게 사과하지 않았고, 그렇게 해야 할 필요가 있었다고 말하며 아무 일 없지 않았냐고 반문했다. 아니, 절대 아니지! 남편은 아내의 말을 듣다가, 반박하다가, 더 듣다가 겨우 진정했다. 둘 다 말없이 서서 나이트비치가 내린 커피를 마셨다. 아들은 거실에서 옹알거리며 늘 그랬듯이 기차를 갖고 놀았다.

자기가 그 개였을까 봐 잠시 두려웠어. 남편이 입을 열었다.

아, 맞아. 나 개로 변했었어. 무슨 말인지 알겠지?

아니, 자기가 늘 그랬잖아……. 남편은 말을 시작하다가 자기 상식으로는 도무지 이해할 수 없는 비이성적인 영역을 믿을 수 없다는 듯 머뭇거렸다.

어차피 진지하게 안 들을 거잖아……. 그녀가 덧붙였다.

두 사람은 잠시 멈칫하다 몸을 웅크리며 웃음을 터뜨렸다. 남편이 나이트비치의 허리를 움켜잡자 그녀가 남편 품에 뛰어들었고, 두 사람은 함께 바닥에 나동그라졌다. 그때 마침 아들까지 들어와 그들 위에 나동그라졌다.

그 토요일 아침, 가족들이 바닥에서 씨름하고 웃고 서로의 옷을 만지고 팔다리의 부드러운 피부를 쓰다듬는 동안, 집에는 멋진 공허함이 흘렀다. 그들은 바닥에 앉아 이야기를 나누고, 농담을 하고, 손가락 놀이를 하고, 간지럼을 태웠다. 아들이 엄마의 머리를 빗겨 주고 나이트비치가 남편의 머리를 빗겨 주고 난 뒤, 세 사람은 몇 시간 동안 책을 읽었다.

고양이가 지독하게 야옹거리며 거실을 어슬렁거리자 남편은 두 손을 뻗은 채 그 뒤를 따라 터벅터벅 걷기 시작했다. 이 놀이는 남편의 기분이 가장 좋을 때만 하는 놀이였다.

요놈! 남편은 공포에 질려 눈이 휘둥그레진 채 뒤뚱거리는 고양이를 쫓아다녔다. 널 지붕 위에 내동댕이쳐서 거기서 굶어 죽게 할 거야. 남편이 고양이의 볼록한 배를 양쪽으로 움켜잡고 오므라뜨리자 배에서 고무 장난감처럼 삑삑거리는 소리가 났다.

어쩌면 닭 잡는 매가 저 위에 있다가 잽싸게 내려와 발톱으로 휙 채갈지도 몰라. 나이트비치가 허우적거리는 고양이 앞발에 묻은 먼지 뭉치를 집고는 겁에 질린 고양이를 보며 웃었다. 그러다가 매가 하늘로 끌고 올라가 높은 곳에서 깊은 채석장으로 떨어뜨리면, 바퀴가 끝없이 달린 묵직한 굴착기가 망가진 고양이 시체를 계속 밟고 지나가겠지.

와. 남편이 감탄했다. 감동적이야. 아주 구체적이고.

고마워.

그날 오후, 아들이 그늘진 자기 방에서 천장 선풍기의 시원한 바람을 맞으며 낮잠을 자고 있을 때, 나이트비치와 남편은 사랑을 나눴다. 그늘이 드리운 그들만의 침실에서, 두 사람은 전에 없었던 것처럼 한 몸이 되었다. 특히 엔지니어 남편은 모처럼 관능적인 몸짓을 선보였다. 그녀는 그런 몸짓이 남편 성향에 무리라는 걸 알고 있었다. 하지만 이번만큼은 남편이 자제력을 잃고서 아내의 어깨를 깨물고 목을 핥고 갈구하듯 깊게 입을 맞추었다. 결국에는 둘 다 인간이라는 마음의 무게, 융자금과 청구서, 바닥의 흙과 찬장 속 개미들로부터 자유로워졌다. 그 모든 게 사라지고 오직 그 둘, 한집에서 살아 숨 쉬는 동물들만 함께 있었다.

문을 활짝 열어라. 모든 창문을 열어라. 벌레와 먼지도 환영하라. 알레르기 유발 물질도 환영하라. 나이트비치의 가족은 바람이 그랬던 것처럼 한동안 자유롭게 세계 사이를 오갔다.

하지만 남편이 거의 빈집에 도착했던 그날 저녁, 집에 개가 있었던 진짜 이유를 그가 사실적이고 면밀한 방법으로 밝혀내려 하지 않았다는 게 여자의 변신 자체보다 더 이상한 일 아닐까? 그가 과학적이고 합리적인 설명을 하는 사람이라는 점을 고려할 때, 이 세세한 부분들이 대부분 얘기되지 않은 채로 남아 있다는 것만큼 당혹스러운 일이 있을까? 그리고 여자조차 그 개를 전혀 설명할 필요가 없다고 느꼈다는 점도 이상하지 않나?

어쩌면 그 남편(엔지니어의 합리성, 상식, 현실 인식에 강하게 집착하는 착하고 차분하며 믿을 수 있는 남편)조차도 크든 작든 매혹당한 게 아닐까?


월요일 아침, 나이트비치는 남편과 아들이 집 안을 돌아다니는 소리를 들으며 아주 정상적인 사람이라면 할 만한 일을 했다. 뚜껑을 닫은 채 변기에 앉아 누가 최근에 개로 변했었는지 인터넷을 뒤졌다. 그녀는 늑대인간의 진상과 진짜 괴물로 시작해 변신과 변신한 북미 원주민, 그리고 전설 속 괴물 스킨워커와 나바호 마녀들로 넘어갔다. 읽고 또 읽었지만 나이트비치가 찾고 싶었던 건 개로 변한 엄마였다. 말하자면 반려동물이 될 만큼 평범하고 가정적인 개였다. 그래서 그녀는 어머니 신화와 마드레 페로*(스페인어로 찾으면 원하는 결과를 더 얻을 수 있었다.), 호르몬의 극단적 도발과 출산 후 풍성하게 자라는 털과 입으로 동물을 죽이는 인간, 그리고 식인종과 머리 사냥꾼까지 계속 읽었고, 이 시점까지 오니 너무 멀리 헤매고 있는 것 같

---

* '어미 개'라는 뜻의 스페인어.

아서 완전히 멈췄다.

그 주에 청소를 했는데도 화장실은 여전히 엉망진창이었다. 샤워 타일 사이로 곰팡이가 득실거렸고, 방 구석구석에는 머리카락이 엉겨 붙어 있었으며, 쓰레기통 옆에는 면봉 하나가 떨어져 있었다. 수건들도 아무렇게나 늘어져 있었다. 결국에는 손을 휙 올려 성의 없이 수건들을 정돈했다.

나이트비치는 청소를 제대로 하지 않기로 했다. 꼭 그럴 것이다. 사실 아무리 열심히 청소해 봤자 깨끗해질 수가 없었다! 이제는 더 이상 노력하지 않았다. 그래서 어느 주말은 이 사실을 알아차린 남편이 뭔가를 조치할 때까지 집이 점점 더러워지도록 내버려 뒀다. 내가 아무것도 안 한다면? 그녀는 궁금했다. 내가 그냥 손을 놓는다면? 그이가 눈치챌까? 뭔가를 하려고 들까? 지금까지 찾아낸 답은 아니다와 아니다였다.

물론 그들의 주말 성관계는 결혼 생활과 나이트비치가 남편을 대하는 태도 덕에 분명 회복되었지만, 신혼여행 같은 황홀한 시간은 하루 만에 끝나고 말았다. 일요일 아침, 나이트비치는 침대에서 화장실로 급히 달려갔다. 몸 안에 고인 피가 금방이라도 쏟아질 것 같은 느낌이 들었기 때문이다. 변기에 앉자마자 엄청난 양의 피가 줄줄 흘러나와서 가슴을 쓸며 마음을 놓았지만, 동시에 다음 한 주 동안 버텨야 할 힘겨운 프로젝트에 극한의 피로감도 밀려들었다. 게다가 그 피와 함께 오래된 분노도 모조리 찾아왔다. 그렇다. 화장실은 더러웠다. 그리고 남편도, 그래, 다시 떠났다. 이번 주에 나이트비치가 엄마이자 사람으로서 행복하고 성공할 수 있을지는 다시 보류된 미해결 문제로 매달린 채 그녀를 조롱했다.

나이트비치는 변기에서 일어나 기지개를 켰다. 거울에 얼굴을 비추며 다크서클을 찬찬히 살펴보다가 윗입술을 뒤로 젖혀 개로 활동한 흔적이 없는지 이를 확인했지만, 아무것도 발견하지 못했다. 그녀는 다시 한번 집에서 나가기로 결심했다. 아들과 함께 도서관에 가고, 북 베이비즈에 가야 자신이 미쳐 가고 있거나 미칠 지경에 있지 않다는 사실을 스스로 증명할 수 있었다. 게다가 젠과 들러리도 그저 엄마들이라는 사실을 각인하기 위해 잘 살펴볼(냄새도 맡아 볼) 것이다. 여자들. 허브를 파는 것 말고는 바라는 게 없는 호모 사피엔스들.

그래, 합리적인 길을 걷고 있어. 나이트비치는 만일을 대비해 장난감과 기저귀, 물티슈, 과자와 물, 아들의 여벌 옷을 챙기며 중얼거렸다. 남편에게 작별 키스를 하면서 이상하게 들뜨는 기분을 느꼈다. 현관에 서서 손을 흔들던 남편이 미처 집 밖에 나오기도 전에 먼저 나가 그를 지켜봤다. 솔직히 말해 남편은 약간 풀이 죽어 보였다.

그럼 다녀올게. 남편이 손을 흔들며 외쳤다.

나이트비치는 알고 싶었다. 어떻게 사람이 밤새 동네를 뛰어다니고 똥을 싸고 죽이고 울부짖을 수 있는지, 그리고 어떻게 같은 사람이 며칠 만에 공립 도서관 이야기 시간 같은 일상적인 곳에 자기 아이를 데려갈 수 있는지.

내가 어떻게 이러지? 나이트비치는 운전대 위에 얹은 손을 살펴보며 중얼거렸다. 변신 후 유일하게 몸에 남은 흔적은 팔뚝에 생긴 검은 띠, 일종의 모반이었다. 그곳을 핥고 싶은 충동에 사로잡혔지만 꾹 참았다.

털은 거의 다 없어졌고 꼬리는 덤불 속 어딘가에 축 처졌고 발톱은 다시 손가락 사이로 쑥 들어갔지만, 그녀는 이전히 자신과 하나가 된 동물의 맥박과 혈떡임을 굉장히 많이 느꼈다. 게다가 그날 아침에는 예민해진 후각 때문에 주의가 산만해져 곰팡이와 양파와 고기의 마지막 흔적까지 모두 없애려고 주방의 외진 구석까지 더 열심히 청소해야 했다. 살갗을 핥고, 발을 사랑스럽게 깨물고, 멍멍거리며 함께 놀고, 날고기를 먹이는 등 그렇게 해야 할 것처럼 아들을 돌보고 싶었다. 동물적 기질이 여전히 존재했지만 그녀의 내면에는 엄마라는 완전한 인간도 그대로 있었고 일상적인 걱정과 불안, 사회적 성공을 향한 야망, 실패에 대한 부담, 결혼 생활에 대한 불만, 페미니스트의 분노 등도 고스란히 있었다. 이 모든 게 제자리를 찾았지만, 그럼에도 어찌 된 일인지 달라졌다. 그녀는 나이트비치가 아직 자기 안에 있는 한, 그 모든 걸 견딜 수 있다고 느꼈다. 자기 안에 있는 한.

나이트비치는 그 비밀을 지켜야 한다고 생각하면서도 비밀 유지에 따른 깊은 죄책감을 무시할 수 없었다. 남편한테 변신에 대해 함구하려면, 그 비밀을 조용하고 유혹적인 기억으로 마음속에 간직하려면, 인생을 바꿀 만한 특별한 일이 일어나지 않은 척하려면, 삶은 그저 평범하게 흘러가야 했다. 아들은 거실에서 바퀴 많은 장난감을 갖고 놀고, 남편은 또 다른 출장을 떠나고, 그녀는 여전히 원래대로 집안일을 떠안고 무미건조한 삶을 이어 가야 한다. 이 모든 게 진리인 것처럼 계속된다면 나이트비치의 가장 깊은 곳에서 휘몰아치는 두려움이 드러날 게 뻔했다.

평소에 남편에게 거짓말을 하지 않았고, 분명 이처럼 기념비적인 사건에 대해서도 거짓말을 하지 않았지만, 이 비밀을 자기만의 것으로 간직하는 게 매우 중요하다고 느껴졌다.

북 베이비즈 시간이 되자, 엄마들과 아이들이 도서관 안쪽 어린이 열람실로 몰려들었다. 그곳에서는 쾌활한 사서가 아이들에게 책과 인형 들을 보여 주며 노래를 불렀고, 그 뒤로는 유아들이 바닥을 기고, 걷고, 서로 옹기종기 모여들어 조막만 한 손과 불룩한 기저귀와 몸에 비해 너무 큰 머리를 꼼지락대고 있었다. 아니나 다를까, 젠과 밥스와 포피는 평소처럼 즐겁고 활기찬 대화를 나누고 있었다. 나이트비치는 무슨 말을 어떻게 해야 할지 모른 나머지, 원했던 것보다 젠과 더 가깝게 바닥에 하나 남은 빈자리에 앉았다. 그러다 젠과 눈이 마주치자 어색하게 고개를 끄덕이며 얼굴을 붉혔다.

설마? 저치들인가? 이 엄마들이 나이트비치의 집에 들러 몸에서 옷을 뜯어 내고 그녀 앞에 죽은 벌레 더미를 재미 삼아 남겨 두는 걸 즐겼다면 얼마나 터무니없는 일일까.

나이트비치는 그냥 거기 앉아 대화를 거들고 평범한 엄마가 되기로 했다! 그게 다였다!

그녀는 다른 엄마들, 즉 행복한 엄마들이 최고의 이유식 요리법을 이야기할 때 귀를 기울였다. 그들은 모두 친구처럼 보였다. 그녀는 눈을 마주치지 않은 대신, 휴대전화를 들여다보며 레깅스와 에센셜 오일에 무관심한 자신을 살짝 우월하게 여겼다. 왠지 교양 있게 보이는 것 같았다. 스스로 혼자 잘 노는 독립적인 사람이라 느꼈다. 행복한 엄마들처럼 되고 싶지 않았다. 행복해지고 싶지 않아서 그랬을까? 그게 아니다. 나이트비치는 다른 선택권을 원했다.

그러는 동안 내내 열혈 엄마들, 즉 엄마 노릇에 진심이고 허브도 팔며 아이들을 항상 유복하게 키우는 그 엄마들을 몰래 힐끔 쳐다봤다. 물론 그중 으뜸은 젠이었다. 곱슬곱슬한 속눈썹과 아이브로펜슬로 그린 눈썹, 그리고 모든 결점, 아주 작은 결점이라도 가리기 위해 정성껏 발랐을 컨실러. 손톱뿐만 아니라 발톱에도 바른 매니큐어. 매끈하게 면도한 다리. 젠은 미소를 지으며 허브 얘기로 술술 수다를 떨었다. 심술쟁이들과 깨어났을 때 '맘비'가(그게 뭐든) 얼마나 좋았는지. 이 엄마, 젠은 마치 심술쟁이들을 진정 이해하는 것처럼 행복하게 떠들어 댔다.

나이트비치는 이렇게 말하고 싶었다. 당신은 심술쟁이들이 진짜 어떤지 모르잖아! 한밤중에 당신 쌍둥이 딸한테 큰소리 친 적 있어? 애들한테 다시 자라고 고함치며 횡경막이 벌렁거릴 만큼 화내고 소리쳐 본 적 있냐고? 밤 10시에 아이들이 물 한 잔 달라고 했을 때, 간식 더 달라고 칭얼거릴 때, 그 옆에서 흐느껴 운 적 있어? 그냥 좀 내버려 두라고 애들 앞에서 눈물 콧물 다 빼면 걔들이 위로해 주던? 애들이 문을 두드리고 울고불고하며 엄마를 부르는 동안 휴대전화 좀 보려고 20분 내내 욕실에 틀어박혀 본 적 있어? 아이가 울다 울다, 어쩌면 영원히 트라우마에 시달릴 때까지?

나이트비치는 그들 모두를 달콤한 향이 나는 침묵 속으로 몰아넣고 이렇게 말하고 싶었다. 전 이따금 차를 타고 밤낮없이 최대한 남쪽으로 달려 더러운 해변에 있는 싸구려 모텔에 체크인하는 상상을 해요. 그러고는 그 빛바랜 비치 의자에 앉아 하루 종일 피나콜라다만 지독하게 마시는 거죠.

그들의 아름답고 행복한 얼굴에 대고 솔직하게 얘기하는 상상도 했다. 이따금 전 가족을 팽개치고 이 모든 삶을 뿌리치는 꿈도 꿔요.

그러니까 당신이 정말로 심술쟁이를 챙기는 게 아니면 함부로 들먹이지 마요. 나이트비치는 소리를 지르고 싶었다. 그냥 하지 마.

사서가 따뜻한 포옹이 필요한 슬픈 거인의 얘기를 읽는 동안, 나이트비치는 젠을 바라보며 눈가의 잔주름과 거기에 낀 파운데이션까지 유심히 살폈다. 이 또 다른 여자, 이 완벽한 엄마도 최근에 개로 변한 적이 있었을까? 마을을 활보하며 다녔을까? 어떤 엄마들은 바뀌고 어떤 엄마들은 바뀌지 않는지 어떻게 알 수 있을까? 나이트비치만이 개로 변한 유일한 사람은 아니지 않을까? 이 방에서, 이 세상에서, 자신만이 반은 사람, 반은 동물로 살며 가로등이 켜진 조용한 거리를 배회하는 유일한 엄마라는 생각을 하니 가슴속에서 끔찍한 외로움이 피어났다.

나이트비치의 불안함이 풍선처럼 부풀어 올랐다. 엄마 중 한 명과 친구가 되어야 한다! 입을 벌리고 무슨 말이라도 해야만 한다! 적어도 한 번은 해 봐야 한다. 엷은 미소라도, 단 한마디라도. 꼭, 반드시, 기필코 엄마들과 진짜 유대감을 쌓아야 한다. 아니면 정말 미쳐 버릴지도 모른다. 아직 미친 게 아니라면.

그녀가 해야 할 일은 바로 이런 것이리라. 그저 밝게 웃으며 아들이 너무 귀엽네요라고 말하거나 아니면 이해한다는 듯 우리 애도 프레첼을 진짜 좋아해요라고 한다거나, 눈동자를 굴려 다른 엄마의 아들 쪽을 가리키며 자동차에 푹 빠졌군요라고 하거나, 아니면 그냥 아주 간단하게, 그래서 이 허브는 어떤 거죠?라고 물을 수 있다. 그냥 아무 말이나 툭 내뱉는 거야, 아무거나, 무의미한 대화의 문을 활짝 열 수 있는 말이면 뭐든지. 왜 그렇게 어려웠을까?

그녀는 미소를 지을 준비를 하고 왼쪽에 있는 엄마를 바라봤지만, 그 엄마는 옆에 앉은 어린 여자애가 콧물을 질질 흘리며 소리를 질러서 기저귀 가방을 뒤지기 바빴다. 나이트비치의 오른쪽에는 눈을 감은 젠이 콧노래를 흥얼대며 쌍둥이 중 한 명을 품에 안고 앞뒤로 흔들었다.

사서가 책의 마지막 페이지를 읽었다. 나이트비치는 헝클어진 아들의 머리를 손가락으로 쓸어 넘기다가 멍하니 본능적으로 머리를 숙이고는 아들 머리 가운데에 소용돌이처럼 곤두선 머리칼을 핥았다.

그렇게 핥던 중에(정말로, 완전히 제대로 된 핥기도 전에) 나이트비치는 전기 충격을 받은 듯 꼿꼿하게 요동쳤다. 온몸이 열기로 붉게 달아올랐다가 차가워졌다가 다시 뜨거워졌고, 피가 잔뜩 쏠린 귀가 벌겋게 변했다. 그녀는 앞을 똑바로 바라보며 눈을 감고 숨을 깊이 들이쉬었다.

아무도 못 봤겠지. 나이트비치가 속으로 말했다. 다들 떠날 채비를 하느라 바빴다. 그냥 살짝 핥은 것뿐이야. 혀를 대기만 했어. 정말로. 완전히 핥은 것도 아니잖아. 괜찮아. 하나도 이상하지 않았어.

그녀는 모르는 일이라는 듯 몇 번이고 되풀이하며 마음을 가라앉혔다.

결국에는 억지로 눈을 떠 가장 냉정하고, 가장 침착하고 차분한 표정으로 주위를 둘러보았다. 아무 일도 없었다. 그녀는 이상한 짓을 한 적이 없었다. 그리고 아들 머리를 핥은 게 뭐 어때서? 해 봤자 그냥 괴짜 엄마인 거 아닌가? 그건 특이하고 별난 행동일 뿐이지, 개로 변했다는 증거는 아니었다. 누구든 그 모습을 보고 혼자 이런 생각을 하지는 않을 것이다. 어머, 저 엄마 가끔 개로 변하나 봐.

그녀는 괜찮았다.

코흘리개 여자애의 엄마는 이제 딸의 얼굴을 물티슈로 닦고 있었다. 딸아이는 더 이상 울지 않고 보라색 용기에 든 시리얼을 먹고 있다. 여자 반대편에 있는 젠은 다른 엄마들과 이야기를 나눴다. 아이들은 모두 사서가 수납장에서 꺼낸 플라스틱 자동차 경사로, 형형색색의 천으로 만든 공, 동물 손가락 인형, 세균이 들끓는 레고를 갖고 놀고 있었다.

그랬다. 모든 사람이 다정하게 이야기를 나누고 있을 뿐, 아무도 보지 못했다. 길게 숨을 내뱉은 나이트비치는 장난감 자동차를 뒤로 끌어당겼다 놓아주며 쌩 달리는 자동차가 벽에 부딪히는 모습에 좋아라 웃는 아들을 지켜봤다.

젠은 허브 얘기를 꺼냈고, 밥스는 레깅스에 관해 수다를 떨기 시작했고, 포피는 에센셜 오일을 집어 들었다. 그들은 남편에 대한 불평을 늘어놓기도 했다. 남편들은 자기 아내가 허브로 뭘 하는지, 그런 일에 돈이 얼마나 드는지 무척 알고 싶어 했다.

그러니까, 솔직히 이 상황에서 남편이 내 말에 동의하지 않으면, 난 그 인간 다리를 물어뜯고 그냥 나 하는 대로 지켜보기만 하라고 말해요. 젠이 말하고는 머리를 뒤로 젖히며 크게 웃었다.

남편들은 길들이기 나름이죠. 포피가 맞장구쳤다.

젠은 대화를 엿듣고 있던 나이트비치를 똑바로 바라봤다.

그쪽도 내 말이 무슨 뜻인지 알죠? 내 말이 맞죠? 젠이 돌연 나이트비치에게 물었다. 깜짝 놀란 나이트비치는 수줍게 웃고는 미소를 지으며 말했다. 뭐라고요? 아…… 네? 하하. 물론이죠. 맞아요.

내 말은, 그쪽은 그냥 음……. 젠이 이를 드러내며 고개를 좌우로 흔들고 눈을 크게 부릅떴다. 북 베이비즈 엄마들이 빙그레 웃었고, 나이트비치는 눈을 크게 뜬 채 희미하고 자신 없는 미소만 입가에 머금었다.

하하하. 나이트비치가 말했다. 네? 네.

저기. 젠이 말했다. 자기한테 이 허브들에 대해 꼭 말해 줘야겠군요.

전 허브 필요 없어요. 나이트비치가 말했다. 그러고는 어찌할 바를 몰라서 부랴부랴 가방을 챙기고 물병과 삑삑이 꾸러미, 장난감 트럭을 쑤셔 넣었다.

잠깐만요. 명함 하나 줄게요. 젠은 지갑을 뒤적인 뒤 몸을 숙여 구겨진 직사각형 종이를 건넸다. 저번에 주려고 했거든요. 그리고 난 명함을 아무한테나 주지 않아요. 정말 잘할 것 같은 사람한테만 주지. 그러니까, 당신이 진짜 돈을 잘 벌 것 같다는 거예요. 좋은 기회잖아요. 젠은 잠시 말을 멈추며 의미심장한 눈빛으로 나이트비치를 바라봤다. 대본을 읽는 듯한 눈맞춤. 마치 호텔 회의실 형광등 불빛 아래에 빙 둘러앉아 이 동작을 연습한 것 같았다.

나이트비치는 얼굴을 어떻게 움직이고, 거기서 어떤 감정을 보여 줘야 할지 몰랐다. 동물처럼 이빨을 드러내고 머리를 흔드는 젠의 행동, 특히 금발의 평범한 중서부 엄마에게는 이상하리만치 안 어울리는 듯한 행동에 깜짝 놀랐기 때문이다. 하지만 그보다 더, 젠이 몸을 숙여 명함을 건네는 순간 다시 한번 그녀의 머리에서 뚜렷하고 분명한 냄새가 풍겼기 때문이다. 딸기 향이야. 딸기 향, 딸기 샴푸 향.

물론 나이트비치는 이 모든 게 기분 탓이라고 속으로 말했다. 딸기 샴푸가 그렇게 드문 건 아니잖아? 어쩌면 그녀는 딸기 향을 정확하게 맡은 적이 없을지도 모른다. 딸기 향이 확실할까? 혹시 라즈베리 향은 아니었을까? 아니면 망고 향?

그렇다면 아주 멋지게 차려입은 금발의 이 엄마가 잔디밭에 나타난 정체 모를 개 특유의 향을 풍겼다면 어떨까? 다른 개 두 마리가 나이트비치의 아들을 낮잠 재우는 동안 그녀를 집에서 어딘가로 데려가려고 했던 그 개 말이다. 여자는 젠 옆을 지키는 밥스와 포피를 바라봤다. 길고 부스스한 두 가지 색으로 염색한 머리, 날렵하고 탄탄한 몸매를 가진 포피. 살짝 처진 턱과 누군가는 "처량맞다"고 부를 만한 얼굴의 밥스. 나이트비치가 젠의 행동에 그렇게 깜짝 놀라지 않았다면 아마 웃었을지도 모른다. 이렇게 세상 평범한 엄마들이 개가 되어 이중생활을 한다는 생각은 너무나 터무니없어 잠시도 즐길 수 없었다. 물론 나이트비치는 자기와 같은 엄마들을 간절히 찾고 싶었다. 하지만 이 욕망이 현실이 될 것을 암시하는 지금, 젠과의 눈맞춤, 훅 스쳤다가 이미 누그러진 딸기 향, 그 모든 기묘함 이후 그녀는 식은땀이 나고 현기증이 일었다. 아마 신은 그 주말에 무슨 일이 있을지, 그리고 북 베이비즈에서 무슨 일이 벌어질지, 그리고 장차 또 어떤 일이 일어날지 다 알고 있었으리라.

세상에, 자기 얼굴이 빨개졌어요. 젠이 얼굴을 일그러뜨리며 걱정스레 말했다. 이럴 때는 '밸런스'가 만병통치약이죠. 그녀가 그렇게 덧붙이더니 큰 가방을 다시 뒤졌다.

아니, 괜찮아요. 나이트비치가 젠의 명함을 보며 말했다. "허브 앰배서더"라고 적힌 그 명함에는 당신이 누려야 할 삶을 살자라는 구호가 쓰여 있었다.

고마워요. 나이트비치가 다시 말했다. 전 아무것도 필요 없어요. 그러고 나서 그녀는 바닥에 납작 엎드려 숨을 깊게 들이마시며 이게 다 기분 탓이라고 읊조렸다.

젠의 얼굴이 나이트비치의 시야를 가득 채웠다. 젠은 나이트비치 앞에서 작은 밸런스 약포지를 달랑거렸다. 이거 가져가면 기분이 좋아질 거예요. 내가 온라인에서 자기 찾을게요!

나이트비치의 가슴에 그 약포지를 떨어뜨린 뒤 젠은 그길로 사라졌다. 나이트비치는 더러운 대형 카펫 위에 아들과 함께 남겨졌고, 아들은 자꾸 엄마 위로 기어오르고 또 기어올랐다. 그러다 그녀 입에 손을 넣고 엄마라고 불렀다.

나이트비치는 그때까지 유난히 잘 버텼다. 지극히 당혹스럽고 마법 같은 사건들 속에서도 자기 삶을 꾸역꾸역 이어 왔다. 그래서 으르렁거리며 이빨을 드러내고 딸기 향을 풍기는 젠이며 제대로 보면 개처럼 생긴 밥스와 포피를 생각하니, 끈기 있게 버텨야겠다는 마음이 들었다.

나이트비치는 뒤에서 젠을 부르고 싶었다. 잠깐만요! 그리고 다시 돌아와요! 당신에게 묻고픈 질문이 너무 많다고요! 하지만 젠에게 어떻게 물어볼 수 있을까. 음, 안녕하세요, 우리가 서로 모르는 사이라는 건 알지만 혹시 음, 하하, 너무 웃긴 말이지만 가끔 골든레트리버로 변하시나요? 그냥 좀 궁금했어요. 딸기 향 샴푸를 쓰시는 것 같아서요…….

하지만 그렇게 물어볼 순간은 이미 지나갔다.


다음 날 아침, 아들이 소파에서 잠든 엄마 배 위로 뛰어올라 나이트비치의 잠을 깨웠다. 나이트비치는 『신비한 여인들에 대한 현장 안내서』의 "국내 변종" 부분을 다시 읽다가 그대로 잠이 들었더랬다. 그녀는 요즘 이 부분에 가장 꽂혀 있었다. 예전부터 알고 있거나 언젠가는 친구가 될지도 모를 여성들을 그 장에서 만날 수 있었기 때문이다. 그 전날 밤, 나이트비치는 너무나 사랑스러운 변종인 블루에 대해 읽다가 오래전에 떠났던 친구를 떠올렸고, 그 내용에 영감을 받은 지금은 그 친구가 너무나 몹시 그리웠다.

화이트는 "물 가까운 곳에서 태어나 해안이나 바닷가 기슭에 사는 블루는 은빛 인디고에서 깊고 사색적인 남색에 이르기까지 눈에 띄고 선명한 눈동자 색으로 유명하다."라고 썼다.


노래를 잘하는 블루는 만돌린이나 우쿨렐레를 즐기는 편이다. 사실 작고 기발한 현악기라면 뭐든 다룰 것이다. 블루는 일반 기성 종교에 소속하지는 않지만, 하나도 빠짐없이 매우 영적이라(예: 동지, 하지 의식, 약용 식물 연구, 자원봉사 등) 예술가, 음악가, 회복 중인 중독자, 몰락한 자본가, 고령자, 빈곤층, 낭만주의자, 온갖 종류의 탐구자 등 다방면에 걸친 기성 집단을 끌어들인다. 이 사랑스러운 변종은 지구상에서 번식력이 가장 강하기 때문에(블루가 어떤 남자의 아내인 경우는 거의 없는데도) 주변의 모든 여성을 자신의 월간 주기와 동기화하는 능력으로 가장 잘 구별된다. 블루가 재배하는 화초는 집에서 가장 건강한 것에 속한다. 누군가 천 생리대를 헹구는 데 쓰이는 물을 화초에 뿌리고 있다면, 당신은 진정한 블루를 발견한 게 틀림없다. 정말 운이 좋은 줄 아시라.

책을 읽다가 잠이 든 나이트비치는 가마솥에 가득한 달콤한 내음의 양조주, 선홍색 비, 햇볕이 내리쬐는 숲길로 이어지는 검댕투성이 발자국, 저 멀리 어딘가에서 옛날 노래를 부르는 여자 목소리 꿈을 꾸었다.

아들이 나이트비치의 간을 진짜 납작하게 짜부라뜨릴 듯이 배 위로 뛰어들어 이 꿈에서 깨울 때, 그녀는 울부짖듯이 소리쳤다. 블루가 거실에 나타나서 잡초를 태우고 노래를 부르는 등, 엄마 같고 마녀 같은 짓을 하며 뭐든 다 해결해 주길 바랄 따름이었다.

아아아아아아악! 나이트비치가 신음했다. 큰 소리가 너무 오래 이어지자, 아들이 울음을 터뜨렸다.

오, 아가야, 미안해. 나이트비치가 옆구리를 부여잡고 마침 내 입을 열었다. 미안하다. 엄마 화나지 않았어. 나이트비치 는 아들의 머리를 쓰다듬고 손가락 끝으로 자기 배를 부드럽 게 누르며 말했다.

아들이 시리얼과 얇게 썬 바나나를 아침으로 먹는 동안, 나 이트비치는 휴대전화를 확인했다. 미술 공모전에 출품하라 는 전화. 삭제. 오래전에 작은 전시회를 열었던 갤러리 소식 지. 삭제. 그런 다음 친구 요청과 메시지 알림을 확인하니 웃 고 있는 젠의 프로필 사진 옆에 '셴이에요!!!!'라는 메시지가 적혀 있었다.

친구 요청을 수락한 나이트비치는 아들이 바닥에 시리얼 을 던지며 낄낄거릴 즈음, 첨부된 앱 메시지를 열었다. 젠은 어제 북 베이비즈 모임 때! 만나서! 진짜 반가웠어요!!!라고 시작 했다. 나이트비치는 문장 중간에 있는 대담한 느낌표에 감탄 했다. 이 느낌표는 이어지는 문장에서 모두 **굵게** 바뀌었다. **젠은 곧 있을 파티**에서 **와인뿐** 아니라 **10일짜리 체험 허브 팩** 을 선보일 것이며, 많은 엄마와 대표 들이 '성공'과 '성취감'의 경 험을 브랜드와 공유할 예정이니 꼭 참석하라고 재차 강조했다.

또한 **아이들 친화적**인 환경이 제공되니 아들을 데리고 와야 하고, 장벽이 전혀 없는 의욕적이고 야망 넘치는 주부 공동체를 만들겠다는 약속으로 끝을 맺었다.

초대장이 이어지자, 나이트비치는 참석 가능을 클릭했다. 와인이 있다는 말이 가장 와닿았기 때문이다.

젠의 기업가다운 긍정적인 언어, 자유로운 느낌표 사용, 성취감 및 성공적인 재택근무를 보장하는 약속은 나이트비치를 끊임없는 어둠으로 가득 채웠다. 눈부신 껍데기로 장식한 젠의 메시지 안에 뭔가 사악하고 불량한 것을 고집하며 비열하게 고동치는 정맥이 있을 것처럼. 아니면 나이트비치가 그저 그 모습을 투영하고 있었는지도 모른다.

어느 쪽이든, 허브 요법이라는 속임수에 말려들고 싶지 않았다. 하지만 엄마들 무리를 부인했다 한들, 동지애를 느낄 수도 있다는 가능성에 아주 조금 마음이 혹했음을 인정해야 했다. 구석에서 그녀와 와인을 홀짝이며, 고양이를 죽이거나 잔디밭에 똥을 싸는 것에 대해 역겨운 농담을 할 만큼 냉소적인 엄마가 분명 적어도 한 명은 있을 것이다. 딱 한 명쯤은. 나이트비치에게 필요한 것, 그녀가 바라는 건 그게 다였다.

나이트비치는 파티 참석을 고려해 보기로 했다. 기다리고 살펴보고 생각하며, 자신과는 다른 사람들이 허브 요법에 관심이 있더라도 그들에 대해 좀 더 긍정적으로 사고하고 열린 마음을 품도록 애쓰기로 했다. 어쩌면 아이러니하게도 그녀 역시 그런 일을 좋아할 수도 있지 않을까?

완다 화이트의 책에서, 마음대로 나타났다가 사라지는 엄마 유형을 읽은 적이 있다. 그중 어떤 이들은 알맞은 빛이 적절한 가도 비치는 곳에서 보면 항상 거기에 있음을 할 수 있지만 왕왕 반투명하게 점점 흐려졌다고 한다. 한편 다른 이들은 코요테처럼 돌연 방구석에서 출현하거나 필요한 순간에 정확하게 사라졌다고 한다. 화이트가 플리커링이라고 불렀던 이 엄마들은 거의 멸종된 것으로 여겨지지만, 여전히 전 세계에서 무작위로 사례가 보고되고 있다. 버펄로에 사는 한 엄마는 취침 직후에 사라졌다고 보고되었다. 그 여자의 아이들은 물을 마시려고 침대에서 일어나 보니 어디에서도 엄마를 찾을 수 없었다고 주장했다. 그게 아니면 벽에서 벽으로 날아다니며 항상 그들보다 방 하나를 앞서 움직이는 엄마의 그림자만 봤을 뿐, 영원히 찾기 어려웠다고 말했다. 그 엄마는 요리하고, 청소하고, 다림질하고, 목욕하고, 노래하고 춤추고, 하이킹하고 뛰어놀며 네 자녀와 오랜 시간을 보내고 난 후 저녁 시간에는 "완전히 그곳에" 있음을 느끼지 못했다고 보고되었다. 화이트는 "어쩌면 정신과 육체의 연결이 너무 강하다 보니 어머니가 느끼는 특유의 극심한 권태를 통해 그들의 육체적 자아를 해체할 수 있는 걸까?" 하고 곰곰이 생각했다. "나는 그렇게 생각하지 않는다. 모성 충동의 동기가 파괴보다는 창조를 향하고 있기 때문이다. 그래서 독자 여러분과 나 자신 모두에게 변형적 틀 안에서 플리커링을 생각하자고 제안한다. 이렇게 하면 그런 생명체를 이해하기 위한 심오한 철학적 연구를 더 잘 수행할 수 있다."

하지만 이날 나이트비치는 방글라데시 바리살에 사는 한 엄마, 또 다른 플리커링을 생각하고 있었다. 그 플리커링은 가끔은 장난기 많은 몽구스로, 다른 때는 엄마로 나타났다고 한다. 나이트비치가 이 독특하고 신비로운 엄마에 대해 곰곰이 생각한 이유는 이 여성이 잡종견보다는 설치류와 같은 성향을 지녔기는 하나 모습을 드러냈다가 사라지는 방식, 그리고 아이들과의 관계가 꽤 흥미로웠기 때문이다. 특히 아이들이 밖에서 놀기 시작하자마자 몽구스가 나타났고, 부드러운 금빛 털을 지닌 이 동물이 공을 훔치고 달아나는 바람에 놀이를 망쳐서 오히려 아이들을 웃게 했다는 이야기에 주목했다. 아이들은 몽구스가 마(실제 발음은 메이(May))나 엄마의 실명인 초카바니조에 대답했기 때문에 자기네 엄마라고 주장했다. 게다가 아이들 말에 따르면 몽구스의 털이 엄마의 머리

색과 똑같았고, 엄마처럼 세이지와 비누 향이 났다. 게다가 엄마 모습으로 있을 때는 몽구스처럼 유난히 날카롭게 물어뜯는 이빨이 있었다. 그리고 아이들은 몽구스 마(Ma)와 엄마 마(Ma)를 동시에 같은 장소에서 본 적이 한 번도 없었다.

그 엄마는 아이들의 이런 생각을 부인하지 않았고, 완다 화이트의 생각도 부인하지 않았으며, 그저 눈가에 장난기 어린 미소를 띠며 질문을 회피했다. 그리고 화이트에게 엄마 마는 아이들이 거리에서 놀 때 쭉 지켜봤고, 몽구스도 그렇게 하도록 훈련했으며, 사실 몽구스는 어릴 때부터 자신의 것이었다고 말했다. 몽구스의 나이와 더불어 그 동물이 엄마와 아이들을 모두 지켜볼 수 있을 만큼 오래 살아남을 수 있었던 비결을 캐묻자, 마는 그저 어깨를 으쓱하고 고개를 갸우뚱할 뿐이었다. 처음에는 휘파람을 부는 인도 몽구스의 자손이라고 주장했다가, 그 후에는 몽구스가 호랑이로부터 아기를 구해 냈다는 우화를 읽은 후에 그녀의 가족에게 처음 나타났다고 했다가, 결국에는 거의 100년 전에 증조할머니가 노천 시장에서 몽구스를 사 왔다고 말했다. 화이트는 "결국 마는 아는 것이 아니라 경험하는 것이야말로 중요하다고 충고했다."라고 쓰며 "그러니 이제 너무 많은 질문을 하지 말라고 제안했다."라고 덧붙였다.

사실 나이트비치가 가장 똑똑히 기억했던 것은 마법 속에 있는 자신을 즐기라는 지시였다. 이해하고 설명하고 생각하고 또 생각하고 다시 생각하려면 너무 큰 노력이 들고 오만가지 고민이 쏟아진다. 오후 동안은 그냥 있어도 되지 않을까? 어쨌든 아름다운 여름날 주중에 나이트비치와 아들은 시내에 있었다. 나이트비치는 심지어 자전거 뒤에 매단 파란색 트레일러에 아들을 태우고 페달을 밟았다. 아들을 낳기 전 모성애에 가장 이상적인 환상을 품었던 시절로 돌아간 것처럼.

이러한 사고방식은 무척 합리적이고 매우 침착하며 꽤 건전했고, 보나 마나 남편도 일방적으로 지지할 게 뻔했다. 미지의 존재를 완전히 끌어안은 이 순간, 나이트비치는 화창한 늦여름 오후에 도서관 옆 놀이터에서 아들과 놀기로, 진심으로 최선을 다해 놀아 주기로 했다. 분명 전에도 아들과 함께 놀았지만, 그 노력은 너무 자주 활기를 잃었고 성인과 현실이라는 부담을 피하지 못했다. 하지만 오늘 오후, 그 부담은 비단옷처럼 미끄러지듯 빠져나갔고, 나이트비치는 눈부신 오후 햇살 아래 머리카락을 흩날리며 기쁨에 겨워 비명을 지르는 아들을 향해 힘차게 돌진했다.

아들은 수직 기둥 사이에 간신히 얼굴을 끼워 놓은 채, 작은 금속 다리 위에 있는 엄마를 보며 까르르 웃었다. 엄마는 아들에게 달려들며 밝게 짖었다. 아들은 돌아서서 잽싸게 도망갔다. 발레용 치마를 입은 지저분한 여자애가 놀이기구 계단에서 킥킥거렸다. 또 다른 남자애는 입을 벌린 채 멍한 표정으로 그 광경을 바라봤다.

깽! 깽! 나이트비치가 아이들 하나하나를 향해 깽깽거리자 여자애가 소리를 질렀고 18개월도 안 된 남자애는 천천히 울먹거렸다. 여자애는 아들 뒤를 따라 계단을 올랐고, 더 위로 쭉쭉 올라 작은 포탑에 이르자 구불구불한 빨간 미끄럼틀을 타고 땅으로 휙 내려왔다.

나 잡아 봐라! 아들이 소리를 지르자, 나이트비치가 네발로 엎드려 으르렁거리며 자로 잰 듯 정확하게 아들을 뒤쫓았다.

엄마! 아들이 반은 질문, 반은 즐거움에 엄마를 불렀다. 나이트비치가 죽일 듯이 매섭게 짖고 으르렁거리자 아들은 소리를 지르며 미끄럼틀 아래로 향했고, 그 후 그녀는 숨을 헐떡이며 따라갔다.

이 상황은 계속 이어졌다. 나이트비치는 놀이기구를 가로지르며 뛰어다니고, 아들은 신이 나서 소리를 지르고, 다른 아이들은 잡기 놀이에 끼거나 무서워서 도망쳤다. 잠시 후 한 무리의 아이들이 명령했다. 나 잡아 봐라! 나이트비치는 아이들이 시키는 대로 쫓아가고 짖고 헐떡였다. 아이들이 번갈아가며 즐겁게 멍멍거리자, 놀이터 전체가 마치 개집이 된 것처럼 으르렁대고 짖는 소리가 엄청났다. 더 어린 애들은 놀이터 가장자리를 따라 부모 무릎에 있거나, 유모차에 웅크리고 앉아 엄지손가락을 빨고 있었다. 눈앞에 펼쳐진 광경이 그 작은 머리로는 어리둥절했으므로 대신 세상에서 질서정연하고 차분한 모든 것에 그들의 감각을 걸었다.

나이트비치가 활기차게 뛰어다니며 개 짖는 소리를 내고 아이들이 잔뜩 신이 난 광경은 꽤 멋진 장면이었다. 발레 치마를 입은 여자애는 입에 막대기를 문 채 얼떨떨해하는 아빠에게 가져갔고, 빨강 머리 남자애는 자기 엄마의 깨끗한 흰 셔츠 위에 진흙투성이 손을 얹더니 경악하는 엄마 얼굴에 대고 개처럼 짖어 댔다.

해가 지자 아이들은 놀이터를 에워싼 채 기다리는 부모들이 결코 본 적 없는 광란의 도가니에 빠져들었다. 아이들은 거칠게 짖고 개처럼 킁킁거리고 잘근잘근 씹고 이리저리 쫓아다녔고, 나이트비치는 길게 헝클어진 머리카락과 혼란스러운 표정으로 이 모든 걸 조율했다. 길게 드리워진 그림자 속에서, 그녀의 송곳니가 점점 더 자라는 것 같았다.

곧 다른 부모들이 이 놀이에 불안해졌고, 그렇지 않으면 취침 시간이나 저녁을 먹을 시간이 되자 아이들이 지쳐 버렸다.

이유가 어떻든 점차 군중이 줄더니 뿔뿔이 흩어져서, 결국은 놀이기구 계단 아래의 작은 장난감 집에 웅크리고 앉은 나이트비치와 지친 아들만이 남았다. 나이트비치가 아들의 머리를 살짝 핥자 아이는 엄마 팔을 핥고서 얼굴에 코를 비볐다. 아들이 스르르 눈을 감았다. 엄마는 덥고 더럽고 땀투성이였다.

그녀는 반쯤 잠든 아들을 자전거 트레일러에 태워 담요로 감싼 뒤 단단히 버클을 맸다. 그리고 다리 힘으로 자전거를 몰아 집에 가려고 했다. 하지만 그 전에, 놀이터 장난감 집 덮개 밑에서 깡충깡충 뛰고 있는 작은 새를 곁눈질로 알아챘다. 그 새가 가까이, 더 가까이 다가오자, 손목을 재빨리 휙 움직여 한 번의 능숙한 동작으로 와락 움켜잡았다. 아들이 꿈쩍도 하지 않을 만큼 아주 유연하고 거침없는 동작이었다. 그녀는 그 작은 새를 가슴에 대고 두들긴 뒤 거의 쥐 죽은 듯 조용하게 머리를 딱 비틀었다.

나이트비치와 아들은 지금 엄마표 일정에 따르고 있었다. 말하자면 엄마표 패스트 트랙이었다. 북 베이비즈에도 가고 놀이터에도 가야 한다. 앗, 벌써 금요일이라니!? 이렇게 좋을 수가! 오늘은 타이크 하이크, 다음 주에는 쇼핑몰에 있는 플레이 스페이스와 짐나스틱 잼에 갈 것이다. 나이트비치는 이미 일정을 꽉 채웠다! 말 그대로 몸이 열 개라도 모자랄 지경이었다. 요즘은 벌룬 베이비즈가 한창 유행 중이었다. 공포증을 이겨 내고 높은 곳을 좋아하게 하는 열기구 체험 수업이었다.

나이트비치는 자기가 아들에게 가장 좋은 일을 하고 있고, 아들의 요구에 집중하고 있다는 것을 알자 엄마 아드레날린이 솟구쳤다. 어떻게 하면 더 완벽한 엄마가 될 수 있을까? 진심으로 궁금했다. 그래서 거의 입에 거품을 물며 그 질문을 고민하여 있는 힘껏 가장 엄마다운 모습을 투영했다. 물론 그 안에는 개도 있을 터였다. 그러나 나이트비치는 그 개를 모든 일 뒤로, 가장 훌륭한 모성 뒤로 밀어 넣었다.

아들이 콧물을 흘리며 심하게 기침했다. 타이크 하이크로 가는 내내 이 귀여운 꼬마 왕자는 엄마의 좌석 뒷부분을 발로 걷어찼다. 나이트비치가 제발 그만, 착한 행동도, 재밌는 행동도 아니야라고 차분하게 애원해도 소용없었다. 급기야는 만화 못 보게 할 거야라며 평소 잘 하지 않는 엄포를 놓았다. 그녀 역시 평소에 아들이 만화 보는 걸 원했는데도 말이다. 사실 무척 간절하게 원했다. 그래야 부엌 조리대에 서서 말린 살라미를 얹은 버터 크래커를 먹으며 멍하니 있을 수 있었다. 아들이 가장 좋아하는 강아지 만화영화 한 화 방영 시간이면 확대

경을 보며 모공을 청소할 수도 있고, 작은 인간의 위협이 없다면 거실 바닥 한가운데에 한가로이 누워 눈을 붙일 수 있었다. 위협이 닥치는 그 만화 같은 그 순간에는 꼬마 녀석이 배 한가운데에 와락 덤벼들어 중요 기관을 멍들게 하거나, 머리를 걷어차거나, 발을 헛디뎌 또다시 배 위로 떨어지거나, 엄마가 잘 있는 방향에 침을 뱉는 사태가 벌어졌다. 자기 몸이 스스로 액체를 만들 수 있다는 사실에 감탄했으니까! 엄마! 이거 봐 봐!

아들이 엄마 좌석을 발로 걷어차고 엄마는 부글부글하는 사이, 곧 타이크 하이크 오솔길에 도착했다. 진정하자고, 화내지 말자고, 소리도 지르지 말고 설대 짖지도 말자고 다짐한 나이트비치는 아들에게 하이킹하는 동안에 멍멍이 놀이는 안 한다고 말했다. 그러자 아들이 바로 울먹거렸다. 그도 그럴 것이, 아들은 나름 넓은 야외, 그것도 숲에서 즐기는 멍멍이 놀이를 잔뜩 기대했기 때문이다! 아주 많은 냄새가 풍기는 곳! 수많은 나뭇가지! 그리고 벌레들! 개가 진짜 좋아할 곳이었다.

전적으로 나이트비치의 잘못이었다. 그녀는 아들에게 반짝이는 은색 이름표가 달린 파란색의 새 개목걸이를 걸어도 된다고 허락했더랬다. 은색 이름표는 햇빛에 반짝반짝 빛나는 데다 목걸이의 다른 금속 부분과 가볍게 부딪치면 띵띵 예쁜 소리가 났다. 나이트비치는 그저 차 안에서 재미 삼아 걸도록 내버려 둘 의도였을 뿐, 타이크 하이크에 도착하면 빼야 한다고 제대로 경고하지 않았다.

게다가 차를 타고 오는 동안에 아들이 새 자동 목줄을 쥐고 빠른 해제 버튼을 갖고 놀게도 했는데, 적어도 오늘만큼은 정상적으로 보이는 다른 사람들과 만나면 갖고 놀 수 없는 자동차용 장난감이라고 경고하지도 않았다.

하지만 우린 사람이야. 나이트비치가 울부짖는 아들의 머리를 쓰다듬으며 말했다. 아들이 여전히 카시트에 묶여 있었던 터라 그녀는 열린 문으로 몸을 숙여 말을 걸었다. 아들이 악쓰는 소리를 몸으로 덮으려는 의도도 있었다.

애야, 다른 친구들과 뛰어놀 때는 목걸이 없어도 돼. 그냥 속으로만 개가 되었다고 생각하고 겉으로는 남자애처럼 노는 거야. 나이트비치가 아들이 알아듣게 설명하려 했다.

싫어어어어어어어! 아들이 이해할 수 없다는 듯 소리쳤다. 멍멍이 될 거야아아아아아아아!

고분고분하고 개목걸이를 달지 않은 아이들을 데리고 제때 도착해 오솔길에 모여 있던 다른 엄마들이 이쪽을 돌아보았다. 나이트비치가 손을 살짝 흔들었다.

애야, 제발. 나이트비치는 아들에게 속삭이고는 아들의 카시트 끈을 풀었다. 아들이 순순히 나가지 않을 것 같자, 그녀는 눈에 띄지 않게 몸을 숙여 뒷문으로 아들의 땅땅한 몸을 끌어내렸다. 그 바람에 둘의 머리가 쾅쾅 부딪쳤다. 죽은 고기처럼 끌려 나온 아들은 차에서 내리자마자 엄마 손을 놓더니 아스팔트 위의 질척이는 작은 웅덩이로 들어갔다.

아들. 나이트비치가 말했다.

안 걸을 거야! 아들이 소리쳤다.

걸어야 해. 그녀가 단호하게 말하자 아들은 슬픈 강아지처럼 울부짖었다. 그 바람에 기다리던 엄마들이 모두 돌아봤고, 한 명은 나이트비치를 향해 몇 걸음을 내딛기도 했다.

아뇨, 아뇨, 괜찮아요. 잠시만 기다려 주시면 도착할 거예요. 그녀가 밝게 말하며 손을 저었다.

알았어. 아들에게 다시 속삭였다. 목걸이는 걸어도 돼. 하지만 줄은 필요 없어. 개가 자유롭게 달리고 싶어 하지 않을까?

목줄 갖고 놀래. 아들은 제발 허락해 달라는 표시로 양 손바닥을 가슴에 대고 문지르며 말했다. 제발, 엄마. 아들이 애원했다. 제발.

바락바락 울다가 그친 아들은 엄마를 바라보며 작은 두 주먹으로 눈을 비비더니 손등으로 뺨에서 뺨까지 콧물을 발랐다. 아들은 아프고 지쳐서 단지 놀고 싶을 뿐인데, 나이트비치는 왜 아들의 요구를 거절하고 있었을까?

그러다 다른 엄마들이 이상하게 생각한다면?

그들은 사실을 왜곡하며 상냥하게 참견할 게 뻔하다.

나이트비치는 아들의 얼굴을 잘 닦고 싶었지만, 엄마들이 모두 지켜보고 있다는 것을 알았다. 그래서 썼던 휴지를 주머니에서 꺼내 아들의 장밋빛 뺨에 묻은 코딱지를 닦아 냈다.

알았어, 아들. 좋아. 멍멍이 놀이 해. 하지만 다른 애들이 이상하게 볼 수도 있어.

기분이 좋아진 아들은 멍멍 소리를 내며 작은 분홍색 혀를 헐떡였다. 아들은 소름 끼치도록 끈질겼다. 그래도 나이트비치는 아들을 사랑했다. 그래서 축축하게 젖은 아들 코에 입을 맞췄다.

나이트비치가 억지웃음을 짓는 동안, 아들은 목줄을 매단 채 엄마를 이끌고 작은 주차장을 가로질러 북 베이비즈에서 만난 젠에게 다가갔다. 아이는 활짝 웃는 젠에게 멍멍 짖더니 바로 옆에 앉아 다시 멍멍 짖고는 가만히 기다렸다.

쓰다듬어 달라는 것 같아요. 나이트비치는 이 꼬마에게 무슨 일이 생긴 건지 전혀 모르는 것처럼, 아이가 참 웃기지 않느냐는 듯이 말했다. 한창 그럴 때잖아요. 아마 내일은 기차나

무시무시한 트럭이 되어 있을걸요. 그녀는 눈썹을 치켜올린 채 피곤한 미소를 짓고, 눈동자를 살짝 굴리고, 고개를 절레절레 흔들며 이 모든 상황을 설명했다. 그건 어디에나 있는 흔한 엄마라는 표시였다. 이 정신 나간 애 좀 보세요. 이 아이가 제 영혼을 매일 조금씩 뒤흔들고 있지만, 그래도 전 아들을 무척 사랑하고 이 아일 위해서라면 지구 끝까지 갈 거예요. 그래서 개처럼 굴고 개목걸이 차는 것도 허락하려고요. 산책도 시킬 거고요. 당연히 산책시켜야죠. 왜냐면 전 멋진 엄마니까요.

음, 너 정말 멋지다. 젠이 아들 머리를 쓰다듬으며 입을 열었다. 도서관에서 알게 된 몇몇 북 베이비즈 엄마들 사이에 있는 다른 엄마들은 의아한 미소를 짓거나 예의상 웃기도 했다.

개가 되고 싶었대요. 나이트비치가 말했다. 그러니까 제 말은······.

아무렴, 그럼요. 젠이 맞장구쳤다. 아이들은 항상 뭐든 되고 싶어 하죠.

킥킥거리는 웃음소리와 함께 캐노피 아래 그늘진 서늘한 곳에서 하이킹이 시작되자, 엄마들은 삼삼오오 짝을 지어 감을 잡기 힘든 배타적인 대화를 나눴다. 아이들은 엄마들 앞에서 단일 유기체처럼 천천히 전진하다 이쪽에서 저쪽으로 새 떼처럼 움직였지만, 나이트비치의 아들은 뒤로 물러나 목줄

끝에서 얌전히 걸었고 나비를 쫓거나 꽃향기를 맡으려 할 때만 목줄을 더 잡아당겼다.

뱀이 죽었다! 뱀이 죽었어! 어떤 덩치 큰 남자애가 쓰러진 통나무 옆을 가리키며 앞에서 외쳤다.

아들은 목줄을 잡아당기다가 다시 엄마에게로 향했다. 가! 가! 아들이 그곳을 가리키며 말하자, 나이트비치는 아들의 목줄을 풀었다. 아들은 다시 평범한 남자애가 되어 다른 아이들을 향해 달려갔다. 아니면 여전히 개와 비슷하지만 죽은 뱀을 보고 싶고, 막대기로 찌르고 싶고, 만약 용감하다면 뱀의 피부를 만져 보고도 싶은 아이인지도 모른다.

뒤에 있던 북 베이비즈 엄마들이 이제는 한데 모여 아이들을 조용히 지켜보자, 젠이 신입 회원에게 고개를 돌렸다.

안녕하세요. 젠이 말을 걸었다.

아, 안녕하세요. 나이트비치가 초조하게 대답했다. 초대에 아직 확실하게 답하지 못해 정말 미안해요. 그냥 잘 모르겠어요.

아, 괜찮아요. 다들 바쁘니까요. 그래도 꼭 와야 해요. 허브는 정말 놀랍거든요.

젠은 대답을 기다리지 않고 계속 말을 이었다. 허브는 우리를 풍부하게 하기도 하고 소박하게 하기도 해요. 또 어떤 허브는 행복을 느끼게 하고, 다른 허브는 잠들게도 하지요.

전 맘비 블렌드가 너무 좋아요! 가슴에 아기 포대기를 두른 엄마가 돌연 대화에 끼어들어 큰 소리로 외치다시피 했다. 에너지로 가득 차 있잖아요! 휘둥그레진 눈이 발랄하고 열광적으로 반짝였다.

자기가 맘비에 푹 빠져 있다는 건 이미 소문났죠! 잘됐어요. 젠이 그 엄마에게 답하고는 다시 나이트비치에게 돌아섰다. 우리는 다들 허브를 팔아요. 그치만 모이기만 하면 와인을 마시기 일쑤예요. 젠은 음모를 꾸미는 듯하면서도 모두가 들을 수 있을 정도로 크게 속삭였다. 시간 때우는 방법이거든요. 돈을 좀 벌 수도, 그러지 않을 수도 있겠지만, 어느 쪽이든 상관없이 남편이 집에 돌아오면 항상 당당하게 말할 수 있죠. 나도 나가서 일해야 하고 몇 시간 정도는 나 자신을 위해 써도 된다고요. 그치만 그게 바로 나만의 무언가를 가진 것처럼 느끼는 법 아니겠어요?

아. 나이트비치가 웃으며 답했다. 하지만 전 예술가예요. 그래서 그럴 만한 시간이 없어요. 하지만 그 말을 하고 나서야 더는 예술가가 아니라는 사실이 떠올랐다. 솔직히 말하면 허브를 팔 시간은 있었다. 그렇기는 한데…….

나이트비치는 이렇게 말하고 싶었다. 하지만 골든레트리버로 변하는 건 당신만의 것이 아닌가요? 솔직히 말해 봐요!

그 대신 애써 예의를 갖추며 말했다. 그게 정말 저한테 맞을지 잘 모르겠어요.

에이, 그렇게 빨리 결정 안 해도 돼요! 젠이 나이트비치의 팔을 찰싹 때리며 말했다. 파티라도 와요! 내가 무료 샘플을 줄게요. 젠은 나이트비치를 보며 마치 이렇게 말하는 것처럼 고개를 저었다. 당신한테 뭐가 좋은지 당신도 모르잖아요. 어쨌든 바보처럼 굴지 말고 파티에 오기나 해요.

사실 미용이나 레깅스 같은 것에 별로 관심이 없거든요. 나이트비치가 다시 말을 이었다. 오늘은 머리도 안 빗었어요. 그러고는 덧붙였다. 사실 일주일 내내 빗지 않았어요.

음, 이 허브는 신성한 치유의 약이에요! 아마 기분이 좋아져서 화장도 하고 싶고 귀여운 옷도 입고 싶어질 거예요! 젠이 말했다.

죄송한데, 이 허브들이 정확히 뭐죠? 나이트비치가 물었다. 이번 주 초 북 베이비즈 시간에 젠이 바닥에 드러누운 나이트비치에게 건네준 밸런스 약포지가 여전히 가방 밑바닥에 있었고, 어쩌다 조금 찢어지는 바람에 달콤한 냄새가 나는 잎사귀와 잔가지의 고운 가루가 바닥 전체를 뒤덮었다.

세상에, 중국 약초랍니다. 태국산도 있고, 일본산도 있죠. 젠이 두 손을 허공에 빙빙 휘저으며 눈을 크게 떴다. 그러고는 신이 나서 목소리를 높였다. 위대한 치유자들의 고대 지혜를 몽땅 병에 담은 거예요. 젠은 두 팔을 내리더니 마치 영원한 친구 사이였던 것처럼 나이트비치의 팔짱을 꼈다. 하지만 지금은 사실과 수치에 연연하지 말아요. 그냥 일단 와요. 참! 그리고 마음대로 쓸 수 있는 돈이 좀 있는지도 확인해 봐요. 한 600불 정도? 젠이 속삭였다. 그러면 아마 나한테 고마워할걸요.

그날 오후, 나이트비치가 아들을 눕혀 낮잠을 재울 때 젠이 보낸 또 다른 메시지가 휴대전화 화면에 나타났다. 그녀는 아들이 깨물면 끽끽거리는 보송보송한 노란색 오리 인형과 애를 위해 강아지와 뼈 그림으로 누비질한 작은 이불, 그리고 실물과 거의 흡사한 고기 그림이 그려진 천 속으로 아들을 밀어 넣었다. 그런 다음 침대에 앉아 메시지를 읽었다.

처음 읽었을 때 가장 눈에 띈 건(사실 전체 메시지만 봐도 그랬지만) 모든 문장이 반들반들한 팸플릿에 있는 일종의 채용 서식에서 도용한 것처럼 보일 만큼 여성들의 완전한 잠재력에 손을 내밀어 그 능력을 최대한 발휘하도록 격려하고 있다는 점이었다.

난 서로 동기 부여가 되고 추진력이 있는 사람들을 동업자로 찾고 있어요. 젠은 지각 있는 존재임을 알리는 인사말이나 별다른 표시 없이, 모집과 판매만 종용하도록 입력된 일종의 현대식 로봇처럼 다짜고짜 말을 시작했다. 당신에겐 이미 너무나 방대한 인적 네트워크가 있어요. 그래서 이 사업 모델은 바쁜 엄마들에게 매력적이죠. 그다음에는 정체불명의 의사들과 그들의 의심스러운 신뢰성이 전 세계적으로 1위를 차지하는 제품을 제공한다는 주장이 이어졌다. 아이를 갖기 전에는 변호사, 교사, 피부과 의사로 성공적인 경력을 쌓던 고등학교 친구들이 낮잠과 식사 시간 사이에 공원이나 도서관에서 휴대폰으로 이메일을 보내며 살림하는 틈틈이 매출을 올리는 재택근무맘이 되기로 결심했다는 일화도 소개했다. 너무 좋은 회사라 사실 같지 않겠지만…… 그래도 여전히 사실이랍니다! 젠은 나이트비치가 입소문으로 수많은 추천을 받아 엄청나게 성공을 거둘 것이라며, 앞으로 몇 년 동안 꽤 많은 부수입을 올릴 수 있는 이 기회를 포기해서는 안 된다는 얘기로 글을 끝냈다.

아들이 엄마 옆에서 손뼉을 치며 킥킥거리는 사이, 나이트비치는 침대에 누워 늦여름 오후 햇살을 은은하게 조각내며 천천히 돌아가는 선풍기를 빤히 쳐다봤다. 딸기 향을 풍겼던 젠의 머리카락과 완벽한 모성애, 허브와 끊임없는 판매원 모집. 이제는 아이들과 함께 집에 머물며 허브를 파는 변호사 엄마의 사례는 나이트비치가 들었던 중에 가장 우울한 이야기였다. 어쩌면 그녀의 삶보다 더 우울할 수도 있다. 그래도 단조로운 나날을 개라는 신비한 색조로 물들이는 우스꽝스럽고 이상한 내면의 삶을 살지는 않는다. 사례의 여성은 합리적인 일을 하는 변호사였고, 아이들에게 사과 소스를 먹이고 부업을 하며 살림에 조금이나마 이바지하는 사랑스러운 엄마이자 믿음직한 소득원으로서 자기 입지를 단단히 했다.

그 엄마는 행복할까? 벤티 사이즈 커피와 함께 정체불명의 허브 한 줌을 삼키며 다른 엄마들에게 쉴 새 없이 문자를 보내는 자신이 뿌듯할까? 똑같이 허브에 취해 그네에 탄 아기들을 열정적으로 밀고 있는 엄마들에게? 혹시 나이트비치가 원하는 방식으로 충만함을 느낄 필요가 없는 게 아닐까? 자기 아이들이면 충분한 건가? 나이트비치는 기뻐 날뛰며 까르르거리는 아들의 웃음소리, 땅딸막한 작은 손목, 마지막 남은 야망의 한 조각까지 싹 지워 버리는 귀여운 옹알이를 보며 충만함을 느낄 수 있기를 간절히 원했다. 어째서 엄마 노릇을 하며 요리하고 장을 보고 청소하고 빨래하고 북 베이비즈에 가는 것으로는 기쁨과 행복, 잘 살고 있다는 느낌을 채우지 못할까? 허브를 먹고 파티에 가고 생애 한 번쯤은 여기저기 얼굴을 들이밀어야 할까? 그러면 그녀도 만족스러울까?

이번 주는 진짜 신나게 보냈어! 나이트비치는 그날 늦게 집에 도착한 남편에게 말했다. 남편은 여전히 차에 탄 채 창문을 내리며 진입로에서 꾸물거리고 있었다. 그녀는 낡은 비치 타월로 감싼 젖은 고양이를 품에 안은 채 앞마당에 있었고, 아들은 풀을 뜯다가 멍멍이 놀이를 하며 꽃냄새를 맡는 중이다. 남편은 아내의 분위기가 완전히 달라졌다고 말했다. 아내는 반짝반짝 빛이 났고, 맨발로 서 있었으며, 얼굴에는 주근깨가 생겼고, 뺨은 구릿빛으로 붉게 물들었다.

북 베이비즈에 갔었어. 고양이를 아기처럼 안은 나이트비치가 차에서 내린 남편에게 말했다. 방금 고양이 엉덩이를 또 씻긴 참이었다. 나이트비치의 눈은 머릿속에서 타오르는 불길이 옮겨 붙은 것처럼 빛났고, 머리카락은 산들바람을 따라 얼굴 주위로 흩날렸다. 우린 놀이터에서도 놀았어, 그렇지, 아가? 그녀가 아들에게 물었고, 아들은 작은 두 발로 화단을 파며 밝게 대답했다. 멍멍!

그랬구나. 남편이 여행 가방을 내린 뒤 차 문을 쾅 닫으며 말했다. 그때 고양이가 나이트비치의 품을 빠져나가려 몸부림쳤지만 허사였다.

아. 맞다, 고양이가 내 헤드폰을 망가뜨렸어.

또? 남편이 고양이 머리를 긁적이며 물었다. 못됐네.

나 진짜 얠 축구공처럼 뻥 차 버리고 싶다니까. 나이트비치가 안절부절못하는 고양이를 꼭 안으며 덧붙였다.

발이 어쩜 이리 작을까. 남편이 고양이를 보며 말했다.

난 진짜 얘가 너무 싫어. 나이트비치가 투덜댔다.

알았어. 남편이 그러더니 고양이에게 장난스럽게 말했다. 내가 널 죽여야겠는걸.

나이트비치는 고양이의 크고 맹한 초록색 눈을 들여다봤다. 고양이는 무척 사랑스러운 까무잡잡한 코를 그리 사랑스럽지 않게 씰룩거렸다. 그러고는 귀를 머리에 납작하게 대고 쉬익 소리를 냈다.

이 녀석이 나한테 톡소플라스마증을 옮긴 것 같아. 나이트비치가 말했다.

뭐?

기사를 봤는데 욱하는 분노와 톡소플라스마증 사이에 연관성이 있대. 인과관계가 있는지, 원인은 뭐고 결과는 뭔지 모르겠지만 관련 있는 게 분명해.

남편은 아무 대꾸도 하지 않았다.

내 뇌에 기생충이 있으니까 화내는 거 같지 않아? 나이트비치가 따져 물었다.

글쎄. 그런데 말이야, 자기는 어떤 식으로든 화를 낼 것 같아.

난 이 빌어먹을 고양이가 진짜 싫다고. 나이트비치가 말했다. 다시 쉭쉭거리던 고양이가 이번에는 몸을 꿈틀대며 그녀의 품을 빠져나가서는 앞 잔디밭과 현관 아래를 자유롭게 뛰어다녔다.


일요일 아침, 아들이 네발로 기며 거실로 들어섰다. 입에는 마블링이 아름다운 생고기가 대롱대롱 매달려 있었다. 아들은 고기 조각을 아빠 발치에 떨어뜨렸다.

멍멍! 아들이 짖으며 숨을 헐떡이다 입을 벌린 채 작은 혀를 내밀었다.

요놈이, 지금 뭐 하는 거야?

멍멍이 놀이. 아들은 질문에 답한 뒤 아빠의 다리를 핥았다. 혀를 날름날름하다가 다시 고개를 들더니 얼굴을 찌푸렸다.

털! 아들이 손가락으로 혀를 움켜쥐며 소리를 질렀다. 털!

어디 보자. 남편은 아들의 혀를 살펴보며 털을 걷어냈다. 이제 괜찮아. 그런데 아가야……. 우리는 날고기를 바닥에 놓지 않아. 심지어 입에 넣지도 않는단다. 맛이 없거든. 남편이 인상을 썼다.

아들이 고개를 절레절레 흔들었다.

엄마. 아들이 엄마를 불렀다. 줘. 엄마, 고기, 줘!

여보! 남편이 침실을 향해 소리를 질렀다.

평소대로 나이트비치가 세탁한 옷을 정리하며 침실에서 이 모든 말을 듣는 동안, 남편은 쉬지 않고 휴대전화를 스크롤했다. 나이트비치는 아들에게 멍멍이 놀이는 오로지 엄마와만 하는 놀이라고 단단히 일러 두고 그 놀이에 관심이 없는 아빠한테 개 밥그릇에 있는 물을 마시라고 하거나 막대기를 입에 물어 오라고 해서는 안 된다고 가르쳤다. 그러나 내심 아들이 아빠가 없는 동안 엄마와 했던 놀이를 그에게 선보이는 불가피한 사태가 벌어질 날을 두려워하고 있었다.

젠장. 나이트비치가 숨죽여 내뱉었다. 빌어먹을, 젠장. 젠장.

남편은 주방 싱크대에 있는 고기 잔해를 집어 들었고, 아들은 아빠 발치에서 발을 낑낑거렸다.

물어! 아들이 소리쳤다. 한입 물어!

맛이 없다니까. 남편이 다시 말했다. 아가, 아빠가 요리해 줄게.

싫어. 징징거리던 아들이 엄마와 눈이 마주쳤다. 엄마. 물어.

나이트비치가 아들의 머리를 쓰다듬고는 되도록 태연하게 남편에게 말했다. 우리 아들이 날고기가 좋다는데 어쩌겠어?

뭐라고? 남편은 짜증스럽고 믿을 수 없다는 듯 아내를 바라봤다. 그는 이마를 찌푸리는 것만으로도 그럴 줄 알았다는 속마음을 무심코 드러냈다. 마치 아내가 일을 그르칠 줄 알았다는 듯이.

아들 취향이 세련돼서 그래. 그녀가 말을 이었다. 육회잖아. 아무 문제 없어.

언제부터 우리 아들이 날고기를 먹기 시작한 거지? 남편이 의아해했다. 대체 육회를 어떻게 알고?

음. 나이트비치는 아들에게 미소를 짓다가 손으로 몸을 간지럽혔고, 아들은 바닥에서 꼬물거리며 킥킥거렸다.

내가 저녁을 요리하는 사이에 생고기를 조금 훔쳐먹은 모양이야. 나이트비치가 찬장에서 잔을 꺼내며 말했다.

아니야. 바닥에 있는 아들이 말했다. 엄마가 고기 줬어. 맛있어. 멍멍.

얘야. 나이트비치가 다정하게 아들을 부르고 나서 남편에게 말했다. 정말 어처구니없지 않아?

예쁜 우리 강아지. 그녀가 아들의 부드러운 머리카락을 쓰다듬었다. 아들은 엄마의 손길을 즐기며 눈을 감았다.

자기, 애한테 계속 날고기 먹였어?

아주 조금. 나이트비치가 방어적으로 대답했다. 그 정도는 괜찮아.

기생충은 어쩌려고? 감염될 수도 있어.

그럴 리 없어. 그녀가 아들을 가리켰다. 아들은 건강해 보였다. 반짝반짝 빛나는 금발의 곱슬머리와 장밋빛 뺨, 아기 때 그대로이고, 엄마도 사라지지 않길 바랐던 커다란 배. 아들은 엄마 아빠를 향해 빙그레 웃었다. 둘 다 자기한테 관심을 기울이니, 머리를 뒤로 살짝 기울이며 밝고 맑은 목소리로 멍멍 짖었다.

물론 애가 행복해 보이기는 해. 그날 밤 늦게, 침대에 누운 남편이 엄마 아빠 사이에 잠든 아들을 보며 속삭였다. 그는 언제나 그랬듯, 이 문제를 그냥 넘어가려 하지 않았다.

아이는 행복해. 나이트비치가 속삭였다.

그래도 개 흉내는 그만둬야 한다고 생각해. 남편이 반박했다.

하지만 개를 사랑하잖아. 나이트비치가 우겼다. 전혀 해롭지 않아.

그래도 고기는 좀…… 게다가 개 켄넬도 있던데…… 그냥 놀이용이야? 그런 건 거실에 둬야지! 이건 자연스럽지 않아. 너무 지나쳐. 남편은 이게 마지막 말인 것처럼, 이제는 모두가 받아들여야 할 결론을 내린 것처럼 못 박았다.

나이트비치는 깜깜한 어둠 속에서 눈을 굴렸다.

그렇게 많이 먹는 것도 아니잖아. 개 흉내도 걱정할 거 없어. 다 괜찮아.

그러다 애가 아프면 다 자기 탓이야. 남편이 날카롭게 속삭였다. 다른 애들이 우리 애를 이상하게 봐도 자기 탓이고.

아무렴, 그렇고말고. 다 내 탓이지. 전부 다.

두 사람은 아무 말 없이 침대에 누워 있었다. 그들은 이 언쟁을 수백만 번 했었다. 나이트비치는 남편이 몇 마디 더 하길 기다렸지만, 아들의 고른 숨소리만 들려왔다. 그녀는 신선한 피 맛을 상상하며 잠이 들었다.


나이트비치가 원하는 건 남은 삶 동안 다시는 밤샘 육아를 하지 않는 것이었다. 월요일이었고, 남편은 아침에 떠났다. 나이트비치와 아들은 머핀을 구운 뒤 기차놀이를 하고, 점토를 갖고 놀고, 기차선로로 산책을 가고, 호스를 꺼내고, 스프링클러를 부착해 그걸로 장난을 치고, 잡기 놀이도 하고, 공놀이도 하고, 공 주워 오기 놀이도 했다. 두 사람은 발도 더러웠고 코도 더러웠다. 그리고 해가 밤으로 향하자, 현관 계단에 앉아 땅콩버터와 잼을 바른 샌드위치를 먹었다. 그들의 근육은 뜨겁고 피곤하고 행복했으며, 기진맥진한 아들은 젤리를 입에 문 채 멍하니 허공을 바라봤다.

맞다. 나이트비치는 아주 어리석게도 오늘 밤은 밤샘 육아가 쉬울 거라 믿었다. 식은 죽 먹기! 그저 어루만지고 꼭 껴안기만 하면 금세 잠들겠지. 사실 그렇게 쉬운 밤샘 육아는 아들이 태어난 아래 단 한 번도 없었다. 나이트비치가 이 사실을 부인하며 긍정적인 태도와 생산적인 사고를 받아들였음에도.

그래. 월요일의 밤샘 육아, 멋지게 보내 보자. 나이트비치는 아들을 씻겨 귀여운 잠옷으로 갈아입힌 뒤 시원한 파란색 침대 시트 사이에 눕히면서 혼자 중얼거렸다.

하지만 엄마가 옆에 눕자마자, 아들이 시트 밑에서 몸부림치며 시원한 물 달라, 찬 수건 달라, 당근이녀 사과며 동물 크래커를 달라고 보챘다. 나이트비치는 희망적인 생각에 부풀었던 자신의 어리석음에 소름이 끼쳤다.

안 돼. 그녀는 그렇게 말하고 다시 안 된다고 했다. 지금은 먹을 시간이 아니라 잘 시간이야. 우리 몸도 쉬게 해 줘야지. 착한 멍멍이가 되어 가만히 있자.

엄마가 자신의 요구에 꿈쩍도 하지 않자, 아들은 침대에 일어나 앉아 혼자 쎄쎄쎄를 하며 손뼉을 치고, 자기 빰을 때리고, 그러다 자지러지게 웃고, 웃다 지쳐 헛소리까지 했다. 너무너무 피곤하고 믿기지 않을 정도로 지쳐 있었기에 나이트비치는 메모리폼 침대에 가라앉거나 잘 시간의 지루한 일과에서 벗어나 하룻밤은 쉬고 싶었다. 즉 같은 책을 여러 번 읽고, 옛날이야기를 하고, 또 다른 이야기를 하고, 전화로 노래를 틀고, 아이가 잠들기를 기다리는 일에서 벗어나고 싶었다.

사실 아들이 태어났을 때부터 나이트비치는 거의 매일 밤 아이 재우는 일을 도맡았다. 물론 아들이 갓난아기였을 때 재울 수 있었던 건 그녀뿐이었다. 아들은 엄마 젖만 먹으면 넓고 푹신한 베개를 타고 따뜻하디따뜻한 우유 바다를 유람하는 꿈나라로 바로 빠져들었다. 그러니 어떤 면에서 남편은 아내에게 수많은 밤을 빚지고 있는 게 아닐까? 아내가 여러 해 독박 육아를 하며 지새운 수많은 밤에 경의를 표하며, 기회가 있을 때마다 행복하고 감사한 밤샘 육아를 떠맡아야 하지 않을까?

그렇다. 그래야 공평하다. 하지만 그들의 가정은 당연히 그렇지 않았다. 남편이 일주일 동안 일을 마치고 돌아온 후에도 나이트비치는 금요일 밤마다 밤샘 육아를 했다. 남편이 피곤했기 때문이다. 실제로 남편은 늘 피곤했고, 가끔은 배가 아픈 것 같기도 했다. 집에 오는 길에 커피를 단숨에 들이켜고 수시로 옥수수 과자를 집어 먹으니 계속되는 메스꺼움에 당혹스러울 수밖에……. 게다가 컴퓨터와 비디오 게임, 웹서핑과 폴더로 돌아가고 싶어 했고, 조금이라도 느긋하게 쉬고 싶어 했다. 그래서 나이트비치는 발끈하거나 소란을 피우거나 어떤 언쟁도 벌이고 싶지 않았다. 그래 봐야 남는 게 없었으니까. 밖에서 반딧불이 깜빡이고 아들이 옆에서 몸을 뒤척이는 동안, 침대에 누워 있던 나이트비치는 밤샘 육아를 둘러싼 불공평한 현실에 또 한 번 분노가 치밀었다.

한 시간, 두 시간이 지나도 아들은 재잘거리고, 웃고, 손뼉을 치고, 물건을 집어 던지고, 울고, 꼭 안아 달라고 했다가, 너무 덥다며 안지 말라고 하고, 다시 시원한 물 달라고 조르고, 엄마가 물을 가져다주지 않으니 또 울고, 그러다 더 막 물건을 집어 던졌다. 이 모든 상황은 나이트비치를 딱 죽고 싶게 할 만큼 절망적이었다.

난 캄캄한 방에 누워 내 삶을 보내는 중이야. 나이트비치가 생각했다. 쓸데없고 무기력한 기다림 속에 가장 생산적인 세월을 보내고 있어.

제발 자자. 그녀는 아이에게 애원했다. 그러고는 침대에서 조용히 눈물을 흘렸다. 너무 지쳤다. 한 시간만 아이 없이, 한 시간만 TV를 보고, 한 시간만 소파에 앉아 벽을 쳐다보고 싶었다. 딱 한 시간만. 뭐든지 하고 싶었다. 하지만 그냥 그대로 가만히 누워만 있었다. 그러다 밤 10시가 되었다.

나이트비치는 아들한테서 쪽쪽이 떼는 걸 미루고 있었다. 취침 시간을 더 힘들게 해서 삶을 더 지루하게 만들고 싶지 않았기 때문이다. 사실 요즘 쪽쪽이는 계속되는 실랑이의 근거였다. 한번은 쪽쪽이가 실수로 땅에 떨어졌을 때 그것에 달라붙은 흙 조각과 솔잎과 나무껍질에 기겁해 당장 입에 넣을 수 없게 되자 아들이 울고불고 난리를 쳤었다.

그리고 물론 밤에 깨는 문제도 생겼다. 아들은 쪽쪽이가 입에서 떨어지면 끊임없이 거듭 깨어났다. 쪽쪽이는 어둠 속에서 헤매게 했다가, 극심한 공황에 빠뜨렸다가, 어느 순간에는 위로가 되었다. 하룻밤만 푹 잘 수 있다면……. 나이트비치는 늘 이런 환상을 품었다. 다음 날 아침 어떤 기분일까, 어떤 꿈을 꾸었을까. 누구와 밤새 푹 잘 수 있을까? 완전히 다른 사람이겠지.

게다가 아들은 쪽쪽이를 물기에는 너무 컸다. 도서관에서 본 그 나이 또래의 아이들은 쪽쪽이가 없었다. 나이트비치는 도서관에 갈 때마다 그 점을 지적했다. 봤지? 아기들만 쪽쪽이 물어. 하지만 아들은 고개를 저으며 쪽쪽이를 꽉 붙잡고는 막무가내로 빨아 댔다.

나 아기야. 아들이 생떼를 부렸다. 난 아기야.

그래서 이 월요일 밤, 여전히 다시 밤샘 육아에 시달리는 데다 감정이 북받치고 피로에 찌든 나이트비치는 남편한테 짜증이 났다. 오늘 밤은 아들과 누운 두 시간 동안 쪽쪽이를 주지 않기로 했다.

평소 같았으면 요정이 등장하는 정교한 이야기를 지어냈을 것이고, 쪽쪽이를 스카프로 감싼 뒤 밖에서 완벽한 라일락 가지를 골라 요정에게 제물로 바치는 의식을 거쳤을 것이다. 하지만 나이트비치의 피가 정맥을 타고 흐르는 이날 밤, 그녀는 아들에게 멍멍이 놀이를 하자면서 계속 놀 수 있는 유일한 방법은 멍멍이로 남아 있는 것이라고 말했다.

멍멍이 규칙이야. 나이트비치의 단호한 말에 아들이 고개를 끄덕였다.

우선 멍멍이는 쪽쪽이가 없어. 그렇지? 아들은 종야등 불빛 속에서 진지하게 엄마를 바라보며 사소한 반항도 없이 노란 쪽쪽이를 건네주었다. 세상에. 진작에 이렇게 했어야 했다.

나이트비치가 계속했다. 좋아, 그럼 멍멍이는 어디서 잘까? 아들은 눈썹을 찌푸리더니 어리둥절한 몸짓으로 통통한 작은 손을 들어 올렸다. 아, 잠깐만. 나이트비치는 끙 소리를 내며 침대에서 나와 계단을 내려갔다. 그리고 거실에서 커다란 켄넬을 끌고 좁은 계단을 올라와 침실 구석, 딱 알맞은 자리에 내려놓았다. 아들이 어리벙벙하게 지켜보는 사이, 나이트비치는 그 안에 이불을 쑤셔 넣었다. 그리고 마침내 아들에게 돌아서며 켄넬을 가리켰다. 짜잔!

아들은 아기 몸집만 한 켄넬을 가리키며 말했다. 여기?

그렇지! 자, 이제 멍멍이가 자기 집을 아늑하게 하려면 뭐가 필요할까?

아들은 말 한마디 없이 자기 물건들을 모았다. 부드러운 파란색 담요, 한때 엄마의 애착 인형이었던 너덜너덜한 테디베어, 아들의 기차 베개 등. 나이트비치는 아들이 이 새로운 모험, 신기함, 흥미진진함, 그리고 밤에 하는 멍멍이 놀이에 잔뜩 신이 났다는 걸 알 수 있었다. 엄마가 아들과 놀아 주고 있다니!? 그것도 아들한테 시원한 물조차 허락하지 않은 후에! 나이트비치는 그날 밤 아들과의 눈치 싸움에서 이겼다고 생각했고, 아들도 그렇게 믿기를 바랐다.

나이트비치는 켄넬 안에 부드러운 물품을 정리하는 아들을 도왔고, 아들은 그 안에 조용히 들어가 몸을 웅크렸다. 켄넬은 아들에게 꼭 맞았다.

문을 열까, 닫을까? 그녀가 물었다.

좀만 열어. 아들이 말했다. 나이트비치는 문을 반쯤 닫고 나서 아들의 머리를 쓰다듬었다.

바닥에 책상다리로 앉은 나이트비치는 왕왕 그랬던 것처

럼 어둠 속에서 몸을 살짝 흔들며 100에서 1까지 거꾸로 세었다. 그리고 1이 되었을 때, 조심스럽게 일어나 아들의 작은 목소리와 칭얼대는 울음소리를 기대하며 침실 문으로 걸어 갔지만 아무 소리도 나지 않았다.

나이트비치는 조용히 숨을 내쉬다가 웃기 시작했다. 킬킬 대는 웃음이 걷잡을 수 없는 발작으로 변하는 바람에 복도를 계속 돌아다녀야 했고, 결국 복도 바닥에 스르르 내려앉아 울 다 웃었다. 너무 피곤하고 너무 후련해서 이제는 그 바닥에서 라도 자고 싶었다. 달콤한 승리였지만 이미 밤 10시라 무언가 를 보기에는 너무 늦은 시각이었다. 아들이 켄넬에서 꿈을 꾸 는 동안, 나이트비치는 세수를 끝내고 아주 기분 좋게 텅 빈 침대에 대자로 누웠다.


나이트비치와 함께 대학원에 다녔고 결혼과 엄마란 역할, 일과 삶의 균형에 성공한 워킹맘이 점심을 먹자고 했다.

공원에서 점심 먹는 건 어때? 워킹맘이 문자를 보냈다. 네가 아들 데리고 와 있으면 내가 쉬는 시간에 그리 갈게. 만나서 얘기 하자. 그래. 나이트비치는 생각했다. 물론이지. 워킹맘을 만 난 지 너무 오래되었다. 사실 나이트비치가 미술관에서 일할 때 잠깐 커피 마시러 만난 이후 본 적이 없었으니 다시 얼굴을 본다는 게 당연히 좋았다. 그녀는 육아맘 생활에 어떻게 적응하고 있는지, 얼마나 행복하고 어떤 성취감을 느끼는지, 이 시기는 단지 아들에게만 전념하는 순전히 좋은 엄마 역할을 할 시간일 뿐 예술이나 직업은 어째서 불필요하고 절대 안될 일인지 워킹맘 친구에게 보여 주고 싶었다. 그리고 솔직히 이건 가식이 아니었다. 이제는 적어도 조금이나마 자기가 누리는 행복을 확신하는 데다 허브 요법과 젠, 그리고 그 엄마의 활동 분야에 마음이 기울었기 때문이다. 달리 무슨 대안이 있겠는가? 너무 비참하고 화가 나니까 감정의 에너지가 세포 변화를 일으켜 암컷 늑대가 되라고? 그냥 개처럼 동네를 뛰어다니면서 이 삶을 운명으로 받아들여라!? 이건 해결책이 아니었고, 그럴 가능성도 없었다.

그래서 두 사람은 만날 계획을 세웠고, 일하는 엄마와 일하지 않는(사실 일은 했다, 그것도 너무 많이.) 엄마는 약속된 날, 약속된 시간에 나타났다.

가정의 울타리를 벗어난 뒤 일로서 가치를 인정받은 워킹맘은 월급을 받으면서 예술 작품도 만들며 현대 여성이 당연히 가져야 할 모든 걸 갖추고 있었다. 친환경 보온 가방에 완벽하게 포장된 점심, 빨면 재사용할 수 있는 친환경 밀랍 종이로 싼 샌드위치, 퇴비가 될 수 있는 식물성 전분 성분의 포크까지 있었으니, 누가 그녀를 비난할 수 있을까? 적어도 개별 포장된 짜먹는 이유식과 금붕어 크래커 봉지, 싸구려 쿠키 비닐봉지를 들고 다니는 전업 주부는 그럴 자격이 없다.

여자들은 놀이터 바로 옆 나무 그늘에서 멋진 벤치를 골랐다.

너 진짜 살맛 나겠다. 워킹맘은 나이트비치의 아들이 노는 모습을 보며 말했다.

물론이지. 나이트비치가 자랑스럽게 말했다. 살맛이 나긴 했으니까. 육아맘으로 사는 맛. 그리고 이 화창한 여름날, 나이트비치는 처음으로 진정한 감사를 느끼면서도, 가장 깊은 두려움과 꿈이 미세하지만 심오하게 변하고, 욕구와 갈망이라는 무거운 바위들이 마음속을 들썩이는 것 같았다.

아, 그렇지 뭐. 그녀가 별거 아닌 양 말하자 워킹맘이 웃었다.

워킹맘 친구는 샌드위치를 깔끔하게 한입 베어 물며 자신의 작품과 그걸 지키기 위한 노력, 자기 아이들 얘기로 쉴 새 없이 떠들기 시작했다. 그러나 나이트비치는 친구가 입을 열자마자 거의 듣지 않았다. 대신 공원과 맞닿은 숲 가장자리의 움직임에 넋이 빠졌다.

그때 동물적인 경계심에 몸이 얼어붙었다. 그곳, 아주 가까운 곳에서 아주 온순하고 아주아주 바보 같은 데다 털북숭이 꼬리가 달린 다람쥐가 쓰레기 조각을 갉아 먹고 있었다.

괜찮니? 한창 얘기하다 말이 엉켜 버린 워킹맘이 이마를 찡그리며 짧게 물었다.

쉬이! 나이트비치가 쉬쉬하며 꿈쩍도 하지 않다가 조용히 속삭였다. 미안해. 잠깐만…….

그녀는 벤치에서 조금씩 움직이며 다람쥐에게 시선을 고정했다. 그러나 다람쥐는 위협적인 무언가를 감지하고는 순식간에 가로수 쪽으로 달려갔다.

다람쥐야! 나이트비치가 다람쥐를 향해 달리면서 놀이터에 있는 아들에게 소리를 지르며 손짓으로 가리켰다.

다람쥐야! 다람쥐! 이제는 딱히 누구에게랄 것 없이 다시 소리를 질렀다. 순전히 기쁜 마음에 그 단어를 외치며 작은 동물을 뒤쫓았다. 재밌는 광경을 놓치고 싶지 않은 아들도 미끄럼틀을 휙 내려와 달렸다.

다람쥐는 숲 가장자리의 덤불 속에서 멈춰 섰고, 나이트비치와 아들도 몇 미터 떨어진 곳에서 함께 걸음을 멈췄다.

다람쥐 잡자. 아들이 중얼거렸다.

나이트비치가 아들을 아주 잘 가르쳤다. 함부로 움직여서는 안 되고 겁을 줘서도 안 된다는 사실을 잘 아는 훌륭한 아이였다. 그렇게 하는 대신 아들은 엄마의 지시를 기다렸다.

기다려야 해. 나이트비치가 조용히 말했다. 딱 네 앞에 있을 때까지 기다리다가……. 그러고는 잡아라는 말과 함께 갑자기 덤벼들었다. 그녀는 팔을 앞으로 뻗고 입을 벌린 채 포악하게 으르렁거렸다. 아들도 엄마 뒤에서 아르르르르르르르 아르르르르르 아르르르르 으르렁거리고 있었다.

다람쥐는 공포로 가득 차 두 눈을 동그랗게 뜨고 작은 코를 휙휙 움직이며 자그마한 손을 덜덜 떨었다. 나이트비치는 그 동물에게 서서히 다가갔다. 그녀가 휙 낚아챌 것이다! 이제 다람쥐는 나이트비치의 것이었다! 나이트비치가 손안에 있는 다람쥐 털을 느끼는 순간, 그 녀석이 그녀의 서투른 사람 손가락 사이를 미끄러지더니 꼬리를 휘저으며 사라져 버렸다.

아르르르르르르으으으! 나이트비치가 큰 소리로 울었다. 이제는 슬리퍼를 뒤쪽 풀밭에 내팽개친 채 팔을 쭉 뻗고 잡초 속에 드러누웠다.

아루루루우우우! 아들도 울부짖으며 엄마 옆에 털썩 드러눕더니 깔깔거렸다.

거의 다 잡았는데! 옆으로 몸을 돌린 나이트비치가 아들을 바라보며 음모를 꾸미듯 말했다. 까끌까끌한 풀잎들이 두 사람의 뺨을 찔렀다. 아들이 엄마의 머리를 쓰다듬었다.

엄마, 괜찮아. 다람쥐 말이야!

다음에는 꼭 잡자. 나이트비치가 아들을 꼭 껴안으면 말했다. 그러고는 아이를 품에 안고 일어나 워킹맘이 기다리는 놀이터로 되돌아갔다.

그냥 잡기 놀이 한 거야. 나이트비치는 워킹맘이 기다리는 벤치로 다가가며 뻘쭘하게 둘러댔다.

그게……. 적당한 단어를 찾고 있는지 워킹맘이 머뭇거렸다. ……진짜 대단하다.

늘 그렇게 놀아 줘. 나이트비치가 눈동자를 굴리며 대답하고는 엷게 미소를 지었다. 화제를 바꾸고 싶은 마음이 간절했다.

아무렴! 워킹맘이 감탄했다. 엄마 노릇이 너한테 딱 맞나 봐.

물론이지! 나이트비치가 미끄럼틀을 타고 올라가는 아들은 지켜보며 말했다. 그런 것 같아. 난 일을 하지 않잖아. 너랑은 다르지. 그러니까, 돈 벌고 작품 만들고 그런 일 말이야.

에이, 무슨 소리야. 워킹맘이 있지도 않은 부스러기를 무릎에서 털어내며 말했다. 네가 가장 힘든 일을 하면서.

난 사람들이 그렇게 말하는 게 진짜 싫어. 나이트비치가 반박했다. 물론 사실이지만.

그나저나 이번 주에 저녁 먹으러 와. 워킹맘이 마치 이 세상에서 가장 독창적인 생각을 한 것처럼 말했다. 두 사람과 대학원을 같이 다녔던 영상 제작자가 그들 모두 참석했던 프로그램의 객원 강사로 올가을 돌아올 예정이었다. 나이트비치는 잠시 부러움에 휩싸였다가 곧바로 익숙한 자기혐오에 빠져들었다. 결국 뭘 기대했던 걸까? 그녀는 허구한 날 아들과 함께 다람쥐들을 쫓아다니며 시간을 보냈다. 그들처럼 일하며 살지 않았다. 나이트비치의 최근 프로젝트는 어디에 있지? 지난 3년 동안 보란 듯이 내세울 무언가가 확실히 있기나 했을까?

그래. 갈게. 나이트비치는 가기로 했다. 그냥 재미 삼아! 일 얘기를 들으며 그들이 했던 모든 작업에 현혹되면 정말 좋을 것이다. 나이트비치는 언니이자 지지자이자 페미니스트가 되기로 했다. 전업맘으로서 거둔 보람찬 승리를 얘기하고 그들의 사회적 성공을 축하하는 동시에, 그들이 매일 단념하는 엄마 노릇과 육아를 향한 당연한 걱정에 진심으로, 적극적으로 귀 기울일 것이다. 그렇다. 모든 관점, 모든 선택은 함께 성찬을 즐기며 여성들의 응원 공동체를 이루는 저녁 식사 자리가 대신할 것이다. 누군가는 제정신이 아니라고 할지도 모를 만큼 나이트비치는 매우 긍정적으로, 매우 낙관적으로 생각했다. 얼마나 그릇된 생각을 품고 있는지조차 스스로 느끼지 못하면 가장 기본적인 충동, 예술을 창조하는 충동을 잘라 내기로 결심한단 말인가? 하지만 그럼에도 할 수 있다고 생각했고, 바랐고, 결심했다.


그 주 주말에 남편이 집에 왔을 때, 나이트비치는 그가 뒤에서 자신을 애무해 주길 바랐다. 목덜미를 물어 주길 바랐다. 싸우고 물어뜯으며 격렬한 섹스를 해 주길 바랐다. 거친 섹스가 끝나면 머리를 부드럽게 어루만지고, 머리카락을 쓰다듬으며 곧게 펴 주고, 목 아래를 문지르고, 배도 문질러 주길 바랐다.

친절하고 착한 남편은 잠자코 따라 줬다. 남편이 모든 요구를 들어주자 나이트비치는 잘했다며 칭찬했고, 남편은 그 말에 기뻐했다. 사실 그는 모든 게 다 좋았다.

나중에 남편이 말했다. 자기한테 무슨 일이 있었는지 모르겠지만 부디 변하지 말아 줘.

요청만 해. 나이트비치는 남편의 팔을 다정하게 깨물며 대답했다.

그 일은 토요일 오후 평소답지 않은 여러 가지 일 중 하나가 끝난 후에 벌어졌다. 아들이 강아지 켄넬에서 기적적으로 낮잠을 자는 동안에 부부는 켄넬을 그 애의 방으로 옮겼고, 나이트비치는 헝클어지고 더러워진 침대 시트 속에서 남편과 함께 뒹굴었다. 부부의 조화로 만들어 낸 맑고 탁 트인 공간에서 고요함이 속삭였다. 남편이 아들을 낮잠에서 깨우는 동안, 남편의 목소리를 들으며 여전히 벌거벗은 채로 침대에 누워 혼자만의 시간을 갖지 않았더라면 나이트비치는 이 고요함을 놓쳤으리라. 굉장한 섹스 후 드물게 아이가 곁에 있지 않은 이 상쾌하고 고요한 기분을 만끽하고 있을 때, 문득 두려움이 목덜미를 간지럽히며 서서히 파고들었다. 그 두려움은 개들과 보낸 신비로운 밤 이후 계속 그녀 주변을 맴돌고 있었다. 이 감각에 집중하도록 내버려 둔다면 금방 거기에 사로잡혀 휩싸이게 될 것 같았다. 2주 전에 개로 변했던 일은 대체 어떤 의미란 말인가? 그리고 누가 혹은 무엇이 변신의 원인이었을까? 어떤 힘이 나이트비치를 탄생시켰을까? 그녀는 이런 질문들을 충분히 고민하지도 않았고, 어떤 어둠이 인간성의 가장 깊고 암울한 틈새에 있는 생명체, 괴물, 짐승을 불러냈는지 곱씹어 보지도 않았다. 어차피 스스로 감당할 수 없는 방종이었기에, 내면에 공처럼 단단히 뭉친 두려움에 대해 곰곰이 생각하지도 않았다. 이제는 침대에서 일어나 아이와 집, 자신의 행복을 돌봐야 한다. 정신을 차려야 한다. 간단히 말하면 가족을 위해서. 왜냐하면…… 달리 어쩌란 말인가? 나이트비치가 산산조각 나면 그들이 일궈 낸 모든 것, 즉 이

집과 가족과 삶이 모두 산산조각 날 것이다. 그러니 흐트러질 수는 없었다. 합리적인 이유가 있을 거야. 나이트비치는 자신을 일깨우며 바로 그 이유를 찾기로 결심했다. 대체 누가 설명해 줄 수 있을까. 완다 화이트가 아니면 다른 이는 그럴 수 없는 걸까?

집 안에 맴도는 화목한 분위기와 그녀를 둘러싼 모든 게 부서질지도 모른다는 두려움에 나이트비치는 이번 주말에 완다 화이트에게 다시 메일을 보냈다. 첫 이메일을 보낸 후 답장도 받지 못했거니와 주소(새크라멘토 대학교 계정의 공식 이메일 주소)가 정확한지, 아니면 부고 소식은 발견하지 못했으나 완다 화이트가 여전히 살아 있는지도 궁금했다.(다른 책의 출판일과 나이트비치가 잡다하게 모은 자료로 미루어 보면 완다 화이트는 분명 80대나 90대였다.) 사실 나이트비치의 인터넷 검색 능력이 꽤 늘었는데도 화이트에 관한 정보를 많이 찾을 수 없다는 게 이상했다.(나이트비치는 대상 단어와 유사하거나 그리 유사하지 않은 모든 단어에다 그 조합어까지 샅샅이 뒤지는 식으로 폭넓게 검색했다.) 남편에게 화이트에 관해 이야기하고 싶어도 화이트는 물론, 우상이 되어 버린 여인들, 화이트의 어렴풋하면서도 거대한 생각을 어디서부터 어떻게 설명해야 할지조차 확신할 수 없었다.

나 요즘 이 책에 꽂혔어. 남편이 주방 식당에 앉아 작업용 노트북의 설정을 확인하는 사이, 나이트비치가 『신비한 여인들에 대한 현장 안내서』를 그쪽으로 흔들며 화제를 꺼냈다.

아, 그래? 남편은 고개도 들지 않고 대답했다. 어떤 책인데.

세상에 있는 신비한 여인들을 다룬 이상한 현장 안내서인데, 왠지 사실인 것 같아. 나이트비치가 계속 말을 이었다. 이 책을 쓴 여자가 교수거든? 그런데 정말 이상하게도 내가 읽은 내용이 이제껏 느끼거나 생각해 왔던 것들과 마법처럼 딱 맞아떨어져. 휴대전화 광고처럼 말이야.

남편이 책을 곁눈질했다.

멋진데, 내가 봐도 돼?

돌연 그 책의 지혜를 보호하고 싶었는지, 나이트비치는 무의식적으로 책을 가슴에 대고 움켜쥐었다. 남편에게 보여 주는 게 옳지 않은 일 같았다. 이제는 너무나 개인적이고 심지어 거룩하게 느껴지기도 하는 책이었다. 이 책을 읽는 동안, 자신보다 더 위대한 존재, 화이트와 그녀가 언급한 여인들과 교감해 왔다. 그래서 이 책이 문득 너무 신성하고 다정하게 느껴져 남에게 과시하는 게 꺼려졌다. 특히 남편에게는. 남편은 이 책을 올바른 시각으로 보지 않을뿐더러, 나이트비치가 이 책과 관련되어 온 방식, 즉 지금까지 그녀가 했던 일, 바로 그 관련성을 인정하지 않을 게 뻔했다. 이 책과 화이트를 향한 돈독함이 깊었기에 그녀는 남편이 이 책을 들춰 보는 게 달갑지 않았다.

물론. 나이트비치는 여전히 책을 가슴에 꼭 움켜쥔 채 말했다. 내가 다 읽고 나면.

그냥 잠깐 볼게. 남편이 아내에게 돌아서서 손을 내밀었다. 아내가 보여 주기 싫어한다는 느낌이 들자, 이제는 더욱 보고 싶어졌다. 잠깐만 줘 봐. 남편이 재촉했다.

일단은 내가 뭘 좀 써야 해. 나이트비치가 자기 노트북이 있는 방으로 걸어가며 말했다.

자기야! 떠나는 아내를 향해 남편이 외쳤다.

나이트비치는 책상에 앉아 무릎에 책을 올려놓았다. 화이트는 왜 답장이 없을까? 그녀는 열정이 꺾여 몹시 상심한 10대처럼 궁금해했다. 그리고 바로 그 자리에서, 목구멍까지 차오르는 간절한 갈망을 담아 메일을 써 나갔다.

WW

다시 인사드립니다. 일전에 보낸 메일에 대한 답장을 기다렸지만, 아직 아무 연락이 없으셔서 다시 메일을 씁니다. 부디 제가 번거롭지 않길 바랍니다. 누군가 말했듯이 "영적으로 이끌려" 메일을 보내고 있어서요. 교수님의 책과 연구가 저에게 깊이 와닿았기에, 제 가장 사적인 생각과 욕망을 알아주고 이렇게 친근한 글로 써 내려간 사람을 꼭 알고 싶었습니다.

혹시 여행 중에, 교외에 사는 미국인 주부나 중서부의 작은 마을에 사는 엄마에게서 동물적 습성을 발견한 적이 있으신가요? 혹시 평소보다 털이 더 많기도 했을까요? 좀 공격적이기도 하고 울부짖기 일쑤였나요? 사실 정신병 얘기는 아니고요. 뭐랄까, 그냥 개처럼 장난기가 많기도 하고, 모성애가 좀 별난 경우를 보셨는지 궁금했습니다.

부디 말씀해 주세요. 그런 여인을 만난 적이 있는지요? 그렇다면 제게 연락해 주실 수 있으신지요?

또 미국 중심부에 있는 작은 마을에서 신비한 여인이 되는 방식에 관한 일종의 청사진이 있으신가요? 정치, 공공 담론, 심지어 날씨마저 불길하게 변한 이 시대에 합리의 세계와 상상의 세계 사이에서 어떻게 존재해야 하는지에 대한 일종의 지침서를 기록하셨을지요?

『신비한 여인들에 대한 현장 안내서』 말고는 교수님이나 교수님의 작업에 관한 어떤 정보도 온라인에서 찾을 수 없었어요. 그래서 교수님의 오랜 경력과 출판 이력을 더 알고 싶었습니다.

너무 주절주절 떠들었네요. 이만 마칩니다. 건강하세요.

MM

그리고 그때 모든 상황이 딱 맞아떨어지기 시작하는 것 같았다. 수많은 인터넷 기사와 선의의 사람들이 제안한 대로였다. 아들이 이제 켄넬에서 혼자 자려고 할 무렵에 때마침 나이트비치의 성생활도 다시 활기를 띠었고, 엄마 친구들을 사귀었고, 감히 말하자면 멍멍이 놀이로 엄마라는 삶을 살짝 더 즐기기도 했고, 경력에 대해서도 걱정이 들지 않았다. 나이트비치의 모성이 하나로 뭉치는 것 같았다. 사실상 마음대로 외출을 즐겼고, 무엇보다 주말 저녁에는 오래된 대학원 친구들, 즉 함께 점심을 먹었던 다정한 워킹맘과 옛 친구인 영상 제작자와 어울렸다.

얼마나 신기한 일인가! 얼마나 기쁜 일인가! 성공한 여성들과 함께 누군가가 요리한 저녁 식사에 화이트 와인 한 잔을 곁들여 마시며 고무적인 대화를 나눈다는 것! 서로의 입장을 존중하고 감탄하며 각자의 시련과 고난을 나눌 기회가 있다는 것!

대학 강사로 일한 워킹맘은 그들이 주문하기도 전에 자신의 작업에 관해 설명했다. 그녀는 인스타그램 게시물을 예술 작품으로 재구성함으로써 도용과 예술적 소유권, 공적 페르소나의 개념을 복잡하게 만들며 대립시켰다. 워킹맘이자 워킹 예술가로서 모든 것을 완벽하게 해내는 이 여성은 인스타그램 게

시물을 대규모로 인쇄하는 것만으로 모든 작업을 끝냈다. 그게 바로 그 예술이었다. 물론 큐레이션과 병렬 배치의 힘이라는 주장도 있었지만, 실제 그런 논란이 있었을 때 워킹맘은 인스타그램을 검색해 사진 몇 장을 찾아낸 뒤 대형 프린터를 구입하여 바로 짠! 하며 작품을 선보였다. 나이트비치는 그 사실을 워킹맘의 웹사이트와 《타임스》에서 읽었고, 《타임스》는 워킹맘의 최근 작품이 50만 달러에 팔렸다고 보도했다.

또 다른 대학원 친구인 영상 제작자는 보는 자와 보이는 대상 간의 상호작용과 우리가 현실을 중재하는 방식을 실험해 왔다. 나이트비치는 무척 참신한 작업 같다고 생각했다. 말하자면 그 프로젝트에 반영된 독창적인 생각이 실제로 존재하는 것 같았다. 이 친구는 최근 켈리 비엔날레 쇼에서 그야말로 제대로 볼 수 없는 두 개의 영상을 보여 주었다. 하나는 전기가 갑자기 흘렀다 꺼질 때마다 영상이 켜졌다 끊기기를 반복했는데, 이는 정보와 힘/전력의 관계를 생각하게 하기 위한 것이었다. 나이트비치는 설치하기 성가신 작품이라 느꼈지만, 사실 딱히 설치도 필요 없었고 예술가의 진술만 있으면 족했다. 영상 제작자 친구가 설명한 다른 작품은 같은 날 같은 공간에서 연기하는 여자 배우와 함께 자신의 하루 24시간을 실시간으로 촬영한 것이라고 했다. 친구는 그 영상에 대해 이렇게 말했다. 누군가 지켜보는 동안 진정으로 우리 자신이 될 수 있을까 어쩌고저쩌고. 나이트비치는 고개를 끄덕이며 미소를 지었다. 그럼, 물론이지.

그래서 요즘 어떻게 살고 있어? 친구들이 물었을 때 나이트비치는 더듬거리며 빙그레 웃었고, 얼굴을 붉히며 잠시 벽을 빤히 바라봤다. 그러고는 모성의 야성, 요즘 엄마에게 솟구치는 폭력을 향한 충동, 분노의 변형적인 힘에 관해 이야기했다. 친구들은 눈을 가늘게 뜨고는 의아하다는 듯 고개를 갸웃거렸다.

지금은 구상 단계에 있을 뿐이야. 나이트비치가 덧붙였다. 하지만 궁극적으로는 퍼포먼스 작품이 될 것 같아.

와. 워킹맘이 놀라워했다. 그리고 영상 제작자가 말을 이었다. 네 작업은 항상 너무 극적이었어. 물론 나이트비치는 이렇게 말하고 싶었다. 그게 대체 무슨 말이야? 난 적어도 예술에 오명을 씌우는 허튼 소셜미디어 프로젝트는 하지 않잖아. 네가 쭉 완전 노잼 작업을 할 거라면, 시대에 딱 걸맞은 일을 하는 거겠지. 하지만 나이트비치는 침착하게 고개를 끄덕이며 아무 말도 하지 않았다.

이 모임은 즐거운 저녁 식사, 대학원 친구들 간의 동창회 같은 거 아니었나? 그중 한 명은 8년 만에 처음 만났고? 출발은 아주 좋았다. 어떻게 지냈니로 시작해 가족 근황을 서로 묻고 이 친구, 저 친구의 얘기를 들으며 수다를 떨었다. 하지만 곧 나이트비치는 그 모습을 보며 지금 무슨 일이 일어나고 있는지를 똑똑히 알게 되었다.

옛 친구들은 나이트비치보다 더 많은 일을 하고 있었다. 사실, 아주 많이. 세 사람은 모두 동료이자 다정한 경쟁자였다. 수년 전 대학원 시절, 심지어 아들이 태어나기 직전까지만 해도 막상막하였다. 하지만 그 이후 친구들은 앞으로 쭉쭉 나아갔고 비범하다는 말을 들을 정도로 재능과 솜씨가 상당히 발전했지만, 나이트비치는 예술가 명함을 펀치로 구멍 내고 육아맘이라는 땅에 머물렀다. 하루 종일 쭉쭉이를 물리는 끔찍한 여자들 틈에 아들을 놔두기 싫었다. 아들을 품에 안고, 뺨에 입을 맞추고, 목 내음을 맡고 싶은 마음이 간절했다. 젖을 물리는 동안은 울고 싶지 않았는데, 애가 잠들 때면 계속 눈물이 났다. 끔찍한 여자들이 있는 어린이집에서 아들은 종일 잠을 자지도, 자려고 하지도 않아 피곤하고 지쳤다. 그래서 나이트비치는 아들을 키득키득 웃게 하지도, 아들이 가장 좋아하는 책을 읽어 주지도 못했다. 미술관에서 일하며 자신만의 작업에 몰두할 수도 없었고, 남편이 출장을 가면 애를 혼자 돌봐야 했다. 하는 수 없이 그녀는 아이를 선택했다. 내 아이, 내 아들, 아이의 매력은 꿈처럼 들뜨게 했다. 그래서 아이 외에 나머지는 모조리 뒤로했다. 그리고 지금은. 지금은.

　이 여자들(이 친구들!)도 아이들이 있었지만, 한 명은 50만 달러에 예술 작품을 팔았고 입주 보모를 두고 있었다. 다른 한 명은 끔찍한 여자들이나 어린이집 시설 따위에 신경 쓰지 않았거나, 아니면 적어도 그런 불만을 드러내지 않든지 굴하지 않는 능력이 있었다. 그래서 미취학 아동 시절부터 방과 후 프로그램이 있는 어린이집 종일반에 맡겼다. 영상 제작자가 수없이 얘기했기에 나이트비치는 이 사실을 알고 있었다. 웃기지! 세 번째 와인을 마신 후 그 친구는 후회하지 않는다고 했다. 후회하지 않아! 그러고는 나이트비치의 와인 잔과 잔을 부딪치며 활짝 웃었다. 모순되는 감정 없이, 작업실에서 일하는 자신과 다른 곳에 있을 아이에 대해 강하고 확고한 목표가 있었다. 그래서 이 두 여자, 이 성공한 여자들은 당연히 자기네가 이룬 많은 성공에 관해 의견을 나눴다. 갤러리 큐레이터나 예술계 에이전트의 이름을 들으면 서로 흥분하며 연락처를 주고받고, 한 명이 새로운 쇼를 발표한다는 말에 기뻐하며 비명을 지르면 다른 한 명은 새로운 보조금을 자랑했고, 서로 내년도 레지던시 일정과 교육 공연을 비교했다.

　나한테 주어진 기회가 너무 많아. 워킹맘이 말했다. 솔직히 지루한 일들은 그만둬야겠어. 하루 24시간이 빠듯하거든.

나이트비치는 고개를 끄덕이며 그 심정을 이해한 것처럼 보이길 바랐다. 모든 창의적 작업은 시간이 늘 부족하지. 그래, 당연해.

나이트비치는 먹음직스러운 연어 조각을 얹은 케일 샐러드를 주문했는데, 아무리 먹어도 접시에는 케일만 도드라졌다. 그래서 웃고 있는 입속에 열심히 떠 넣으며 씹고 씹고 또 씹었다. 친구들이 원형 테이블 반대편에 있는 서로에게 의자를 돌려 사실상 자기네끼리 얘기하고 또 얘기하는 동안, 나이트비치는 그저 케일을 씹고만 있었다.

난 소구나. 나이트비치가 명상에 잠겼다. 나는 고즈넉한 푸른 들판에 있는 선(禪) 소야.

이 명상은 배 속에 확고히 존재하며 솟구치려 하는 되새김질에 대항하는 데 필요했다. 갑작스러운 욕지기와 함께 나이트비치는 변해 버린 삶에 대한 모든 분노와 슬픔, 모든 실망감이 억눌러져 있었음을 깨달았다. 배 속에는 위대한 사고와 특이한 관점의 소유자인 재능 있고 용감한 젊은 여성이 묻혀 있었다. 그 젊은 여성은 창자 속에 쓰러져 때를 기다리고 있거나, 아니면 죽었거나, 무수한 똥에 질식해 버린 상태였다. 그리고 나이트비치가 여전히 떠들썩한 분위기에 동조하는 이곳, 고풍스러운 작은 대학 도시의 매력적인 벽돌 건물 사이에 비집고 들어선 환한 조명의 식당 테이블에는 한 중년의 엄마가 앉아 있었다. 상당 시간 동안 예술계를 떠났고 더는 신인도 아니지만, 그렇다고 모습을 드러내지도 않고 심지어 예술계에 소개되지도 않는 여자. 몇몇 아주 사소한 지역 행사와 이런저런 기사를 제외하고는 전혀 등장하지도 않고 곧 떠오를 희망도 없는 여자. 물론 이건 결코 나이트비치가 바라보는 자기 모습이 아니었다. 그녀는 아직 무한한 시간과 잠재력과 기회가 남아 있고, 그렇게 늙지 않았고, 삶이 아직 끝나지 않았다는 생각을 계속 간직해 왔다. 그러나 테이블에 앉아 화이트 와인 두 잔과 케일 한 접시를 해치우다 보니, 자신은 그런 존재가 아니라 한마디로 보잘것없는 사람에 불과하다는 걸 깨달았다. 그리고 지금 그녀를 보는 친구들처럼, 대화에 낄 만한 흥미로운 생각이나 의견은 하나도 없이 와인만 홀짝이는 말 없고 무기력한 여자로 자신을 바라봤다. 워낙 재미가 없어서 친구들조차 30분간 그녀를 없는 사람 취급했다. 고의는 아니었다. 단지 나이트비치가 대화에 끼어들지 않았을 뿐이다.(진짜 고의가 아니었을까? 나이트비치는 재능이 있었다. 계속 현장에서 일했더라면 그 친구들만큼 성공했을 것이다. 그리고 친구들이 이 사실에 모두 공감하며 그들 모두를 공평한 경쟁의 장에 올려놓는 공동의 합의로 여길 줄 알았다. 솔직히 나이트비치는 이 중 어떤 것도 의식적으로 고려하지 않다가 바로 이 순간이 되어서야 이렇게 한심한 맥락에서, 이렇게 한심한 방법으로 자신을 바라볼 수밖에 없었다.)

처음에는 울지도 모른다고 생각했지만, 그다음에는 훨씬 더 나쁜 짓을 벌일 것 같았다.

나이트비치가 나타나기 전 그 긴 몇 달 동안의 분노와 절망 감이 걷잡을 수 없이 모조리 밀려들었다. 분명 친구들은 이 모든 상황에 아무런 고의가 없었고, 모욕을 주려는 의도도 없었으며, 솔직히 말하면 사실은 나이트비치를 생각할 여지조차 없었다. 하지만 이러한 배려심 부족이 나이트비치에게 가장 큰 상처가 되었다. 그래서 그녀는 친구들의 대화에 더는 끼어들지 못했다. 정감 어린 농담의 일원이 되고 싶었던 게 아니라, 초대를 받아도 거절하고 싶었다. 적어도 그럴 자격이 있었다. 그리고 결국 남편이 느긋하게 신문을 읽으며 조용한 가게에서 커피를 홀짝이는 끔찍한 상상과 함께 그 기나긴 날 동안 기차놀이를 하고, 낮잠은 꿈도 못 꾸고, 유아용 변기 앞에서 배변을 격려하고, 늘어나는 기차선로와 기차들에 치였던 기억이 되살아났다.

점점 분노가 제멋대로 치밀어 올랐다. 아들이 거실 바닥에 몸을 던지며 발로 차고 발톱으로 할퀴고, 그 과정에서 다쳐서 더 심하게 징징댔을 때처럼 울화통이 터지기 일보 직전이었다. 나이트비치는 그 분노를 멈출 수도, 멈출 생각도 없었다. 분노를 터뜨리거나 드러내야 했다. 더는 그대로 놔두고 싶지 않았다. 예의 바르고 성숙하며 이해심 있는 신중한 사람이 되겠다는 명분으로 자기 내면을 갈기갈기 찢지도, 애끓지도, 잠결에 이를 갈거나 위험을 무릅쓰지도 않기로 했다.

그리고 그 일은 영상 제작자가 농담할 때 벌어졌다. 봐 봐, 내가 우스갯소리로 나르시시스트가 될 것 같다고 하잖아. 그런데 나 사실 나르시시스트 맞아. 그 순간, 나이트비치가 의자에서 벌떡 일어나 테이블을 확 뒤집어엎었다. 은식기가 바닥에 와르르 떨어졌고 유리컵이 옆으로 날아갔다. 컵 안에 있던 물이 워킹맘 무릎에 쏟아지자, 말문이 막힌 워킹맘은 눈은 크게 뜬 채 입을 O자 모양으로 벌렸다. 굉장한 포효와 함께 식당이 쥐 죽은 듯이 조용해지며 어안이 벙벙하고 섬뜩한 침묵에 빠져들었다. 나이트비치는 그 자리에 서서 숨을 가쁘게 헐떡였다. 이미 분노에 휩싸여 제대로 숨을 쉴 수 없는 지경이었다.

그녀는 여자들을 향해 으르렁거리더니 짖고 짖고 또 짖었다. 눈을 감은 채 억지로 동물 소리를 내뱉는 사이, 복근은 맹

럴하게 수축했고 수년간 케겔 운동으로 다져진 골반저근이 위아래로 들썩거렸다.

난 내 질로 호두를 으스러뜨릴 수 있어! 나이트비치는 누구에게랄 것 없이 무작정 소리를 질렀고, 그제야 주변 사람들이 또렷이 눈에 들어왔다. 맞은편에 앉은 '예술가' 친구 중 한 명은 직사광선을 피하듯 눈을 가렸고, 다른 한 명은 입술을 씩움직이며 미소를 지었다. 그들 뒤편에 있던 노인은 황당한 표정으로 입을 떡 벌렸다. 옆자리에 앉은 어린 여자애는 엄마 품으로 파고들었고, 딸의 머리카락을 쓰다듬은 엄마는 쉿 소리를 내고는 괜찮다고 속삭이며 나이트비치를 노려봤다.

곧바로 모멸감을 느낀 나이트비치는 땀을 흠뻑 흘렸고, 시끄럽게 헐떡이던 숨을 서서히 멈추며 어쩌면 지금 조기 폐경이라는 고통 속에 있는 건지도 모른다고 잠깐 생각했다. 그런 다음, 울지 않으려고 무진장 노력했음에도 뜨거운 눈물을 흘리며 가방과 외투를 주섬주섬 챙겼다.

워킹맘이 달래는 듯한 낮은 어조로 뭔가 말하려는 순간, 나이트비치가 손을 들었다.

됐어. 차갑게 거부한 나이트비치는 두 발로 걷는 인간의 추진력보다 더 많은 회오리를 일으키며 괴물처럼 육중한 걸음으로 식당을 빠져나가려 했다. 격한 감정에 휩싸여 문을 향하는 동안 냅킨을 탁자에서 날려 버리고 컵을 뒤집어엎으며 지나간 모든 곳을 어지럽혔고, 발을 헛디뎌 비틀거리다가 코를 힝힝대기도 했다. 완전히 개로 변하기 전에 그곳을 벗어나는 게 목표였지만, 평생 케일만 씹을 것처럼 있던 터라 붉은 고기 냄새에 도저히 견딜 수가 없었다.

그러다 식당 문 옆에 있는 2인용 의자 앞에 돌연 멈춰 섰다. 그 자리에는 젊은 커플이 있었고, 왼손에 반짝이는 반지를 낀 여자가 사랑스럽게 생글거리고 있었다. 나이트비치는 반쯤 먹다 만 여자의 햄버거를 접시에서 집어 들어 한입 베어 물고는 빵과 양상추, 양파와 토마토를 바닥으로 떨어뜨리며 식당을 나갔다. 여자는 몸을 뒤로 젖히며 간신히 비명을 참았다. 나이트비치는 고기 패티를 입에 쑤셔 넣어 씹고 침을 흘리며 길을 따라 걸어갔다. 웅덩이가 널려 있는 골목길을 질주했고, 시내를 벗어난 뒤로는 눈에 띄지 않기 위해 관목 사이로 뛰어들어가 어둠 속에서 숨을 헐떡이다 콧소리를 내며 흐느꼈다.

자연보호구역을 향해, 마을 한가운데 자리 잡은 어둡고 편안한 숲으로 향해 걸어갔다. 나무 아래 어둠 속에서 울부짖고, 으르렁거리고, 동네를 향해 흐르는 시냇물 물줄기 속에서 울고 뒹굴고 싶었다. 그렇게 오래 뒹굴다 보면 얼음장처럼 차가운 물이 피가 나고 아픈 발을 마비시켜 줄 것 같아서 그러기로 했다. 그곳으로 가는 도중에 어디선가 샌들을 잃어버렸지만, 물에 닿는 촉감이 너무 좋아서 작은 울부짖음을 내뿜기도 했다. 코에서 뚝뚝 떨어진 콧물이 뜨겁고 더러운 눈물과 섞였다. 나이트비치는 몸을 지탱할 수 있는 무언가를 찾아 둑에서 쓰러진 통나무를 밀어내고 관목을 잡아당기며 개울 속에서 위태롭게 달렸다. 아들이 태어난 이후 몇 년 동안 쌓인 분노와 슬픔, 광기를 죄다 쏟아내고 모든 걸 엉망진창으로 만들어 대혼란을 일으키는 게 목표였다. 나이트비치는 그 모든 것을 허벅지의 주름진 살, 몸통에 달린 슬픈 작은 내장에 모두 저장하고 있었다. 밤낮으로 짙게 드리운 다크서클은 도저히 지울 수 없었다. 지치거나 화가 나거나 슬플 때마다 언제나 그랬던 것처럼 이제는 손가락 관절이 아파 왔다.

아, 저 여자들! 저 끔찍한 여자들! 나이트비치는 흐느끼듯 중얼거리며 숲속 깊은 곳으로 텀벙 뛰어들다가 쓰러진 통나무 위에 앉아 눈물을 흘렸다. 이런 감정은 고등학교 이후 처음이었다. 중학생 때였을까? 부족하고 소외되고 서투른 사춘기 감정을 극복해야 한다는 것만으로도 한심하다는 생각이 들었다. 그녀는 이미 성인이었다. 그래서 이따위 감정은 느끼고 싶지 않았다. 말도 안 되는 일이었다. 하지만 수십 년 동안 그래 보지 않은 것처럼 계속 조용히 흐느꼈다.

지난 몇 년간의 엄청난 노력, 모든 실망, 그리고 자발적 희생에도 좋은 엄마가 되지 못했다는 걱정, 다시는 예술계로 돌아가지 못할 것 같으며 이제는 이 삶이 자기 본분이라는 불안함, 모성 그 이상의 것은 아니라는 좌절감, 이 모든 감정에 픽 짓밟힌 것 같아 울고 또 울었다. 마치 가슴 아픈 10대가 우는 것처럼. 며칠 전만 해도 아내로서, 엄마로서, 엄마 멍멍이로서, 사실은 엄마 멍멍이를 완전히 통제하고 있는 사람으로서 상쾌한 성욕을 누리며 가족과 함께 평범하고 평온하며 멋진 주말을 보내지 않았나? 지난 몇 주간 예술을 향한 갈망을 부인하고 충동을 억제하고 욕망을 이용하는 심리적 노력을 고되게 한 덕분에, 진실하고 평화로운 만족감이 찾아온 것 같았다. 하지만 아까 만난 일하는 엄마들, 그 예술가들이 나이트 비치가 수백 번 지새운 밤과 예술 없이 보낸 수천 번의 오후를 비통하게 했다.

그래서 난생처음 듣는 소리, 분노와 숨결, 갈망과 슬픔에 북받친 길고 거친 소리로 으르렁거렸다. 그 소리에는 끔찍하고 엄청난 힘이 있었다. 모든 근육이 그 소리를 밀어내기 위해 긴장하고, 복근은 팽팽해지고, 목은 바싹 조였다. 발가락이 긴장되며 손톱이 손에 파고들었다. 특별한 무언가를 향해 걷잡을 수 없이 내지르는 동물의 우짖음. 마음 깊은 곳에 있던 모든 감정의 폭발.

나이트비치 옆, 가려진 굴에 있던 너구리 한 마리가 특유의 매서운 소리로 반응했다. 너구리의 반짝이는 두 눈을 보는 순간, 나이트비치는 앞뒤 재지 않고 깜깜한 둑 속으로 곤두박질쳤다. 난데없이 등장한 너구리에 깜짝 놀라 화가 머리끝까지 났다. 어떻게 감히.

너구리를 휙 낚아채 능숙하게 목을 부러뜨린 나이트비치는 사체를 사납게 물어뜯은 뒤 개울로 첨벙 던져 버렸다. 그러고는 머리를 뒤로 젖힌 채 하늘을 꽉 채울 만큼 크게 울부짖다가 집을 향해 필사적으로 달리며 눈물을 흘렸다. 아드레날린이 솟구치고 근육에 피가 넘쳐흐르는 동안 맹렬하게 돌진했다.

화창한 오후 아들과 함께 물속으로 돌을 던진 곳과 기차선로 바로 너머에 있는 곳을 지나 곧이어 집 뒤뜰에 도착하는 길에 나이트비치는 작은 설치류 세 마리와 가여운 토끼 한 마리를 도살했다. 불행히도 그들은 나이트비치가 지나는 길목에 있었다.

뒤뜰 풀밭에 배를 깔고 몸을 쭉 뻗은 그녀는 흙냄새를 맡으며 부드러운 초록 잎사귀에 얼굴을 닦았다. 다리도 긁혔고, 팔도 긁혔고, 손은 더럽고, 피투성이였다.

집 안으로 성큼성큼 들어섰지만, 언제나 그랬듯이 남편에게 집에 왔다는 다정한 인사를 건네지 않은 채 곧장 화장실로 가서 문을 잠갔다. 더러워진 옷을 벗고 엉겨 붙은 머리에서 잔가지를 뽑았다. 샤워기를 최대한 뜨겁게 튼 뒤 물 아래에 서서 마음을 추스르며 밤을 지새웠다.

손님방 침대에서 울다 잠든 나이트비치는 남편과 아들보다 일찍 일어나 조금 더 울었다. 읽지 않은 문자가 26개나 와 있는 전화기는 아예 꺼 버렸다. 다시는 그 친구들과 마주할 수 없을 것 같았다.

타인을 배려하는 자신에게 화가 났고, 실패자처럼 느껴져서 화가 났다. 사실 자신을 실패자로 여긴다는 건 실제로 실패자가 되는 첫걸음 아니던가? 그런 식으로 생각할 수는 없었다. 생산적이지 않았다. 하지만 그녀가 오직 바라는 건 바보 같은 영화를 보고 잠옷 바람으로 지내는 것뿐이었다. 물론 그럴 수 있었다. 아들과 함께 있는 것 말고는 세상 어디에도 있을 필요가 없었으니까. 아무 할 일도 없었고, 그녀의 전문 지식에 기대는 사람도 없었고, 신나서 새 작품을 기대하는 사람도 없었다. 맞다. 두 살짜리 아이 말고는 나이트비치를 원하는 사람이 아무도 없었다. 그러니 화장실을 사용하는 척하며 찔끔찔끔 우는 것만 빼면 원하는 건 뭐든 할 수 있었다.

불쾌하기 짝이 없는 고양이는 무식하게 야옹야옹거리다가 나이트비치가 끈적끈적한 소스가 든 역겨운 깡통 사료를 먹여 주자 그제야 시끄럽게 핥아먹었다. 냉동 소시지 네 개를 꺼내 가스레인지 위 작은 프라이팬에 넣은 나이트비치는 토스터에 냉동 와플을 떨어뜨리고 바나나를 썰고 딸기를 씻었다. 젖은 빨래를 세탁기에서 건조기로 옮기는 동안에는 주먹으로 벽을 마구 때려 부수고 싶었다. 스펀지로 주방 식탁을 닦고, 돌아서서 아들용 작은 플라스틱 탁자를 닦을 때는 새의 머리를 뜯는 상상도 했다. 그러고 나서 코를 풀고 커피를 마시며 뉴스를 들었다. 가족에게 아침을 먹인 뒤에는 남편이 여행 가방에 넣어야 할 물건들을 찾아줬다. 그 불쌍한 남자는 자기 소지품을 제대로 챙기지 못했으니까. 남편은 그때마다 늘 없었다. 이 바보 멍청이! 그러니까 뭐가 어디 있는지 모르는 게 당연하지!

아내의 문제가 뭔지 알고 싶어 하는 남편에게 나이트비치는 단지 월경 주기, 즉 중년 호르몬의 변덕 때문이라고 얘기했다. 남편이 걱정하며 말했다. 글쎄, 여태 자기가 이렇게 우는 걸 본 적이 없어. 나이트비치는 그저 남편을 뿌리치며 다시 울기 시작했다.

나 갱년기야. 그녀는 계속 흐느끼며 더 깊은 절망감에 빠져들었지만, 결국 10분도 채 지나지 않아 얼굴에 미소를 띠었다. 남편에게 폐를 끼치고 싶지 않았다. 남편은 좋은 사람이었고, 아내 걱정으로 또 다른 스트레스를 받을 필요가 없었다. 그렇다고 남편이 출장을 간 후에도 아내 걱정을 한다는 건 아니다. 나이트비치는 남편이 집을 떠날 때 아내의 감정 상태를 그리 고민하지 않으리라 생각했다.

이튿날 아침, 나이트비치는 남편이 깨어나길 기다리며 준비한 아침 식사와 따뜻한 커피 한잔을 내놨다. 식사한 남편은 여유롭게 볼일을 보고 긴 샤워를 했다. 나이트비치가 건조기에서 꺼낸 따뜻하고 깨끗한 옷이 변기 위에 깔끔하게 개어져 방향제까지 살짝 뿌려진 채 그를 기다렸다. 정작 나이트비치는 점점 더 자기혐오에 빠져들었다. 이제 남편 차가 슬슬 출발하자 증오에 찬 생각들이 그녀를 사로잡았다.

나는 언제쯤 여유롭게 똥을 싸려나. 나이트비치는 씁쓸한 생각이 들었다.

아무리 애써도 그 씁쓸함에서 빠져나올 수는 없었다. 그래서 만화 방송을 켜고 아들 옆에 누워서 벌레 두 마리가 상대방 머리를 나무 망치로 내리치는 장면을 보며 미친 듯이 웃었다. 애가 보기에는 너무 폭력적이었지만, 아들은 그 모습이 재밌는지 손뼉을 치며 깔깔거렸다. 그렇다. 나이트비치는 나

뿐 엄마, 끔찍한 엄마였다. 그때 또다시 꼬르륵 소리가 들렸다. 그래서 자리에서 일어나 아침을 먹으러 갔다. 가족들 끼니를 챙기는 건 기억하면서도 정작 자신의 식사는 깜빡했다. 하지만 사료를 먹은 지 한 시간도 채 지나지 않은 그 끔찍한 고양이가 싱크대 앞 양탄자 모서리에서 기다리고 있었다.

쓰레기통에서 썩어 가는 감자 냄새가 코를 찔렀다. 공기는 너무 건조했고, 바깥 구름은 너무 자욱했고, 아침은 너무 잿빛이었다. 나이트비치는 열린 냉장고 앞에 웅크린 채 낑낑거렸다. 끔찍한 고양이의 끔찍한 캔 사료 말고는 집에 고기가 한 조각도 없었고, 그 와중에 고양이는 또다시 징징대다가 쉴 새 없이 야옹거렸다. 나이트비치는 고양이 접시에 새 캔 사료를 퍼 담으면서 킁킁대며 냄새를 맡았다. 맛이 궁금했지만 너무 끈적거리고 흐물거리는 데다 정체가 너무 불분명해서 식욕이 당기지 않았다. 그래서 고양이가 물컹한 고기 더미를 칠칠 흘리며 꿀꺽꿀꺽 삼키는 모습을 혐오스러워하며 지켜보기만 했다. 목욕 가운을 널브러트린 채 미지근한 커피 한 잔을 홀짝이며 고양이를 노려보고 부글대는 사이, 아들이 보는 만화에서 딩딩거리고 삐삐거리는 소리가 났다.

뉴스를 들으려 했지만, 그러한 행동이 오히려 피에 굶주린 마음만 부추길 뿐이었다. 그래서 뉴스를 끄고 싱크대 옆을 왔다 갔다 했다. 찬장을 뒤지며 욱신거리는 머릿속을 멈추게 할 무언가를 찾았고, 소염진통제조차 눈에 띄지 않아서 찬장 문을 쾅 닫았다. 그러다 아무거나, 뭐든 자르려고 칼을 집어 들어…… 사과나 당근, 망할 육포 같은 걸 찾으려고 뒤돌아서다가 두 번째 아침 식사를 막 끝낸 멍청한 고양이를 밟았다. 고양이는 이상하리만치 조용하게 발 바로 뒤에서 서성이던 중이었다. 당연히 발을 헛디뎌 주방 바닥에 세게 널브러진 나이트비치는 고양이를 호되게 꾸짖었고, 깜짝 놀란 고양이는 초록색으로 변한 눈을 크게 뜬 채 만화에서 볼 법한 가냘픈 다리로 동그란 몸을 통통거리며 거실 쪽으로 잽싸게 내뺐다.

나이트비치의 무릎은 고통스럽게 고동쳤고 엉덩이도 마찬가지였다. 너무 화가 나 말문이 막힌 그녀는 눈을 이글거리며 고양이를 쫓아 달려갔다. 그리고 뒷다리를 붙잡아 단단한 나무 바닥 위로 질질 끌어당긴 뒤 가슴에 칼을 꽂았다. 그런 게 가능할 줄 몰랐지만 고양이의 눈이 더욱 커졌다. 초록색 눈 이면에는 어떤 지성이라 할 만한 게 전혀 보이지 않았다. 그저 둔한 본능, 그 멍청한 동물이 살아남기 위한 최소한의 본능만 있을 뿐.

나이트비치는 부드러운 고양이 배 둘레로 칼을 휙 그었다. 꽉 끼는 바지처럼 쩍 갈라졌다. 고양이의 가슴에 대고 으르렁거린 나이트비치는 몸을 구부려 목덜미를 이빨로 덥석 물었다. 맹목적인 분노에 차서 벌떡 일어나 동물의 몸을 앞뒤로 흔들었다. 작게 삑삑대는 숨소리와 함께 고양이의 몸에서 힘이 빠졌다. 하얀 진열장과 낡은 나무 바닥에 피가 사정없이 튀겼다. 보라색 창자가 상처에서 미끄러져 나와 젖은 스카프처럼 앞뒤로 뒤집혔다. 나이트비치의 턱 아래와 가슴 위로 걸쭉한 온기가 퍼져 나갔다. 황홀경에 빠진 그녀는 더욱 매섭게 고개를 앞뒤로 휘둘렀다. 창자와 장기가 나이트비치의 얼굴을 찰싹 때리며 바닥에 떨어졌다. 나이트비치는 더 세고 격렬하게 고개를 흔들며 주방 구석구석에 피를 뿌렸고, 툭 하는 날카로운 소리와 함께 고양이는 체념한 듯 완전히 늘어졌다. 그제야 나이트비치도 멈췄다. 맨발과 발가락 사이로 피가 흘러내렸다. 그녀는 입에 물고 있던 것을 양손에 떨어뜨린 뒤, 냄새를 맡고 코로 쿡쿡 찌르며 동물적 호기심으로 샅샅이 살폈다. 사체를 바라보다 낯선 몽상에 사로잡힌 나이트비치는 강렬하고 엄청난 혼란에 휩싸인 채 그대로 서 있었다.

이제야 기억을 떠올려 보니 최근 몇 주간의 사건들이 이해되기 시작했다. 물론 어릴 때부터 이런 일을 잘 알았다. 애팔래치아 산기슭의 작은 언덕에서 늙은 부모님과 살며 옛 독일 방식대로 자란 덕이다. 그 두텁고 어두운 언덕은 수십 년, 수백 년의 비밀을 계곡에 품고 있었다. 나이트비치는 항상 바삐 움직이는 어머니의 손을 지켜보곤 했다. 어머니는 가느다란 실로 복잡한 천사들을 뜨개질하고, 허브 정원에서 일하고 나면 직접 따온 허브를 묶어 부엌 처마에 매달아 말리고, 죽은 닭에서 살코기를 깨끗이 발라낸 뒤 닭 가슴뼈 사이에 손가락을 끼워 해체

하고, 창문 불빛에 위시본*을 비춰 보며 그 뼈를 숭배하고, 딸기 그릇 위에서 과일칼을 이리저리 휙 움직이고, 냉동고 상자를 서로 접어 비닐봉지와 함께 일렬로 정리하고, 붓고, 비틀고, 고정하고, 쌓고, 자기 키보다 높은 덤불을 뒤지며 수많은 블루베리를 찾고, 곱슬머리를 긁고, 지쳐서 눈이 감겨도 남편 목에 매듭을 매 주고, 반죽하고, 비누 거품 밑에서 더러워진 포크를 찾았다. 어머니가 고기 창고에서 1년 내내 입던 짙은 두꺼운 지퍼가 달린 남색 코트와 어머니의 손아귀 힘도 기억났다. 어머니는 지퍼를 단단히 올린 뒤 고기의 얼어붙은 양쪽 면을 위로하듯 쓰다듬었다. 그 손길에 따라 고기도 마치 위로받은 듯 탄력 있게 흔들렸다. 창고 안에 있는 단 하나의 전구가 고기 근육과 뼈에 차갑고 강한 빛을 비췄다. 그래서 나이트비치는 어릴 때부터 피 냄새가 어떤지, 폭력의 결과가 무엇인지 알고 있었다. 부모님과 그분들이 믿는 종교는 평화주의를 주장했으나 그 삶에는 매일 폭력이 있었고, 닭 머리와 금이 간 달걀, 건초 더미 속 작은 둥지에 있는 죽은 새끼 고양이, 피를 흘리며 삼발이에 매달린 돼지, 나무 틈에서 서서히 썩어 가는 사슴 사체도 있었다.

나이트비치의 어머니는 원래 가수가 되고 싶어 했다. 그것도 오페라 가수. 모든 소리를 능가하는 성량에, 허공에 울려 퍼

---
* 조류의 가슴뼈 앞에 있는 Y자 모양의 뼈.

지면 날카롭고 투명하고 완벽하게 변하는 목소리를 지녔다. 우선 어머니는 얼굴을 머리카락으로 덮어 일요일마다 교회 4부 합창단에서 노래를 불렀다. 그곳에서는 어우러지는 게 미덕이었다. 자신보다 합창단을 우선시하는 게 미덕이었고, 어머니는 평생 그렇게 했다. 어머니가 아직 어렸을 적, 아직 소녀였을 때 수요일 밤 예배에서 홀로 노래를 부른 적이 있었다. 청중석에는 누구의 사촌인지 모를 대도시에 사는 친척이 지방의 정취를 느끼고자 그 자리에 참석했다. 예배가 끝난 후, 그 남자가 어머니에게 다가가 빳빳한 흰색 손수건으로 눈물을 훔치고는 지금껏 들어 본 적 없는 목소리라며 감탄했다. 극단에서 일했던 남자는 후원자가 되어 줄 테니 유럽 최고의 성악 학교에서 공부하자며 명함을 건넸다. 어머니는 이 명함을 오르골 바닥에 숨겨 두었다. 하지만 가족들은 유럽에서 노래하는 꿈 자체가 어리석음의 극치이자 허영의 극치라고 여기며 반대했다. 어머니는 어른이 되면 꼭 가수가 되겠다고 다짐했지만, 나이트비치는 그 사실을 꿈에도 몰랐다. 그래서 그 이야기가 시작되고 끝날 때마다 이렇게 말했다. 전 조금도 몰랐어요. 그러고는 항상 어머니에게 묻곤 했다. 그래서요? 그래서요? 나이트비치는 못 견디게 알고 싶었지만, 어머니는 늦은 시간이니 인제 그만 자러 가자며 더 오래, 더 크게 웃었다.

한동안, 심지어 어머니가 완벽한 딸을 낳은 후에도 유럽행에 대한 이야기는 끊이지 않았다. 말이 너무 많아지면 분위기가 험악해지고 대화의 내용은 이기심의 영역으로 넘어가기 십상이었다. 아버지는 어머니에게 한 개인은 교회에 그리 중요한 존재가 아니라고 되새겼다. 아버지는 좋은 사람이었지만, 어머니는 특별했다. 나이트비치는 더운 여름밤, 잔디밭에 맨발로 앉은 어머니, 지금은 검은 잔디로 변해 버린 온 사방에 오페라를 흘려보냈던 전축, 지금은 거무스름해진 공기와 움직이지 않는 나무들을 떠올렸다. 어린 나이트비치는 매일 밤, 열린 창문을 통해 흘러나오는 오페라와 꽃무늬 치마를 입고 맨발로 잔디밭에 누워 별을 올려다보던 어머니와 함께 잠이 들었더랬다. 그러던 어느 날 밤, 나이트비치는 어머니가 풀밭 밖에서 여우와 너구리와 늑대 무리에게 공격당하는 꿈을 꿨다. 새끼 고양이처럼 야옹거리던 어머니는 동물 중 한 마리가 공격할 때마다 사랑스럽게 쓰다듬었고, 그 녀석이 어머니를 잡아당기면 야옹거렸다. 어린 나이트비치는 내면에서 자라는 큰 절망감을 느끼며 꿈속의 창문으로 그 모습을 지켜봤다. 난 알고 있었어. 나이트비치가 중얼거렸다. 늘 알고 있었어. 그녀는 숨을 헐떡이며 어머니를 찾으러 내려가서 안전하게 계신지 확인했다. 잠에서 깼는데도 꿈은 여전히 살아 있었다. 모든 게 혼란스러웠다. 어머니가 고양이들과 함께 밖에 있다니? 하지만 나이트비치의 어머니는 고양이를 좋아하지도 않았다. 아니, 잠깐만. 어머니는 노래를 부르고 있었다……. 그리고 나이트비치는 달빛 아래에서, 어머니가 꿈쩍도 하지 않은 채 잔디밭에 누워 있는 모습을 보았다. 혹시 돌아가셨을까 봐 두려워서 곧바로 부른 그 순간, 어머니가 갑자기 일어나 얼굴을 닦았다. 왜 울어요? 어린 딸이 묻자 어머니는 대답했다. 안 울었어. 피곤해서 그래. 자러 가자.

다만 그때부터 새끼 고양이들이 나이트비치를 졸졸 따라다녔다. 매일 아침 나이트비치가 버스까지 한참을 걸어가도 계속 따라왔다. 나이트비치는 눈물을 훌쩍이면서 고양이들에게 돌을 던져 따라오지 말라며 꾸짖고 집으로 돌아가라고 했지만, 그녀의 손가락에서 우유 비슷한 맛이 난다는 걸 알았던 고양이들은 손가락을 핥으며 따뜻한 재킷 속으로 파고들고 싶어 했다. 나이트비치는 고양이들이 더는 따라올 수 없게 안으로 데려가자고 부모님께 애원했다. 걔들이 집에서 그렇게 멀리 돌아다녔다간 나이트비치가 버스에 오르면 영원히 길을 잃을 게 뻔했다. 험난한 찻길에서 하루 종일 울고 굶주리고 추위에 떨던 새끼 고양이들이 숲속을 헤매다 여우에게 잡아 먹히는 모습이 상상되었다. 나이트비치가 부모님께 울면서 애원하는 동안, 새끼 고양이들은 그녀의 절망을 보며 눈이 휘둥그레졌다.

어린 딸이 흐느끼는 모습에 당황한 부모님은 고양이들이 괜찮을 거라고 단호하게 말했다. 그러다 버스 놓칠라. 부모님이 딸을 문밖으로 밀어내며 말했다. 부모님은 새끼 고양이들을 보살피지도 않았다. 그저 동물이니까. 어린 나이트비치는 버스 정류장까지 약 1킬로미터쯤 되는 거리를 되도록 빨리 달렸다. 울면서 달리는 동안 다리가 뜨거워지고 턱 끝까지 숨이 차올랐다. 나이트비치는 새끼 고양이들을 자기 자식처럼 사랑하며 소중히 여겼다. 하지만 부모님은 전혀 관심이 없었다. 이때부터 나이트비치는 부모님과의 사이에 끔찍한 틈이 있다는 걸 알게 되었다. 결코 완벽하게 메울 수 없는 틈. 그래서 버스를 기다리는 동안 무척 외로웠다. 얼굴은 축축했고 신발은 진흙투성이였다. 그 당시 공기는 늘 차가웠는데, 예상했던 것보다 더 차가웠다. 햇살이 내리쬐지 않는 하늘 밑 깜깜한 숲에 영원한 그늘이 드리운 것 같았다.

나이트비치는 해결책을 찾아 외가 쪽 할머니를 찾아갔다. 주름진 얼굴에 눈도 거의 멀다시피 한 할머니는 가족 소유지에 있는 작은 집에 살았고, 지극히 평범한 드레스와 지극히 평범한 신발 차림으로 미소를 지으며 볕 좋은 곳에 앉아 있었다. 할머니는 영어를 거의 안 하는 대신 난해한 독일어로 중얼거리는 분이었지만, 그래도 어린 손녀는 주문을 걸어 달라고 부탁하러

갔다. 할머니에게는 각종 주문이 적힌 작은 책이 있었는데, 그 수첩의 낡은 표지에는 독일어로만 적은 헥스 사인과 낯선 상징들이 있었다. 새끼 고양이들을 안전하게 보호할 주문이 필요해요. 나이트비치는 작은 현관 앞 등받이가 똑바른 의자에 조용히 앉아 있는 할머니에게 말했다. 할머니는 활짝 웃으며 손녀를 데리고 마늘과 흙, 양초 왁스 냄새가 풍기는 작은 오두막집으로 향했다. 그리고 낮은 탁자에서 작은 책을 꺼내 부드럽게 펼쳤다. 할머니가 좀 더 자세히 보려고 탁자에서 돋보기를 꺼냈을 때, 손녀는 할머니가 그 빛바랜 단어들을 어떻게 읽는지 궁금해했다. 적당한 페이지를 찾아 한동안 들여다보던 할머니는 책을 들고 식탁으로 향하더니, 선반에서 항아리를 꺼내고 무거운 금속 냄비를 불 위에 올려놓은 뒤 아까 펼쳐 뒀던 책을 틈틈이 확인했다. 손녀가 지켜보는 가운데, 할머니는 말린 허브와 생 허브를 냄비에 쏟아붓고 조잡한 싱크대에 달린 수동 펌프에서 물을 끌어와서 조심스럽게 양을 맞췄다. 그런 다음 손녀에게 잔디밭에서 민들레 꼭지 세 개를 따오라고 했다. 손녀는 고분고분하게 할머니 말을 따랐다. 그늘진 집 안으로 돌아와 보니 할머니가 작은 설치류 사체를 냄비 안에 살포시 집어넣는 모습이 보였다. 모든 재료가 하나로 섞인 냄비가 끓을 때까지 두 사람은 카모마일차를 마셨다. 냄비가 다 끓자, 할머니는 수건으로 손잡이를 감싼 채 냄비를 불 위에서 내린 뒤 목초지 가장자리의 울타리 선으로 가져갔다. 끓는 혼합물을 울타리 아래와 옆에 버리는 동안 독일어로 조용히 중얼거렸다.

이제 됐다. 할머니가 말했다. 손녀는 할머니의 허리를 껴안으며 세월의 향기를 맡았다. 이보다 더 사랑하는 사람은 없었다. 다음 날, 혼합물을 부은 자리에 있던 잡초가 모두 죽었고 설치류 사체도 사라졌다. 그리고 새끼 고양이들은 나이트비치가 학교에 갈 때 둥지에서 잠이 들었다.

나이트비치의 어머니는 선량하고 책임감이 강하고 독실했다. 그리고 늘 딴생각에 빠지거나 머리가 아프거나 낮잠을 잤다. 아니면 이렇게 말했다. 그냥 좀, 날 좀 내버려 두렴. 할머니랑 그 책은 잊어. 진지하게 생각해야지. 분별 있게 행동해. 그래서 어린 나이트비치는 어머니가 자꾸 그녀를 문밖으로 밀어내고 있다고 생각했다. 멀리 저 멀리, 아주 빠르게. 처음에는 버림받았다고 여겼지만 이제는 그게 뭔지 알 것 같았다. 그건 바로 어머니가 주는 최고의 사랑이었다. 얼마나 많은 세대의 여자들이 자기네의 위대함을 뒤로한 채 시간을 허비하며 결국 그게 완전히 사라질 때까지 방치한 걸까? 남자들이 자기네 시간을 다룰 줄도 모르는 동안, 얼마나 많은 여자들이 시간을 다 소모해 버렸을까? 게다가 그런 행위들을 거룩하거나 이타적이라고 표현하는 건 얼마나 비열한 속임수인가. 모든 꿈을 포기한 여성들을 찬양하는 건 또 얼마나 사악한 짓인가.

나이트비치는 이 모든 일을 너무 오랜만에 떠올렸고, 너무 오랜만에 숙고해 보았다. 집을 떠나 독립했을 때 엄청난 망각이 있었기 때문이다. 의도적인 망각. 어린 시절을 잊는다는 건 그 망각에서 살아남음을 의미했다.

나무와 뼈를 이용한 프로젝트, 놀이터 설치물 재봉 등은 조용한 애팔래치아 산기슭에서 자라며 익힌 기술들을 대변했다. 꿀벌을 키우고, 양초를 만들고, 양모를 빗질하고, 물레를 돌리며 실을 엮고, 양파와 마늘을 말리고, 야채 주스로 사진을 현상하고, 뭐든 완벽하게 굽고, 장식용 수술을 하나로 만들고, 무슨 노래든 부르고, 숲속에서 온갖 동물을 추적하는 등 나이트비치는 다 알고 있었다. 게다가 자신의 현재 방위(方位)를 알았고, 얼굴만 보고도 빠른 조랑말과 느린 조랑말을 구별할 줄 알았다. 나이트비치는 평생 혼자 살아갈 수 있을 만큼 충분히 지식이 있었지만, 남편은 전자 기술과 공학 능력으로 돈을 버는 사람이었다. 그녀는 세상을 만들 줄 알고 그 세상을 살아갈 사람을 낳을 수 있는데도.

그리고 그 사람, 나이트비치에게 가장 예쁜 아들은 어떤가? 매일 아침 아들이 눈을 뜨면 입에서 나오는 첫 마디가 엄마였다. 그녀는 아침마다 아들을 침대에서 들어 올려야 했다. 아이는 너무 작았고, 졸음마저 이기지 못했다. 일어나면 옷을 입히고, 먹이고, 씻기고, 놀아 주고, 노래하고, 간지럽히고, 하늘 높이 그네를 밀고, 잡기 놀이를 했다. 아들은 늘 엄마가 필요했다. **엄마, 나 좀 봐 봐.** 깨어 있는 거의 매 순간 그렇게 엄마가 지켜보길 바랐다. 부드러운 작은 손을 엄마 얼굴에 갖다 대고는 봐 줬으면 하는 쪽으로 그녀의 머리를 움직였다. 그리고 이 몸짓으로 나이트비치는 장차 다가올 미래, 이 세상 모든 게 아들 중심으로 펼쳐지게 될 미래를 보았다. 깼을 때나 잠들었을 때, 아들과 어디를 가든, 무엇을 사든, 그녀의 시선은 아들에게만 향해 있다. 나이트비치가 조심하지 않으면 아들은 세상을 자기의 모든 변덕에 굴복하는 곳으로 여길 것이다. 사실 아들을 정말 사랑하기 때문에 굴복하고 싶기도 했다. 하지만 가장 힘든 순간, 예를 들어 피범벅이 된 축 처진 고양이를 쥐고 있던 순간에 나이트비치는 그 천진난만한 작은 영혼에게 점점 분개하고 있었다. 아들은 삶이 아주 편안했고, 항상 보살핌을 받으며 원하는 건 뭐든 가질 수 있다는 걸 알았다. 세상이 자기 방식대로 움직인다고 생각했다. 나이트비치는 아들을 부정하고 싶지도, 그애의 삶을 더 힘들게 하고 싶지도 않았지만 이미 마음을 끌어당기는 무언가를 느꼈다. 아들이 기본적인 **책임감**을 느끼게 하는 것. 아들에게 아니, 안 돼, 못 해라고 분명히 말하는 것. 그리고 물론, 온 세상이 아들에게 하려는 말에 맞서 아이를 훈련해야 한다. 그리고 이렇게 말해야 한다. 봐 봐. 엄마는 네 전부가 아니야. 오직 너만을 위해 있는 게 아니란다. 하지만 말할 것도 없이, 그녀는 궁극적으로 아들의 전부이자, 자신의 전부였다.

3부

맙소사.

나이트비치의 고양이.

솜뭉치.

멍청하고 귀여운 작은 털북숭이. 말랑이. 양탄자. 푹신푹신한 발과 끊임없는 야옹 소리. 나이트비치는 한때 조그만 장식품으로 고양이를 꾸미고 싶었다. 고양이가 앉은 모습이 완벽한 원뿔 모양이라 크리스마스트리를 닮았기 때문이다. 발레리나. 아기. 아, 세상에.

스스로 만든 피투성이 난장판 속에 얼마나 오랫동안 서 있었을까? 만화 두 편 볼 시간쯤? 다섯 편? 아들은 주방에 들어서자마자 피범벅이 된 엄마 얼굴과 역시 피범벅이 된 손, 나이트비치가 검은 털 뭉치를 물어뜯을 때 어깨에서 흘러내린 피 묻은 겉옷, 발 곁에 있는 검은 털 뭉치에 놀라 꼼짝도 하지 않았다. 피범벅이 된 수납장, 피범벅이 된 바닥, 피범벅이 된 천장.

얼어붙은 아들은 눈을 동그랗게 뜬 채, 털 뭉치를 보다가 엄마를 보다가 다시 털 뭉치를 바라봤다.

안 돼, 아들! 대체 나이트비치가 무슨 짓을 저질러 버린 걸까? 그녀는 가만히 서서 아들을 지켜봤다. 이쪽으로 살짝 다가온 아들은 엄마의 가운 냄새를 맡더니 죽은 고양이의 냄새를 맡았다. 그러고는 사체를 코로 쿡쿡 찌르고 고양이의 발을 들어 올렸다. 발이 힘없이 툭 떨어졌다.

아들은 다시 엄마를 쳐다보며 낮고 기쁘게 짖더니 피투성이가 된 사체를 작은 발로 툭툭 건드렸다.

오, 애야. 나이트비치는 희뿌연 날의 메마른 공기, 그리고 피 묻은 가운을 입은 엄마와 잠옷 차림의 아들이 주방에서 고양이 사체를 보며 기뻐하는 현실에 정신이 번쩍 들었다. 아들은 죽은 고양이를 쿡쿡 찌르며 우짖었다. 작고 순수한 발가락에 피가 묻었다. 나이트비치는 이게 어떻게 보이는지, 어떤 의미인지 설명했다. 그녀는 아들의 완벽한 피부에 피가 묻는 것도 싫었고 아이가 이 광기에 말려드는 것도 싫었다. 이 모든 상황을 멈추고 가라앉혀야 했다. 멍멍이 놀이든 뭐든. 세상에, 나이트비치는 대체 무슨 생각을 했던 걸까?

아무 생각도 하지 않았다. 그게 다였다. 그저 순수한 감정, 순수한 갈망, 순수한 분노였다. 그런 짓을 벌이는 데 무슨 생각이 필요할까.

가여운 고양이. 바닥에 있는 고양이, 이제는 털 뭉치가 된 동물을 쓰다듬으며 나이트비치가 말했다. 그녀는 죽은 고양이의 굳은 눈동자를 들여다봤다. 배 아래 있는 끔찍한 상처로 쏟아져 내리는 보라색 내장이 보였다. 나이트비치는 그 내장을 다시 안으로 밀어 넣으려 했다. 이윽고 싱크대 아래에 있는 수건을 집어 사체를 감쌌다. 이 불경한 상황을 고귀하게 보이도록 하고 싶었다.

오, 이런. 그녀가 말했다.

야옹이 잡았다! 죽음의 냄새에 혈기가 왕성해진 아들이 소리를 질렀다. 나이트비치는 더욱 깊은 시름에 빠져들었다. 멍멍이 놀이가 너무 지나쳤던 게 아닌지, 통제 불능이 된 자신이 선을 넘은 건 아닌지, 아들이 어릴 적 기억에 평생 시달리는 건 아닌지, 심지어 어떤 이들이 틈만 나면 아동학대니 잘못된 육아니 정신 질환이니 하며 흉보는 건 아닐지 걱정했다. 아니, 주방이 온통 피투성이잖아. 대체 누가 이런 짓을 했을까? 나이트비치는 곧바로 꼼꼼하게 청소해야 했다.

불쌍하고 가여운 고양이. 나이트비치가 거듭 말했다. 이건 사고였어. 엄마가 야옹이한테 걸려 넘어졌는데……. 여기서 말문이 막혔다. 그러니까 엄마가 이 가엾은 야옹이한테 너무너무 화가 나서 미쳐 버린 게 아닐까? 싫어하긴 해도 죽일 만큼은 아니었는데? 정말 너무너무 귀여웠지만, 또 너무너무 멍청했잖아?

두 사람은 고양이를 빤히 바라봤다.

먹어? 아들이 한참 고민한 끝에 물었다.

오, 안 돼. 나이트비치가 아들의 정수리를 만지며 말했다.

야옹이는 먹는 게 아니야. 뒤뜰에 묻어야 해. 작별 인사도 하고. 야옹아, 우린 널 사랑했어. 넌 우리 친구였어.

그래서 두 사람은 오후 내내 뒤뜰에서 땅을 팠다. 처음에는 삽으로, 그다음에는 손으로 팠다. 파낸 흙을 뒤로 흩뿌리며 땅속으로 점점 더 깊이 파고들었다. 그 작업은 한마디로 기쁨이었다. 신선한 참흙 냄새, 꿈틀거리는 지렁이, 서로 덥석 당기고 당기고 또 당기는 굵은 나무뿌리까지.

마침내 고양이가 들어갈 만큼 구멍이 깊어졌을 때 두 모자는 어느새 검게 그을렸다. 얼굴은 진흙투성이였고 손가락은 얼얼했지만, 여전히 재미 삼아 해 볼 만한 일이었다.

그들은 낡은 아기 이불로 고양이를 감싸 땅에 눕혔다. 아들은 엄숙하게 바라보았다.

이제 좋은 말로 야옹이를 보내 줘야 해. 나이트비치가 말했다.

야옹아. 넌 정말 귀여웠고 네 야옹 소리도 종소리처럼 예뻤어. 우리 고양이가 되어 줘서 고마워.

야옹이가 부드러워. 아들이 말했다. 그러고는 구멍으로 뛰어들어 마지막 남은 미개봉 깡통 사료를 고양이 옆에 두었다.

나이트비치는 이제 두려웠다. 정말정말 두려웠고 첫 변신과 밤의 질주 이후보다 훨씬 더 두려웠다. 그리고 이 감정을 외면하기는커녕 점점 더 빠져들었다. 20대 때 술을 너무 많이 마신 뒤 이튿날 아침 막연한 두려움을 느꼈던 순간과 똑같았다. 대체 무슨 짓을 했을까? 어디에 있었을까? 그녀는 '변화'가 필요했다. 그리고 꼭 반드시 정신을 차려야 한다. 이제는 걷잡을 수 없는 분노와 비참함에 휩싸여 이런 짓을 계속할 수 없을 때라고 필사적으로(다시 한번) 결심했다. 특히 아들 주변에서는 더욱. 가엾고 상냥하고 작은 천사 같은 아들. 절대 해치지 않을 아들이지만 그녀가 고양이에게 한 짓을 보라. 그건 정말 끔찍한 짓이었고, 나이트비치마저 공포에 질렸다. 마치 운전사 없는 스쿨버스가 광분하는 아이들을 가득 태우고 절벽을 향해 돌진하는 것처럼, 아들의 목덜미를 이빨로 물고 늘어지는 생각이 뇌리에 쓱 지나쳤을 때는 너무너무 겁이나 눈물을 흘렸다. 이제는 정말로 목표를 세우고 성과를 거두는 데 기대야 한다. 무슨 일이 있어도 진짜로 정상 궤도로 복귀할 것이다. 깊고 깨끗한 숨을 들이쉰 나이트비치는 한때 어머니가 항상 당부한 것처럼 분별 있는 사람이 되기로 했다.

세상의 공포가 마음속에서 휘몰아치는 동안에도 이제 그녀는 침착한 모성을 유지해야 한다. 커피는 그만 마셔야 한다. 채소를 더 많이 먹고 고기는 요리해야 한다. 집을 청소하고 산책하러 가야 한다. 매일 밤 똑같은 시간에 자고 똑같은 시간에 일어나야 한다. 사회성도 넓혀야 한다……. 하지만 나이트비치는 감히 집을 나서지 못한 채 공예품을 만들고 기차놀이를 하고, 요리하고, 잔디를 돌보는 데 전념하며 조용한 일주일을 보냈다.


우선 주방 위아래를 청소했다. 물과 식초로 구석구석 닦아내고, 아들에게 양동이와 걸레를 주고 바닥 여기저기에 엎지르라고 했다.

엉망진창으로 만들어! 나이트비치가 거품투성이의 양동이를 가리키며 말했다. 아들이 눈을 점점 크게 뜨더니 진지하고 지저분하게 자기 임무를 시작했다. 물청소가 끝난 후에는 진공청소기를 아들 손에 쥐여 주며 나뭇가지나 잎사귀, 흙먼지를 모두 빨아들이도록 했다. 아들은 타의 추종을 불허하는 열정으로 이 일을 해냈다. 그리고 나이트비치는 오븐을 벽에서 살짝 멀리 밀어내 아들이 그 뒤에 있는 거미줄을 빨아들이게 했다. 아들은 거미줄이 투명 플라스틱 용기 속으로 효율적이고 만족스럽게 빨려 들어갈 수 있도록 마분지를 한 장씩 찢어 청소기 흡입구 끝에 끼웠다.

주방 청소가 끝난 후에는 침실 대청소가 시작됐다. 나이트비치가 구겨진 침대 커버를 쭉쭉 잡아당기며 매만지는 동안, 아들은 침대 밑으로 뛰어들어 엄마 일을 방해했다. 엄마와 아들은 침대 시트 틈에서 낡은 테니스공 두 개와 생가죽으로 만든 뼈 모양 장난감, 아들의 목줄을 끄집어냈다. 이 보물을 이미 잊었던 아들은 발견을 축하하는 뜻에서 목줄을 머리 위로 번쩍 들었다. 그리고 양끝에 매듭이 있는 짧은 줄도 찾았는데 이건 씹거나 당기기에 딱 좋았다. 나이트비치는 천장 선풍기 날을 뒤덮은 두꺼운 먼지도 닦아 냈다. 그리고 개 밥그릇 주변 바닥에 묻은 물도 닦았다. 또한 옷 더미를 싹 모아 말끔하게 정돈한 침대 위에 모두 던졌다.

맨투맨 바지와 스포츠 브래지어, 티셔츠가 쌓여 있는 침대 밑에는 아들의 잠자리 동화책들이 수북했고, 그 맨 아래에는 『신비한 여인들에 대한 현장 안내서』가 깔려 있었다. 나이트비치는 오늘 밤 이 책을 다시 읽기로 했다! 하지만 결심을 하자마자 의구심이 들었다. 이 책을 과연 믿을 수 있을까? 이 책이 정말 독창적인 자료일까? 현실적으로 신화민속지학 전문가에게 과학적 권위를 기대할 수 있을까? 어째서 완다 화이트는 이메일을 무시했을까?

그럼 뭐 어쩔 건데? 나이트비치가 자신에게 물었다. 이 시기에, 이 상황에서, 뭘 어떻게 할 거야? 아무리 정신 차린다고 해도 그 답은 논리의 땅, 의사와 처방전의 땅, 동료 심사를 거친 저널의 땅, 망할 태양이 동쪽으로 뜨고 서쪽으로 지는 땅에 있지 않다는 게 분명했다. 그렇다. 그 질문에 대한 답은 태양이 거꾸로 움직이는 땅, 예술가와 점쟁이, 죽마(竹馬)를 타고 있는 사람들만이 거주하는 땅에 있었다. 그리고 신화민속학자인 화이트는 실제로 그런 땅 출신이 아니었던가? 과학자든 뭐든, 화이트는 비슷한 여정을 걷고 있었다. 그래서 나이트비치는 『신비한 여인들에 대한 현장 안내서』를 읽고 그 내용을 마음에 새기곤 했다. 요즘 그녀의 마음은 현실적으로 감당할 만한 다른 게 거의 없었기 때문이다.

야생 토끼를 죽이는 것과 가족 같은 고양이를 죽이는 것,

특히 소름 끼치게도 어린 아들이 집에 있는 동안 그런 짓을 벌였다는 건 별개의 일이었다. 나이트비치는 아들이 엄마 옆에 누워 조용히 코를 고는 낮잠 시간에 이 문제를 골똘히 생각했다. 물론 두 사람은 즐겁게 고양이를 묻었지만, 아무리 회복력이 좋은 아들이라 해도 주방에서 본 엄마의 모습을 머릿속에서 지울 수는 없을 것이다. 선홍색 피로 번들거리는 손, 공중에서 움찔거리는 검은 털 뭉치, 그리고 낡은 나무 바닥으로 미끄러지는 검푸른색과 보라색의 동물 내장, 새로 칠해야 하는 주방 바닥. 나이트비치가 널빤지를 닳도록 아무리 문질러도 주방 바닥은 핏자국으로 얼룩져 있었다.

망할. 그녀는 혼잣말로 중얼거렸다.

그리고 또 반복했다. 망할.

남편은 금요일에 집에 돌아올 테고, 늘 그랬듯 고양이부터 찾을 것이다. 그러면 뭐라고 대답해야 할까?

나이트비치는 이 문제를 아주 오래 숙고했다. 그리고 어떤 상황을 제시하는 게 가장 좋은 방법인지 고민했다. 최소한의 충격만 받을 수 있도록, 부드러운 깃털처럼 남편의 이마에 살포시 내려앉을 수 있도록, 너무너무 가벼워 그이가 전혀 느낄 수 없도록.

남편은 과민하게 반응하거나 엉뚱한 결론을 내리는 사람

도 아니었지만, 위험을 감수하거나 좋게 봐야 하는 일들을 그냥 넘어가는 사람도 아니었다.

거짓말을 해야 할까? 덜 잔인한 시나리오로 사실을 바꿔야 하나?

그리고 아들은 오늘을 기억할 수 있을까? 아들은 겨우 두 살이었다. 나이트비치는 두 살 때 일을 전혀 기억하지 못했다. 그러니 어쩌면 영구적 기억으로 남는 것을 비롯해 다른 손상을 입는 일은 피할 수 있지 않을까?

결국 모든 일을 끔찍한 사고로 날조해야 한다. 요리용 주철 냄비를 불 위에서 조리대로 옮기다 우연히 고양이 위에 떨어뜨렸다고 하면 어떨까? 아니면 그 가엾은 고양이가 거리에 납작하게 뻗어 있었고, 익명의 운전자는 이미 거리 반대편에서 멀리 달아나고 있었다고 둘러댈 수도 있다. 뺑소니였어! 이렇게 단언하면 된다.

하지만 물론 아들이 무엇을 봤고, 무엇을 알고, 무엇을 기억하는지가 문제였다. 아들은 분명 엄마 손에 묻은 피나 가장 호기심 많을 고양이 내장에 관한 이야기를 자발적으로 발설할 것이다. 진실을 너무 많이 왜곡할 수는 없었다. 나이트비치는 생각에 생각을 거듭하다가 마침내 완전히 합리적인 해명을 찾아냈고, 좀 더 생각에 잠겼다가 낮잠을 자는 아들 옆에서 잠이 들었다.

그날 밤, 오후 낮잠과 아침에 있었던 끔찍한 일 때문에 제대로 잘 수가 없었다. 아무리 잠을 청하려 해도 도무지 잠이 오지 않아서 결국『신비한 여인들에 대한 현장 안내서』를 펼쳤다. 그리고 완다 화이트가 "정말 희귀한 종"이라고 거론한 포식성 여인들에 관한 내용을 읽었다. 화이트에 따르면 그 여인들은 "비록 무서운 종이긴 해도, 자기 자신을 해칠지언정 자기 새끼는 절대 해치지 않았다."고 한다.(완다에게 신의 가호가 있기를, 나이트비치는 안도하는 마음으로 생각했다.) "예를 들어 매우 지독한 아포테카리아 부족은 17세기 후반 아사 지경에 있었지만, 새끼들을 배불리 먹일 뿐 아니라 살도 찌웠다. 대신 그 종의 어른들은 하나씩 죽어 나갔다."

화이트는 계속 설명했다.

신비한 여인들이 종족의 번영을 위해 치열하게 헌신했다는 더 큰 증거는 시베리아의 웨어마더에서 찾을 수 있다. 이들은 유난히 종잡을 수 없는 종이다. 어디서 유래했는지, 근처에 수컷이 없는데 어떻게 어미가 되었는지 분명하지 않다.(이들의 시베리아 서식지에 대한 경험적 확인이 없었기 때문에, 수컷이 존재하지 않을 수도 있다. 또한 웨어마더 종은 자가 수정을 하는 것처럼 보이므로 딱히 수컷이 필요하지 않다는 점도 주목해야 한다. 이에 대한 자세한 내용은 이 글 뒷부분에서 확인할 수 있다.) 그럼에도 이 진정으로 장엄한 종을 목격한 실제 사례가 산발적으로 존재한다.

시베리아의 웨어마더는 내가 직접 목격한 몇 안 되는 종족 중 하나이다. 나는 연구와 무관한 이유로 개인적으로 여행을 하던 중에 이 지역의 끝자락에서 한겨울을 맞이했었다. 낮 시간이 겨우 여섯 시간에 불과해 아무리 식량이 충분해도 안전과 보온이 여전히 걱정되었다.

소련 군용 헬기 한 대가 나를 시베리아 타이가 동쪽 중앙 부근에 내려 주었는데, 이곳은 위도 20도, 경도 50도에 걸쳐 있는 생태 지역이었다. 이렇게 혹독한 계절에(온도가 섭씨 영하 51도까지 떨어지는 때도 있었다.) 너무 외진 여행은 하지 말라는 제안에도 나는 내 적성과 강인함과 결단력을 끈질기게 이해시켰고, 결국 내 요구는 받아들여졌다.

낙엽송 숲에 도착한 나는 18킬로그램짜리 배낭을 메고 영구 동토층을 덮은 얕은 눈 속을 하이킹했다. 겨울 캠핑에 능숙했기에 이 지역에서 3주를 보낼 준비가 되어 있었다. 하지만 그 첫날 밤, 전에 경험하지 못한 극심한 공포에 휩싸였다. 이 공포를 분류하자면 일종의 심령적 불쾌감, 비이성적인 방향감 상실이었다.

당시 나는 이른 아침의 달빛 속에서 방한용 옷을 수없이 껴입고 양말도 두껍게 겹쳐 신은 채 눈 속에서 헤매고 있었고, 땀을 흘리는데도 저체온 상태였다. 그래서 내가 누구인지, 왜 그런 곳에 있는지 알지 못했다. 짐작하겠지만, 나름 매우 이성적이고 냉철한 내 성격에는 맞지 않는 생각이었다.

바로 앞, 달빛이 비치는 벌판에서 털북숭이로 보이는 여자 두 명이 내게 손짓했다. 팽창된 몸통은 임신한 것처럼 보였고, 그 주위에는 스물에서 마흔 정도 되는 수의 새끼가 나이대별로 있었다. 웨어마더는 네발로 걸었는데 앞"발"에는 (이렇게 불러도 될지 모르겠지만) 서로 '마주 볼 수 있는 엄지손가락' 이 있었다. 오히려 그들의 앞발은 변형된 손처럼 보였고 호모 사피엔스의 것과 믿을 수 없을 정도로 비슷했다. 사람과 개의 이목구비가 섞인 얼굴은 툭 튀어나온 코와 영혼이 깃든 큰 눈이 있어 꽤 아름다웠다. 지금은 그 특별한 순간에 대한 내 기억이 완전히 정확한지 확신할 수 없지만 이 종족은 아마 약 40년 전 서쪽으로 5000킬로미터쯤 떨어진 우크라이나의 프리피야티에서 기원한 게 아닌가 한다. 물론 그들이 말로 알려 준 건 아니나, 대신 어떤 텔레파시를 통해 이 정보를 내 머릿속에 직접 전해 주었던 것 같다.

나는 내 행동과 이 종족의 놀라운 외양을 거의 의식하지 못한 채 그들에게 다가갔다. 하지만 훗날 이 지울 수 없는 이미지가 최면이나 백일몽으로 되돌아오곤 했다.

새끼 무리는 한 덩어리가 합심해 움직이며 일종의 장(場)을 형성했는데, 어미 한 명이 나를 거기에 밀어 넣었다. 나는 그 무리의 맨 위에서 몸을 쭉 뻗었고, 그들은 한 몸으로 움직이며 나무 아래 잘 보호된 동굴에 있는 아늑한 소굴로 나를 옮겼다. "정말 착한 아이들이구나." 나는 회전성 어지럼증을 느끼며 몇 번이고 반복했다. 동굴 안에는 나지막한 불길이 타오르고 있었다. 움푹 들어간 어두운 곳에서 여러 눈이 깜박거렸다. 아마 10여 명의 웨어마더가 수많은 새끼와 함께 둥지를 튼 것으로 추정한다.

체력이 바닥난 상태였지만 동굴 안의 불빛 속에서 나는 웨어마더를 더 잘 연구할 수 있었다. 그들의 가죽은 참으로 화려했다. 곰 털처럼 두터우면서도 순은처럼 반짝거렸다. 웨어마더 한 명이 솜털을 채운 두꺼운 플란넬 이불로 나를 감쌌다. 그런 이불이 어디서 났는지 신기했지만, 그 따뜻함과 편안함을 의심할 수도 없었고 의심하지도 않았다.

이불 속에서 꼭 달라붙은 새끼들의 따뜻하고 작은 몸이 내 심부 체온을 꽤 빠르고 효율적으로 올려 주었다. 어떤 웨어마더는 나무 그릇에 닭고기 육수와 아주 비슷한 국물을 담아서 내게 건네줬다. 새끼들은 언어임을 알아들을 수 있는 방식으로 컹컹 짖었는데, "공"이나 "놀이" 같은 단어를 러시아 방언 비슷하게 표현하는 듯 보였다. 또 다른 웨어마더는 내 얼굴을 핥았다. 그 느낌이 따뜻한 천 같아서 내 어린 시절이 떠오르기도 했다.

갓 구운 빵에서 나는 냄새를 상상했던 걸까? 그날 밤, 자다 깨기를 반복하며 꿈결에 들었던 자장가 소리가 나를 환각에 빠뜨렸던 게 아닐까? 거대한 개 이빨이 무섭기는 했지만, 웨어마더는 가장 온화한 생명체였다. 의심의 여지 없이 훌륭한 사냥꾼이자 새끼들의 보호자였다. 물론 내가 남자였다면 그날 밤 미친 듯이 숲속을 헤매다 어떤 운명을 맞이했을지 궁금하기도 했다. 어쩌면 아이러니하게도 내 여자다움이 그날의 나를 파멸시키기보다는 구해 준 것인지도 모른다.

나는 남은 여행을 웨어마더와 함께 보냈다. 새끼들의 탄생과 더불어 태어난 지 며칠 만에 또다시 많은 새끼가 태어나는 모습과 웨어마더들이 출산 후에도 자발적으로 임신하는 모습을 목격했다. 만약 내가 이토록 가장 사랑스러운 종족을 조사하는 데 시간을 좀 더 할애했더라면, 그러한 삶의 주기가 어떻게 오랫동안 지속될 수 있는지 궁금했을 것이다.

불과 1년 전, 나는 웨어마더를 찾아서 다시 그 지역을 방문했다. 내 지리적 계산이 정확하다고 확신했지만, 그들이 존재했다는 흔적을 절대 찾을 수 없었다.


나이트비치는 그 주에 목격한 사건 때문에 아들에게 트라우마가 남았는지 유심히 관찰했다. 그리고 인터넷으로 폭력을 경험한 아이들을 검색했다. 아들은 별다른 증상이 없어 보였다. 이상한 통증도, 나쁜 꿈도, 분리 불안도(그들이 분리되었다는 건 아니다.), (평범한 개처럼 으르렁거리는 것 말고는) 공격성을 드러낸 적도 없었다. 그저 킥킥거리며 만화를 보고, 거실에서 장난감 차를 충돌시키고, 잔디밭 모래통에서 모래를 퍼와서 작은 아기만 한 갈퀴로 잔디밭에 모래를 긁어모았다. 아들은 괜찮아 보였지만, 나이트비치는 그 주에 두 번이나 아들을 데리고 아이스크림을 사러 강변 가판대로 향했고, 평평하고 진흙투성이인 잔물결에 돌을 던지기도 했다. 옛날 놀이기구를 타러 공원에 갔고, 그때마다 장난감 기차를 여덟 번이나 탔다. 지칠 줄 몰랐던 아들은 표가 없어 집에 가야 한다는 말에 울음을 터뜨렸다.

나이트비치는 젠의 허브 파티에 가기로 했다. 그리고 허브

사업에도 투자할 것이다. 지금으로선 모든 게 필요했다. 분노 퇴치용 허브가 있을까? 광견병 걸린 개로 변신하는 마법을 막을 수 있는 걸까? 어쩌면 개 방지용 허브도?

다음 날, 앞으로 나아가고 새사람이 되려는 노력은 계속 이어졌다. 주방에 있는 아들용 작은 플라스틱 탁자에 앉은 나이트비치는 크레용 낙서로 뒤덮인 마분지 뒷면에 **내가 죽기 전에 하고 싶은 열 가지**라는 제목을 크게 쭉 적었다. 그건 다른 영혼에게 절대 드러내지 않을, 하지만 여전히 몹시 고통스러운 자기 계발 훈련이었다. 아들은 플라스틱 모종삽을 한 손에 쥐고 덜 튀겨진 팝콘으로 가득 찬 커다란 냄비에 앉아 있었다. 그리고 알맹이 속에서 맨발을 꼼지락거리며 까르르 웃었다. 아들 옆에는 베이킹 시트와 다양한 숟가락, 플라스틱 그릇, 그리고 많은 알맹이가 거실 근처까지 흩어져 있었다.

나이트비치는 접시들을 보지 않은 채 싱크대만 빤히 응시했다. 열 가지, 열 가지라. 세상에, 단 한 가지도 생각나지 않았다. "5킬로그램 감량하기", 그녀는 어설프게 글을 쓰다가 딱 멈췄다.

그녀에겐 더 이상 욕망이 없는 걸까? 깊은 열정도? 20대의 독설적인 감정과 압도적인 몸짓은 다 어디로 사라진 걸까?

맙소사, 대체 뭘 하고 싶었을까? 뭔가 있어야만 했다.

그래서 억지로 아무거나 적어 내려갔다. 무작정 써 보자는 생각으로 글씨를 휘갈겼다. "벌거벗은 채로 초원을 뛰어다니며 토끼를 잡고 토끼 목을 탁탁 쳐서 찢은 뒤 그 상처에서 나오는 따뜻한 피를 마시고 싶다." 그리고

진실을 말하고 싶다.

질주하고 싶다.

농가 마당에서 말을 쫓아다니며 말들이 힝힝거리며 먼지를 걷어차게 하고 싶다.

교회 성가대에 들어가 가운을 입고 싶지만, 찬송가를 노래하는 게 아니라 최대한 크게 우짖고 싶다.

다시는 머리를 빗고 싶지 않다.

1년 동안 같은 리넨 드레스를 입고 싶다.

냄새를 맡고 싶다!

달리고 달리고 또 달려서 옥수수밭을 달리고 냇가까지 쭉 달리다가 바다를 따라 달려 보고 싶다. 유감이지만 다시는 돌아오고 싶지 않다. 그리고 낯선 남자와 아주아주 열정적인 섹스에 빠지고 싶다. 속옷을 벗은 채 한껏 장식한 케이크 위에 앉아 보고 싶다. 익명으로 극단적 기물 파손이라는 대규모 행위 예술을 공연하고 싶다. 예술가이자 여자이자 괴물 엄마가 되고 싶다. 괴물이 되고 싶다.

나이트비치의 바람은 책에서 읽은 웨어마더에서 영향을 받은 게 분명했다. 답답한 침실을 벗어나 춥고 깨끗한 숲속에 함께 모여 살며 서로 돕고 끊임없이 아기를 낳는 웨어마더의 삶이 너무나 매혹적이었기 때문이다. 나이트비치는 아기들을 사랑했다! 게다가 함께 살아갈 스무 명의 아내가 있다는 생각이 좋았다. 그 효율성을 생각해 보라! 그들의 우정도 상상해 보라! 물론 어쩌면 우리는 늑대였을지도 모른다. 모든 기성 사회를 거부한 채 외지고 마법 같은 곳에서 오직 공동체의 필요에만 특화된 공동체를 만든다는 생각이 정말 매혹적이고 짜릿했다. 자유롭게 원하는 것을 하고 원하는 사람이 된다는 것, 즉 진정한 자유를 누린다는 건 정말 대단한 일이 아닐까? 만약 그렇다면 그건 나쁜 괴물이 아니다. 아름다운 괴물이다. 도망치는 게 아니라 축하받는 존재가 되는 방식이다.

평소답지 않게 나이트비치는 아들을 데리고 쇼핑몰로 향했다. 쇼핑몰에는 화려한 대형 회전목마와 아들을 태울 수 있는 추추 트레인 모양의 카트가 있었다. 그래서 그날은 아들이 마음껏 응석을 부리도록 했고, 나이트비치 자신도 마음껏 즐겼다. 물론 원칙적으로 따지면 그녀는 쇼핑몰을 싫어했지만, 하루 종일 돌봐야 할 아이가 있을 때 그곳은 커피를 끝없이 마시며 유아친화적인 활동을 즐기기에 대단히 좋은 장소였다. 3개월에 한 번씩 방문하면 더할 나위 없는 기쁨을 누릴 수 있었다. 나이트비치는 아들과 쇼핑몰에 들어섰을 때, 샘플 향수의 향이 감도는 공간이 주는 기본적인 즐거움에 완전히 빠져들었다. 그리고 그녀보다 한참 아래 고객들을 위한 패스트 패션 매장에서는 아들에게 한 번도 허락하지 않은 거대한 포도맛 막대사탕을 물린 채 저렴한 검정색 인조 가죽 바지를 샀다. 그리고 인조 모피 조끼와 "진짜 코요테털 같은 장식"이 달린 코트도 샀다. 캐러멜색, 검정색 그리고 상아색 가죽 부츠도 샀다. 그녀는 말린 씨앗으로 만든 목걸이와 보라색 크리스털이 매달린 귀걸이도 발견했다. 아들의 요구대로 감자튀김과 햄버거를 사 주며 스스로 먹게 내버려 뒀다. 아들의 셔츠에 케첩이 질질 흐르고 머리가 치즈 범벅이 되는 사이, 나이트비치는 쇼핑 가방을 발 앞에 내려놓고 햄버거를 집어삼켰다. 집에 도착했을 때는 아들이 카시트에서 계속 낮잠을 자게 내버려 뒀다. 아들은 집에 오는 길에 곯아떨어진 데다 늦은 오후 햇살이 꽤 따뜻했고, 아들의 모든 게 지저분해도 뿌듯했기 때문이다. 집에 들어온 나이트비치는 나이에 비해 너무 짧은 홀리 티셔츠와 반바지 대신 가장 좋아하는 찢어진 리넨 카프탄을 입고 부드러운 술이 달린 모카신으로 갈아 신었다. 그리고 아들을 위해 산 빨간 깃털 목도리를 둘렀다. 사실 일주일 내내 찢어지든 얼룩지든, 혹은 가죽이든 리넨 재질이든 내키는 옷을 밤낮으로 입었다. 그녀는 더 강하고 더 무섭게 변했다. 그리고 다른 엄마들의 눈빛, 곁눈질과 노려보기, 재빨리 흘겨보는 시선에서 자신의 변화를 봤다. 굶주리고 겁에 질린 남자들의 눈에서도 봤다.

감히 나한테 말을 걸다니. 나이트비치가 그들을 향해 마음속으로 말했다. 그들은 감히 말을 걸지 못했다.

그날 밤, 오마하에 있는 호텔 방에서도 뭔가 이상한 기분이 들었는지 남편이 평소와 다르게 비디오 채팅을 하고 싶어 했다. 하지만 나이트비치는 지금 꼴이 말이 아니라 그럴 수 없었다. 일단 씻지도 않았고, 머리카락은 배배 꼬여 하늘 높이 치솟았다. 온몸에 털이 돋아났고 눈동자는 격렬하고 거칠었다. 그래서 채팅 취소를 눌렀지만, 남편은 다시 연결을 시도했다.

남편은 연결을 고집할 시간대가 아니라는 걸 알면서도 거듭 시도했다.

자기 요즘 나한테 전화 잘 안 하더라. 그날 저녁 세 번째로 전화를 건 남편이 말했다.

보통은 하루 종일 나이트비치가 문자를 보내고 보내고 또 보냈었다. 지루하고 외로웠던 나이트비치는 그저 누군가와 연락하고 싶었다. 잘 지내? 그다음에는 별일 없지? 그다음에, 심지어 그 후에도 오늘은 바쁜가 봐라고 보내고 그러다 결국 또다시 잘 지내라며 끝냈다. 남편은 아내의 문자에 답을 잘 하지 않았고, 저녁이 되어서야 딱딱하게 여보세요라고 하며 아내의 전화를 받았다.

일해? 아내는 늘 이렇게 묻곤 했다.

그냥 서류 작업 중이야, 무슨 일 있어? 남편은 할 말만 딱 하는 사업적인 태도로 목록 확인용 통화라는 듯 묻곤 했다.

아니, 그게, 할 수 있을 때 전화 좀 해. 아내가 이렇게 말하면 남편은 안도의 한숨을 내쉬며 몇 마디 내뱉었다. 나이트비치는 궁금했다. 나랑 통화하는 게 그렇게 힘든가? 그저 내 하루를 묻는 것도? 아이가 어떻게 지내는지 묻는 것도? 그게 그렇게 어려운 일이야?

하지만 지금은 남편이 전화를 걸었다. 그래서 꽤 통쾌했다.

우리 오늘 너무 바빴거든.

늦은 시간이었고, 아들은 켄넬 안에서 베개 더미 위에 웅크린 채 자고 있었다. 태어나서 처음으로 혼자 잠이 든 거였다. 전에는 긴 시간 동안 책과 이야기와 노래와 물과 포옹과 울음소리가 계속 이어졌지만, 이제는 그저 아들의 얼굴을 핥고 고개를 뒤로 젖혀 울음소리를 조금 낸 후 빠르게 아래층으로 내려가면 되었다. 아들은 작은 베개 더미를 껴안고 켄넬의 철제문을 잡아당겼다. 단순히 문을 걸어 잠그려는 게 아니라 마음의 안정을 찾기 위해서였다. 그 문은 벽장 속 괴물들과 복도괴물들, 사방에 깔린 무시무시한 어둠을 가로막는 일종의 장벽이었다.

우리 아들이 혼자 잠을 잤다니까. 나이트비치가 덧붙였다.

정말? 남편이 깜짝 놀랐다.

내가 방을 나가면서 애한테 얘기했거든. 5분 후에 확인하러 올 거라고. 다시 침실에 와 보니까 켄넬에서 이미 푹 잠들었더라. 잠자리 동화도 안 읽어 줬고, 정말 아무 짓도 안 했는데 말이야. 나이트비치는 남편이 끼어들지 못하도록 격한 말투로 떠들었다. 켄넬 취침이 얼마나 좋은 생각이었는지, 전부 긍정적으로 설명하고 싶었다. 나도 자기가 켄넬 놀이를 떨떠름해한다는 거 잘 알아. 하지만 이미 잠든 걸 어떡해.

남편이 껄껄 웃었다.

어른 되면 좋은 추억 거리가 되겠어.

자기도 그 모습을 봐야 하는데. 나이트비치가 말했다.

그때까지 계속 그랬으면 좋겠다. 남편이 덧붙였다.

아마 그럴 거야. 자기가 꼭 봐야 해. 우리 아들이 착한 멍멍이가 되는 걸 얼마나 좋아하는지.


다음 날, 엄마가 그네에 태워 밀어 주자 신이 난 아들이 시끄럽게 꽥꽥거렸다. 두 사람은 뒤뜰 모래밭에서 손과 발로 땅굴을 파고, 나이트비치가 한 냄비 더 끓인 마카로니를 저녁 식사로 먹고, 동네를 걸으며 저녁 산책을 하는 동안에는 나무껍질의 질감에 놀라고, 이 꽃에서 저 꽃으로 날아다니는 벌을 쫓아다니고, 새 노랫소리를 따라 부르기도 했다. 그러는 동안 나이트비치는 동물과 탈출, 자유와 욕망, 괴물이 되고 싶다는 소망에 대한 생각에 심취했다.

그제야 그녀는 집중하고 침착해져야 한다고, 눈을 가늘게 뜨고 미래를 내다보며 자신의 성공을 상상하고, 그런 성공을 거두기 위해 노력해야 한다는 것을 깨달았다. 더는 토라지지 말자. 목적 없는 멍멍이 놀이도 이제 그만하자. 목적은 한결같아야 하고 방법은 효과적이어야 한다. 그리고 아들이 어떻게든 엄마를 돕도록 할 것이다.

목요일에 나이트비치와 아들은 늑대와 여우와 개가 나오는 온라인 동영상을 보며 하루를 보냈다. 새끼를 낳는 어미들과 먹이를 찾아다니는 외로운 늑대들, 저 멀리 아래에 있는 따뜻하고 피비린내 나는 쥐들을 찾아 깊은 눈 속에 머리를 떨구며 장난치듯 덤벼드는 여우들을 봤다. 그러고 나서 도서관에 가서 "개"를 주제로 한 모든 실화 책을 어린이 코너에서 대출하고, 세 번이나 왔다 갔다 하며 차에 모두 실었다. 집에 도착한 뒤에는 거실 바닥에 책들을 쫙 펼쳐 놓고 누워서 사진들을 보고, 책을 읽고, 토론하고, 역할극을 하고, 사냥놀이를 하며 덤벼들고, 쫓고, 숨고, 대결하고, 코를 킁킁대고, 빙빙 돌고, 싸우고, 그러다 바싹 껴안았다.

나이트비치는 욕실에 서서 머리카락이 길어질 만큼 쭉 펴가며 정성스레 빗질을 했다. 그리고 치아가 하얗도록 양치질하며 송곳니에는 특히 더 주의를 기울였다. 겨드랑이털, 다리털, 다리 윗부분 부드럽게 접히는 피부에 난 털, 그리고 한가운데서 자라는 털 뭉치는 밀지 않았다. 사실 진정한 털갈이가 일어나고 있었다. 그녀는 손가락 끝으로 겨드랑이에 새로 자란 털을 문질렀다. 새로운 털을 보니 마음이 편안했다. 그래서 입 주변 수염도, 눈썹도 뽑지 않았고 그 주에는 거울을 아예 보지 않는 연습을 했다. 더 이상 화장할 필요도, 값비싼 미백크림이나 자외선 차단제를 쓸 필요도, 잔주름을 지우거나 노화를 억제하거나 환경오염으로부터 보호하기 위해 고안된 약제를 쓸 필요도 없었다. 나이트비치는 지금껏 샀던 모피와 욕실 거울과 침실 전체에서 찾아낸 털을 몽땅 던졌다. 그리고 그날 밤, 아들의 얼굴을 깨끗하게 핥았다. 아들도 잘 자라며 엄마 뺨을 핥은 다음 켄넬 안에 들어가 몸을 웅크렸다. 아주 간단했다.


　나이트비치는 찢어진 리넨 카프탄을 입고 북 베이비즈에 도착했다. 카프탄 가장자리는 올이 아슬아슬하게 풀릴 정도로 닳았고, 일주일간 감지 않은 머리카락은 정신없이 구불구불하게 꼬인 그물처럼 두피 여기저기서 툭툭 튀어나와 있었다. 주근깨는 늦여름 태양에 더 길어졌고, 어깨는 아들과 매일 놀러 다닌 탓에 벌겋게 타올랐다. 발톱은 다듬어지지 않았고, 발바닥은 말라서 갈라져 있었다. 진지하게 각질 제거가 필요했지만 얇은 금색 고리에 자수정이 매달린 귀걸이, 윤이 나는 가죽 목걸이, 잎 모양 고리로 만든 묵직한 금팔찌, 얇은 뱅글, 청록색 구슬 장식으로 몸단장의 실수를 만회했다. 그리고 라벤더 향도 풍겼다. 금요일이었다. 한 주가 아주 부드럽게, 아주 빠르게 지나갔다. 정신을 집중하고 1인용 왈츠를 추듯 스르륵 나아가자. 그녀가 생각했다.

세상에! 젠은 나이트비치를 보자마자 소리를 질렀고, 나머지 엄마들도 돌아서서 빤히 쳐다봤다. 당신 완전 보헤미안풍이군요. 젠이 말했다. 오늘 스타일 너무 좋은데요.

다른 이들은 별 관심 없다는 듯 바라봤다. 심지어 누군가는 그 정도는 아니라고 수군거릴지도 모른다.

여러분. 젠은 밥스와 포피, 그리고 반신반의하는 다른 북베이비즈 엄마들을 돌아보며 말했다. 이분 정말…… 조슈아 나무 같아요.

열광해 줘서 고마워요. 나이트비치가 말했다. 그러고는 젠 옆에 자리를 잡은 뒤 아들을 품에서 놓아줬다. 아들은 마음껏 뛰어다니며 고함을 질렀다.

대체 어떤 영감을 받은 거죠? 젠이 궁금한 듯 재촉했다. 다른 엄마들은 이미 유치원 원아 모집에 관해 얘기하고 있었다.

아, 그게. 말씀드렸는지 모르겠지만 제가 요즘 일종의 예술 프로젝트를 연구하고 있거든요.

어머나! 젠이 눈을 크게 뜨며 놀라워했다. 예술가시군요!?

그랬었죠.

어떤 프로젝트죠? 젠이 쌍둥이에게 성을 내며 물었다. 쌍둥이가 돼지 인형을 서로 갖겠다고 고집을 피우는 통에 결국 소리를 질러야 했다.

나이트비치는 찾을 게 없는데도 단지 할 일이 있다는 듯 가방을 뒤졌다. 어떤 프로젝트라고 말할 수 있을까? 개와 관련 있는 프로젝트? 마법? 마법이 아니라 정확히는, 힘? 식민지 미국에 있던 모든 마녀며 민간 의학자, 산파가 불에 타 죽은 건, 결국에는 널리 퍼질 여성의 힘 때문이 아니었을까? 너무 많은 힘은 여성을 위험에 빠트린다. 그리고 그게 나이트비치의 프로젝트였다. 바로 창조와 힘.

돼지 전쟁을 해결한 젠은 이미 마지막 질문을 잊은 채 나이트비치에게 다시 고개를 돌렸다.

난 늘 비밀 히피였어요. 젠이 속삭이고는 윙크로 고백했다.

그리고 참! 젠이 계속 말을 이었다. 파티에 온다고 해서 정말 기뻤어요! 회신 요청 문자에 '네'라고 했을 때요.

네. 그러고 나서 나이트비치는 다시 '네'라고 대답했다. 대신할 만한 또 다른 문구, 고대할게요라든가 너무 기대돼요!라는 말은 안 썼다. 그거야 진심에서 우러나오는 말이 아니니까. 요즘에는 그런 일상적인 말치레를 차마 할 수 없었다.

정말 재미있을 거예요. 젠이 손뼉을 치며 환호했다.


다시 말해 봐. 남편이 말했다. 그날 늦게 집에 도착한 남편은 아들을 허공 높이 던지며 까르르 웃게 한 뒤 신발을 벗고, 여행 가방을 풀고, 주방 조리대에 기댄 채 맥주를 마시다 그 멍청한 고양이가 대체 어딨는지 무심코 물었다. 그는 손가락으로 머리를 쓸어 넘기며 아내를 골똘히 바라봤다.

다시 말해 보라니까. 남편이 재촉했다.

알았어. 나이트비치는 장난감 청소차에 구슬을 싣느라 바쁜 아들을 보며 숨을 들이켰다. 아가. 그녀가 아들에게 말했다. 거실에 있는 쓰레기도 주워 와. 착하지.

빠아아아아아앙. 아들은 흐뭇하게 대답하고는 차를 몰고 주방을 빠져나갔다.

나이트비치가 입을 열었다. 음, 아까 말했다시피 아침에 너무 정신이 없었어. 끔찍할 정도로 피곤했거든. 호르몬 때문인지 뭔지. 그녀는 잠시 말을 멈추더니 초조하게 웃었다. 그리고 사과 소스를 만들려고 사과를 썰고 있었어. 무거운 냄비에 물이랑 사과가 가득 있었지, 거의 냄비 끝까지. 그게 얼마나 무거운지 알아?

그렇겠지. 남편이 말했다.

그래서 냄비를 손에 들고 돌아서는데, 나도 모르게 여전히 칼을 들고 있더라. 한꺼번에 너무 많은 일을 하려고 했나 봐. 그런데 바로 거기에 고양이가 있었어. 걔가 얼마나 잘 숨어 있는지 자기도 잘 알잖아. 그때 내가 그 불쌍한 작은 머리 위에 냄비를 떨어뜨렸고, 그다음에 칼이 떨어졌어. 그 칼이 고양이 머리에 바로 꽂혀 버린 거야.

칼을 떨어뜨렸다고?

응, 내가 칼을 떨어뜨렸어.

칼이라고?

너무 날카로웠어.

하지만 걘 아무 고통도 못 느낀 것 같아. 나이트비치가 급하게 말을 이었다. 분명 냄비 때문에 이미 죽었든지 아니면 최소한 기절했던 거겠지? 그러니깐 내 말은, 걔가 숨을 쉬지 않았다는 거야. 진짜 자세히 확인했거든. 빠져나온 걸 다시 전부 밀어 넣으려고 했지만, 세상에, 그냥 엉망진창이었어.

바로 그때 나이트비치는 아주 나직이 울기 시작했다. 그 눈물은 가짜가 아니었다. 그녀는 진심으로 양심의 가책을 느끼고 있었다. 무슨 일이 있었는지, 무슨 짓을 했는지에 대해 야비하고 비열한 고통을 느꼈다.

정말 끔찍했어. 그녀가 흐느끼며 말하자, 착하고 다정한 남편이 아내를 팔로 감싸 안았다.

우리 아들은 어떻게 생각했을까? 남편이 아내를 꼭 끌어안은 채 씁쓸한 미소를 지으며 물었다.

우리가 먹어야 하는지 묻더라. 나이트비치가 눈물을 흘리며 말했다. 그러다 둘 다 실소를 터뜨렸다.

맙소사. 남편이 말했다.

그래도 기쁘게 고양이를 묻었어. 그녀가 덧붙였다.

우리 아들이야 당연히 그랬겠지. 뭐…… 적어도 이제는 고양이가 털북숭이 바지에 똥 묻히는 건 안 봐도 되네.

아니면 먹을 거 달라고 징징거리는 것도.

불쌍한 고양이. 남편이 말했다.

너무 가여워. 나이트비치도 한마디 거들었다. 정말, 너무 가여워 죽겠어…….


나이트비치는 토요일 오후 늦게 파티에 도착했다. 젠의 집은 마을 동쪽에 있는 프레리 브리즈라는 개발 구역에 있었는데, 그 동네는 나이트비치가 모험해 볼 만한 곳도 아니고, 솔직히 존재조차 알지 못한 곳이었다. 각 집은 그녀가 천천히 지나갈 때마다 누가 더 잘났는지 자랑하는 듯 보였고, 안쪽으로 더 깊이 들어갈수록 기형적으로 얼기설기 뻗은 집들이 많았다. 비닐로 덮인 차고와 인조 돌로 만든 지붕창, 엄선된 화분과 웃는 개구리 인형, 사랑이나 감사를 뜻하는 표지판이 있는 방충망 덱과 현관 등, 마치 스스로 지어진 듯한 집들은 빠르게 분열하는 세포와 거의 같은 방식으로 자신을 일으켜 세워 재료와 면적에 대한 숙명을 완수한 것처럼 보였다. 높이는 2층에서 3층까지, 기괴하게 넓은 집도 끔찍하게 평범한 집도 있었다. 비닐 벽판자, 인조 벽돌, 인조 석재, 인조 삼나무 지붕 널 등 다양한 마감재가 선택되었고 색상은 암갈색에서 베이지, 다크 크림까지 다양했다.

나이트비치는 가장 멀리 떨어진 곳에서 젠의 집을 찾아냈다. 이 집은 플라스틱으로 표면을 마감한 터렛*이 하나가 아니라 두 개였으며 각 터렛에는 높은 망대와 오래된 난간이 있었다. 하늘이 시들해진 제비꽃처럼 물드는 사이, 나이트비치는 두 블록 떨어진 곳에 차를 세웠다. 거리에는 이미 SUV 차량과 미니밴, 스테이션왜건 등이 빼곡히 늘어서 있었다.

---

* turret, 원래는 포탑을 의미하며 건물 벽에서 수직으로 돌출된 부분을 지칭하는 건축 용어.

개발 구역에 있는 집마다 넓은 잔디밭이 치마처럼 주위에 펼쳐져 있었고, 정교하게 잘린 잔디는 색상이 다 균일하고 잡초가 없어 전부 똑같아 보였다. 다만 젠의 집에는 해자로 보이는 작은 못이 둘러싸고 있었는데, 곡선 모양의 작은 다리를 지나면 현관으로 갈 수 있었고 중세풍의 검은 금속 장식이 달린 문이 맞이했다.

나이트비치가 노크를 하기도 전에 젠이 활짝 문을 열었다.

어서 와요오오! 젠이 탄성을 지르더니 나이트비치의 팔을 홱 잡았다. 여러분, 제 패션 우상이 오셨어요! 젠은 무작정 안으로 들어가며 입을 열었다. 척 보기에 젠은 확 달라져 있었다. 비단처럼 매끄러웠던 금발 머리는 나이트비치와 거의 비슷한 길이로 빗질했고, 목에는 보석이 주렁주렁 달린 금목걸이 네 개가 걸려 있었으며, 헐렁하고 부드러운 회색 리넨 바지에 미완성 솔기가 있는 삼베 탱크톱을 걸쳤고, 발은 지저분하게 맨발이었다.

나도 보헤미안풍으로 입었어요! 젠이 나이트비치를 거실로 끌고 들어가며 말했다. 마음에 들어요?

네, 정말 그래요.

여기가 젠의 집이랍니다. 젠은 나이트비치를 소파로 이끌며 그녀의 집은 성에서 영감을 받았다고 설명했다. 작은 포탑과

해자로 자신의 성향을 꼭 강조하고 싶었고, 항상 성에 사는 꿈이 있었기 때문이라고 덧붙였다.

내가 그런 집이 지척에 있다는 걸 알고 끝까지 고집을 부렸어요. 젠이 집 얘기를 마무리했다. 그래서 알렉스한테 그걸로 족하다고 말했죠.

와아. 나이트비치가 감탄했다. 젠이 참 별난 사람인 것 같아 왠지 반갑고 기뻤다.

자, 이쪽은 젠이에요. 젠이 오른쪽으로 몸을 돌려 손을 살짝 흔드는 엄마에게 손짓했다.

그리고 또 다른 젠이죠. 젠이 옆에 앉은 다른 엄마의 어깨를 만지며 덧붙였다.

젠! 젠이 또 다른 엄마와 팔짱을 끼며 말했다. 젠이 웃자, 또 다른 젠들도 웃었다.

대체 이럴 가능성이 얼마나 될까요? 나이트비치가 웃으며 말했다. 젠이라는 이름에 비판적이지 않은 척 애써 친근하게 굴었다.

제 말은, 여기 계신 분들 성함이 전부 젠인가요? 나이트비치가 물었다.

하하. 두 번째 젠이 진짜 웃음소리가 아닌 시늉만 냈다.

술이나 한잔해요. 원조 젠이 다과상을 향해 어슬렁거리며 대답했다.

다섯 잔 합시다! 또 다른 젠이 소리쳤다. 그 목소리는 웃음소리와 재잘대는 소리, 그리고 뒤에서 가볍게 울려 퍼지는 80년대 댄스곡들에 묻혀 버렸다.

나이트비치는 다수의 젠이 있는 우주에 완전히 동화되는 게 살짝 떨떠름했지만 떠들썩한 분위기에 매료되어 젠을 따라서 다과 테이블로 향했다.

어디 보자, 화이트, 화이트, 화이트, 그리고 로제 와인이 있어요. 젠이 와인병을 하나씩 살펴본 뒤 나이트비치에게 돌아서며 말했다.

화이트 와인이 좋아요. 나이트비치가 말하고는 젠이 거의 끝까지 채운 잔을 받아 들었다.

이제 즐길 시간이에요! 젠은 나이트비치를 다시 방 중앙으로 끌어당기며 환한 표정으로 말했다. 나이트비치는 곧바로 분위기에 무르익었다.

젠의 남편은 지역 은행장이었다. 또 다른 젠의 남편은 응급실 의사였다. 또 다른 젠의 남편은 아웃도어 대리점을 운영하거나 대학에서 강의하거나 대학 관리자거나 매주 도시 밖에서 모세관 전기영동 장치로 작업하는 신기한 일을 했다.

하지만 원조 젠, 골든레트리버일 가능성이 있는 위대한 금발 젠은 어떨까?

젠, 학교에서 어떤 공부 했어요? 누가 누군지 구별할 수 없는 대여섯 명의 젠과 이야기를 나눈 뒤 반쯤 취기가 오른 나이트비치가 물었다.

술에 취한 젠이 코웃음을 치다가 돌연 멈췄다.

그런 질문 참 오랜만이군요. 젠이 생각에 잠긴 채 입을 열었다. 커뮤니케이션을 전공했어요.

아, 그래서 어떤 일을 했죠?

음, 홍보 대행사에서 일했어요. 젠이 자기 얘기를 늘어놓기 시작했다. 첫 직장과 그때의 흥분, 어른으로 느끼게 해 준 새 정장들, 일하면서 먹었던 점심, 승진의 짜릿함, 회사의 중요 일원이 된 느낌, 그리고 편안히 살기에는 충분치 않아도 여전히 사치스럽게 느껴지는 2주마다 받은 급여에 대해 말했다.

그 당시에는 예산조차 뭐랄까, 참 매력적이었죠. 엄청난 석유 거물처럼 느껴졌으니까요.

나이트비치가 다정하게 웃었다. 맞다. 그녀는 젠의 마음을 알 만했다.

하지만 알렉스를 만난 후에 아시다시피 쌍둥이를 가졌어요. 그리고 그건 놀라운 일이 아니었죠. 내 말은, 다시 일하러 가는 건 터무니없었으니까 그냥 포기했어요. 아니, 흘러가는 상황에 굴복한 것 같아요. 누가 진짜 일을 하고 싶어 하는지, 그리고 내게 선택권이 있는지조차 따질 여유가 없었으니까요……. 젠이 말꼬리를 흐렸다.

그럼요, 당연해요. 나이트비치가 말했다. 젠은 얘기를 그만 끝내고 이제는 자기 안의 어딘가를 떠돌아다니고 싶어 하는 것 같았다. 당근 스틱을 정신없이 씹으며 거실 한구석에서 그 멍한 엄마를 한동안 빤히 바라보니 분명 그래 보였다.

그렇다. 나이트비치는 지금 젠을 걱정하고 있었다. 묻지 말아야 할 질문을 했고, 더는 자극할 필요가 없는 것들을 자극했기 때문이다. 물론 젠이 나이트비치와 진짜로 가까운 친구가 되길 바라지는 않을 것이다. 그건 확실히 아니다. 왜냐하면 엄마라는 잔인한 시간은 재미있고 활력이 넘치고 강한 힘이 있고 뻔뻔함도 있지만, 그 핵심에는 매우 사적이고 슬픈 것이 있다. 엄마가 마음속 어딘가 차갑고 어두운 곳에 깊숙이 집어넣은 꿈들. 그 안으로 들어가 그 꿈들을 확인하고, 불을 켜고, 시트를 휙 벗겨내는 건 좋은 일이 아니다. 더는 깊은 잠에 빠져 꿈을 꿀 일이 없으니까. 입으로 동물을 죽이고 싶어 미친 듯이 배회하는 년이 자기 안에 있으니까.

구석에서 당근 스틱을 열 개 이상 연속으로 먹은 젠은 간식을 새로 갖고 오겠다는 핑계로 30분 동안 사라졌다. 그러더니 갓 화장한 얼굴에 싱싱한 열대 과일처럼 너무 환한 미소를 띠며 돌아왔다.

허브 발표 시간입니다! 젠이 적극적으로 소리쳤다. 여러분, 와인 다시 채우세요! 다 채우고 나면 거실에 다들 모이세요!

젠은 거친 돌로 만든 우뚝 솟은 벽난로 앞 탁자에 자리를 잡았다. 거실에서 박공지붕까지 이어진 벽난로는 정말 근사했다. 나이트비치가 큰 칠면조 다리를 물어뜯으며 벌꿀 술 한 잔을 갈망하게 할 만큼 정말 놀라웠다.

테이블에는 이런 행사에서 기대되는 장면처럼 병과 용기가 멋지게 배치되어 있었다.

좋아요, 여러분. 젠이 말문을 열었다. 이미 많은 분이 다 보셨을 테지만, 저는 우리 신입 회원들에게 허브 라인을 소개하고, 또 여러분에게 가을을 테마로 한 새로운 제품들을 알려드리게 되어 정말 기쁩니다!

누가 더 활력이 넘치고 행복해질 준비가 되었을까요? 젠이 소리치자, 모든 엄마가 일제히 소리쳤다. 저요!

오늘 누가 마땅히 누려야 할 삶을 위해 여기 오셨을까요? 젠이 외쳤다. 마땅히 누려야 할 삶이란 말이 마치 지울 수 없는 판결이나 위협처럼 그 자리에 남았다.

마땅히 누려야 할 삶? 나이트비치가 생각했다. 그게 뭐지?

저주 같은 걸까?

접니다. 다들 일제히 대답했다.

오, 세상에. 나이트비치가 생각했다. 맙소사.

그리고 그때부터였다. 최선을 다했지만, 나이트비치는 구태의연한 사고방식에 빠져 아래로, 점점 더 아래로 암울한 소용돌이에 휩싸이기 시작했다. 세상을 향해 비판적인 태도를 유지한다는 건 그녀가 바보도 아니고 속지도 않는다는 것, 단지 상황이 그러니까, 또는 재미나 단순함 때문에, 또는 너그러운 사람이라는 이유로 그날 용인된 사고방식에 현혹되지 않음을 의미했다. 그렇다. 나이트비치가 된다는 건 항상 경계하고 의심하고 맞서고 비판하고 질문해야 한다는 것을 의미했다. 남편, 모성, 직업, 이 여자들, 자본주의, 출세 제일주의, 정치, 종교 등 그 모든 것에. 특히 허브 마케팅 계획은 더욱. 나이트비치는 지금 자신이 이렇게 느끼고 있다는 게 믿기지 않았다. 하지만 이 느낌이 꼭 필요했다. 다른 여성들, 다른 엄마들에게도 필요했다. 물론 정확히 맞는 느낌은 아니더라도 이게 시작이었다. 고양이 살해라는 차가운 공포는 일종의 평정심을 갈망하게 하며 자신의 자아에게 돌아가도록, 아니면 적어도 자기만의 꿈과 욕망이 있었으나 결국 단호한 결정으로 자신의 힘을 휘두른 변신한 자아에게 되돌아가도록 했다.

나이트비치는 환한 조명이 켜진 거실, 나뭇가지 모양의 중세풍 촛대, 위엄 있는 식탁, 앞쪽 창문에 왜 있는지 알 수 없는 대포, 희망과 팀워크, 할 수 있다는 태도를 발산하며 잔뜩 기대에 찬 서른 몇 명의 얼굴들을 빙 둘러봤다.

젠은 얼굴에 꽉꽉 눌러 담은 긍정적인 표정으로 허브의 대표 요법을 설명한 다음, 허브 병들을 하나씩 만졌다.

자, 이제 진정하세요. 젠이 말했다.

정신 똑바로 차리시고요. 그리고 강하게 요청했다.

젠은 작은 하얀 그릇을 오른쪽, 왼쪽으로 건네주었다. 여자들은 그 이상한 성찬에 순순히 참여하여 그 조합에 따라 입술에 약제를 대거나 삼키거나 눈을 크게 뜨거나 감기도 했다.

우리가 정신 건강 약품 시장에서 경쟁할 수 있도록 의사 선생님들이 제반 지식을 마련해 주셨어요. 젠의 말에 모든 여자가 고개를 끄덕였고, 한 명은 울음을 터뜨렸다.

그 여자는 황홀한 눈물을 흘리며 증언을 위해 서 있었다. 한 줄기 빛이 높은 스테인드글라스 창문을 뚫고 들어와 르네상스 시대 그림에 나오는 성모 마리아처럼 여자의 얼굴을 비췄다.

젠이 절 살렸어요. 우는 엄마가 젠을 바라보며 말했다. 전 구원받았어요. 그래서 이 제품을 믿습니다. 제 인생을 바꿨으니까요. 그리고 지금은 최고의 삶을 살고 있어요. 그러더니 털썩 주저앉아 펑펑 울었다. 옆에 있던 여자가 그녀의 등을 문지르며 귀에 대고 중얼거렸다.

우리는 각자 자기만의 심오한 이유가 있어요. 젠은 기도하는 사람처럼 손을 모으며 입을 열었다. 그들 위로 침묵이 내려앉았고, 많은 사람이 조용히 울었다. 젠이 행복의 그릇 주변을 지나가자, 다들 그 그릇을 가져갔다.

저의 이유는 활력과 성취감이에요. 그리고 금융기관이고요. 젠은 회사의 깊은 역사와 신성한 시작, 그리고 이 제조법이 수백 년, 어쩌면 수천 년간 어떻게 이어 왔는지를 계속 설명했다. 어째서 단지 판매와 돈벌이만을 목직으로 만들어지지 않았는지, 정교한 지식을 가진 성스러운 사람들이 어쩌다 고대 왕조를 위해 처음 만들게 되었는지도.

만약 그 사람들이 왕에게 독약을 먹였다면 당연히 죽임을 당했겠죠! 젠이 소리쳤다. 그 소리에 긍정적으로 중얼대는 목소리가 방 안에 퍼져 나갔다. 이 제조법은 수백 년 동안 다듬어져 왔어요. 그래서 신성한 지식을 담고 있죠. 한때 왕족을 위한 것이었고, 지금은 여러분을 위한 거예요.

이때 아이들이 방 반대편에 있는 문에서 우르르 뛰쳐나와 소리를 지르며 거실 한가운데를 질주했다. 와인 두어 잔을 쏟은 아이들은 계단을 박차며 올라갔고, 뒤이어 10대 보모가 당황한 듯 죄송하다고 말한 뒤 계단으로 따라 올라가 문을 쾅 닫았다. 젠은 눈을 감고 깊이 숨을 들이마셨다.

좋아요. 이처럼 검증된 제품들은 재택근무 기회와 마케팅 지원 전략과 결합했을 때 우리 모두로 하여금 꿈을 실현하고 최고의 삶을 누리는 승리감을 맛보게 합니다.

각 지부의 분기별 수입을 요약한 도표가 벽에 투영되었고, 더 많은 증언과 더 많은 울음소리가 들렸다. 그다음에는 각 엄마의 잠재적 수입을 보여 주는 정교한 순서도가 투영되며 서로를 위한 재정적 지원이라는 강력한 그물망을 어떻게 짜고 있는지 보여 줬다. 그들은 모두 성공을 도모해야 했다. 더욱이 허브를 판매할 때 몸소 체험한 회복력을 더 잘 설명할 수 있도록 제품을 사용해야 했다. 또 외향적이어야 했고, 비행기에서든 마트 줄에서든 허브의 복음을 전파할 수 있는 순진하고 포로가 될 만한 청중을 발견할 수 있는 곳이라면 어디서든 이야기를 꺼낼 수 있어야 했다.

누가 이 팀에 합류할 준비가 되었을까요? 젠이 두 손을 허공에 올리고 전도자 같은 황홀감으로 눈을 감으며 물었다.

저요. 한 엄마가 자리에 서서 말했다.

저도요. 또 다른 엄마가 거들었다.

침묵이 방 안을 덮치자, 젠이 눈을 번쩍 뜨며 나이트비치를 똑바로 바라봤다.

저요. 나이트비치가 말했다. 젠이 나이트비치에게 달려가 그녀를 꽉 껴안았고, 그다음에는 다른 엄마들에게 각각 다가갔다. 그러고는 손을 꼭 잡으며 행복 어쩌고저쩌고 중얼거리더니 600달러를 요청했고, 엄마들은 각자 현금을 건넸다.

와인과 허브, 동년배의 압박, 독실한 환희 등 정말 완벽하게 공격적인 판매였다. 따뜻한 수영장에 붕 떠 있는 것 같았고, 잠드는 것처럼 쉬웠고, 그저 위로받는 것 같았다.

그들은 모두 새로운 허브 키트, 정성 들여 세공한 폼 쿠션 완충재에 허브 병들을 나란히 배열한 커다란 골판지 여행 가방을 기념으로 받았다. 각 병에는 희망, 와우! 같은 라벨과 더불어 "개운한 아침을 위해" 또는 "저세상 오르가슴을 위해 외음부에 집중 에너지 공급"이라는 어구도 적혀 있었다.

엄마들은 이제 다과나 뒤뜰을 향해 어슬렁거렸다. 뒤뜰에 있던 나이트비치는 와인 잔을 든 채 드넓은 잔디밭과 접한 옥수수밭으로 들어가는 한 엄마를 힐끗 쳐다봤다. 태양이 저 멀리 질 무렵, 그 엄마는 들판 너머로 사라졌다. 나이트비치는 누군가에게 그 엄마에 대해 뭔가 말해야 하지 않나 의문이 들었지만 결국 하지 않았다. 그 엄마에게는 사라질 권리가 있지 않을까? 어쩌면 '인투 더 와일드'라는 허브를 복용한 뒤 여기서 벗어날 시간이 필요했던 게 아닐까? 나이트비치는 그 엄마가 원한 게 무엇이든 그러려니 하며 거실로 향했다. 이제 거실 바닥에는 의식 상태가 제각각인 엄마들이 흩어져 있었다.

실크 블라우스를 삐딱하게 내리고 호화로운 크림색 카펫 위에 조잡한 뮬*을 벗어 던진 어떤 젠이 나이트비치에게 뭘 샀는지 물었다.

왜 가입하셨죠? 술에 취한 그녀가 종용했다. 헛소리 같은 대답은 하지 말고요.

음……. 나이트비치는 어떤 대답이 좋을지 저울질했다. 화이트 와인이 곧장 취기를 불러온 터라 많은 단어가 머릿속을 헤엄치고 있었다. 와인은 그녀가 방금 참여한 말도 안 되는 숭배 의식, 일주일 동안 쌓인 독특한 스트레스, 죽은 고양이, 여름날 겪는 특이한 스트레스와 그녀의 변신, 지난 한 시간 동안 활력을 높이기 위해 삼킨 한 줌의 풀 줄기까지 이 모든 일을 고백하도록 이끌었다. 아마 그녀에게는 너무 익숙하지만 이 엄마들은 전혀 알지 못하는 일들. 하지만 누가 관심이나 가질까?

음. 나이트비치가 반복했다. 정말 끔찍하고 창피한 일이라,

---

* 뒤꿈치 쪽이 트여 있는 형태의 구두.

말하기가 망설여져요…….

얘기해 봐요. 술에 취한 젠이 명령조로 말했다.

이번 주에 뜻하지 않게 우리 고양이를 죽이고 말았어요. 그 일이 말하자면 절 한계로 몰아갔던 것 같아요. 그래서 균형이 필요했지요. 어떤 구조 말이에요. 안정감을 좀 찾고 있어요.

거실이 더 깊은 침묵으로 가라앉았다. 엄마 중 일부가 낮술에 취해 부드러운 카펫 위에 기절해서 그런 건지, 아니면 나이트비치의 의미심장한 목소리에 다들 오싹해서인지는 알 수 없었다.

난 우리 애완 잉꼬를 우연히 놔줬어요. 술에 취해 바닥에 앉은 젠이 말했다. 그 젠은 "우연히"라는 말에 손가락으로 따옴표를 그리며 얼굴을 찌푸렸다.

난 물고기들도 죽게 내버려 뒀어요. 소파에 앉은 밥스가 화이트 와인 한 잔을 들고 시인했다. 점잖은 방치였죠. 하지만 난 물고기를 돌보고 싶지도 않았고, 어항 청소도 하고 싶지 않았죠. 아이들은 관심도 없었어요. 물고기 돌보는 건 아이들 일이었거든요.

난 퍼시를 밟았어요. 포피는 나이트비치만 겨우 들을 수 있는 목소리로 나지막하게 털어놓았다.

퍼시가 누구예요? 나이트비치가 물었다.

애완용 쥐요. 포피가 속삭였다.

그날 저녁 늦게, 나이트비치는 파티에서 있었던 일을 매우 들뜬 기분으로 남편에게 이야기했다. 성 같은 젠의 집, 그녀의 프레젠테이션, 허브를 향한 모든 이의 열정, 눈물과 거수로 나타낸 그들의 깊은 감정, 마지막에 바닥에 앉아 이야기했던 여자들, 완벽했던 그 모든 볼거리, 터무니없는 기쁨 등. 그래서 부부는 함께 웃었다. 나이트비치는 자기가 산 허브를 남편에게 소개하며 게임 쇼 호스트처럼 손에 하나씩 들고는 라벨에 적힌 어구를 읽었고, 그 신기한 효능에 기뻐했다. 사실 부부는 그런 것에 혹하는 사람들이 아니지만, 나이트비치는 결국 샀다. 어차피 그런 재미로 사는 거 아닌가?

잠깐, 그래서 그걸 꼭 사야만 했어? 남편이 물었다.

응, 그치만 아주 적은 비용으로 이 엄마들을 알게 됐잖아. 그리고 어쨌든 난 그게 연구라고 생각해.

어떤 연구?

예술 프로젝트라고나 할까. 하지만 그 얘기는 하고 싶지 않아.

그때 남편이 아내를 껴안으며 미소를 지었다.

알았어, 좋을 대로 해.

그 주에 나이트비치가 화이트에 대해 적은 메모는 철학적이고 사색적이고 시적이고 수수께끼 같은 것으로 바뀌었다. 그녀는 수년간 일기를 쓰지 않았었다. 그러니 이제는 이 메모가 일종의 일기장이었다. 가장 깊은 밤, 또는 아들이 낮잠을 자고 있을 때, 늦여름 오후의 길고 느린 시간에, 태양이 하늘을 가로지르며 시간 자체가 시작되고 멈추었을 때, 기온이 올라갔을 때, 벌거벗은 아들이 진입로 쪽 유아 풀장에서 물을 튀길 때, 나이트비치가 헐렁한 모자에 컷오프 청반바지와 스포츠 브라를 입고 얼음처럼 차가운 물에 발가락을 담글 때, 이 모든 무한한 순간에 자기 생각을 기록한 연대기였다. 영원히.

　나이트비치는 늘 그런 순간을 간직하고 있었고, 자기 안에 가둔 많은 것이 있었으며, 필요할 때마다 흔들 수 있는 완벽하고 작은 반짝이 구(球)도 있었다. 마치 또 다른 새롭고 작은 기관이 그녀의 혈액에 궁극적인 창조자의 힘을 불어넣은 것처럼 살아 숨 쉬고 있었다. 내가 널 창조했으니 널 파괴할 수도 있어. 난 너의 모든 세계이고 네가 남겨 둔 사람이야. 난 항상 너와 함께 있을 거야. 넌 나를 절대 이해하지 못하겠지만.

　이따금 나이트비치는 자신이 두려웠고 혹 자기가 신인지, 엄마가 되는 게 신이 되는 한 가지 방법인지 의문이 들었다.

물론 번개로 누군가를 쓰러뜨릴 수는 없었지만 한 줌 남짓한 흙으로 사람을 빚어 낼 수 있었다. 사실 그보다 훨씬 적은 양의 흙으로도. 엄마들은 어쩌다 그렇게 중요한 사람이 되었을까? 어떻게 합법적인 존재가 되었을까? 엄마들은 끔찍할 정도로 신성했다.

WW

전 갈망에 관심이 많아요. 사람을 찢을 정도의 깊은 갈망에요. 전 미지의 존재나 더 나은 삶을 향한 깊은 갈망에 빠져 있습니다. 물론 그 삶의 구체적인 모습은 어떨지 전혀 모릅니다. 이 얘기는 하고 싶지 않아요. 전 모든 여성, 모든 엄마를 하나로 묶는 갈망이 알고 싶습니다. 그건 어떤 갈망일까요? 어떻게 우리가 자식 이상의 무언가를 갈망할 수 있었을까요?

아이를 갖는다는 건 여자에게 무한한 잠재력이 얼마나 있는지 알게 해 주고, 무한함 그 자체를 확인하는 것과 같습니다.(제 말이 이해되시나요?)

아이를 갖는다는 건 깊은 갈망을 충족시키는 게 아니라 오히려 그 갈망을 복잡하게 하는 것과 같습니다.

엄마란 존재는 이렇게 말합니다. 보아라, 내가 할 수 있는 일을. 나는 생명을 만든다. 내가 생명이다.

하지만 어떻게 제가 신이 될 수 있을까요?

안녕히 계세요.

MM


나이트비치의 침실은 그야말로 엉망이다. 푹신한 담요가 깔린 베이지색 플라스틱 켄넬과 아들이 머리맡으로 끌고 온 얇은 쿠션, 흙을 조금 파낸 구석에서 자라는 건강한 무화과나무, 바닥에 흘린 흙 자국, 신선한 물이 가득 담긴 스테인리스 스틸 그릇, 뼈 모양의 쿠키가 가득 담긴 스테인리스 스틸 그릇, 방 안과 바닥, 의자, 침대 위에 놓인 흰색, 미색, 회색, 검은색이 섞인 인조 양탄자 여러 개, 창가에 매달린 드림캐처, 바람에 부드럽게 펄럭이는 드림캐처의 하얀 깃털, 완벽한 휴식처가 되는 여기저기에 널브러진 옷 더미, 뒤쪽 솔기가 찢어진 지나치게 비싼 리넨 카프탄, 뒷면의 솔기는 찢어지고 작은 구멍도 뚫리고 가장자리가 닳고 갈색으로 얼룩진 옷들, 검은색 새틴 아이 마스크, 세럼, 육포가 가득 담긴 나무 상자, 라벤더 향이 가득한 라벨 없는 스프레이 병, 밧줄, 한때는 젖었지만 지금은 말라서 거의 딱딱해진 양말, 구석에 있는 더러운 테니스공 두 개, 서랍장 위의 커다란 깃털 수십 개, 사방에 민들레

가 자라는 푸른 잔디에 둥지를 튼 토끼 그림, 커버 없는 침대 베개, 모서리가 긁혀 떨어져 나간 동화책, 그림 동화, 프랑스 삽화집, 곰 책, 꿀벌 책, 기차 책 등, 침대 옆 바닥에 쌓인 책, 햇빛이 딱 들어맞을 때 벽에 무지개를 만든 창문으로 빨려 들어가는 라이트 캐처, 신선하고 덜 신선한 야생화가 담긴 많은 화병, 거울 위에 매달린 진짜 너구리 가죽, 씹기 좋은 막대기 더미 등. 물론 남편이 집에 돌아올 때까지 이 모든 것을 치워야 했다. 물론 장황한 설명이 필요 없을 정도로 정리 정돈이 필요했다.

이건 놀이야. 나이트비치는 막대기를 가져와 꽃병에 깃털과 함께 배열한 뒤 베개에서 솜을 모으고 옷 더미를 세탁기에 넣으며 조용히 리허설을 했다. 그리고 물그릇을 다시 채우며 그냥 실험일 뿐이라고 중얼거렸다. 그게…… 그게 나한테 필요했어. 그러고는 침대에서 더러워진 이불을 걷으며 결론지었다. 나이트비치는 아들에게 더러운 셔츠를 던졌고, 아들은 네발로 그녀를 따랐다. 엄마에게 배운 대로 옷을 입에 문 채 하루 종일 연습했던 계단을 뛰어 내려간 다음 모퉁이를 돌아 빨래 바구니를 향해 쿵쾅거리며 걸어갔다.

아들은 돌아오자마자 엄마 발치에 순종적으로 앉아 완벽한 얼굴을 엄마 쪽으로 돌려 아주 작은 소리로 멍멍거렸다. 멍멍이라는 단어를 말하는 게 아니라 실제 개가 소통하는 것처럼 짖는 것 같았다. 나이트비치는 작고 쉰 듯한 동물 소리가 마음이 아플 정도로 너무나 사랑스러웠다.

어쩜 이리 착할까. 나이트비치는 아들의 머리를 쓰다듬은 뒤 쪼그려 앉아 목에 코를 비벼 댔다. 어쩌면 그 부드럽고 환한 얼굴을 품에 안은 채 울었을지도 모른다. 착하디착한 우리 아들.


뭔가 변하고 있고, 무슨 일이 벌어지고 있고, 진화하고 있다는 것을 감지한 남편은 그게 정확히 무엇인지 몰라도 매일 밤 사우스다코타의 어느 수수한 호텔 방에서 전화를 했다.

일은 잘돼 가? 남편이 물었다.

일이라. 나이트비치가 남편의 말을 따라 했다. 긴 침묵이 흘렀다. 사는 게 일이지, 뭐. 딱히 구분이 없더라.

그렇지.

오랫동안 내 일과 나 자신에게서 소외감을 느꼈지만, 이제는 일과 삶이 단편적이고, 단순히 그 연결고리를 찾아내는 게 내 일이라는 걸 깨달았어.

수수께끼 같은 말을 하고 있네. 아니면 적어도 무슨 사이비

종교 교주 같기도 하고.

　나는 내가 꽤 분명하게 말하고 있는 줄 알았어.

　그 잡초 젤리 먹어 봤어? 그렇게 물은 남편은 자신이 아내가 있던 공간에 대고 말하고 있다는 사실을 깨달았다. 아내는 전화를 끊었다. 이미.


　WW

　저는 최근 예술가란 정확히 무엇이며 예술 자체가 무엇인지에 대해 명상하고 있습니다.

　생각해 보세요. 색을 가져다가 직조 섬유에 번지게 한 다음 그 색을 매력적으로 배열하는 동물을요. 그 '매력적'이라는 것은 여러 방식으로 정의되고, 그 동물이 선별한 다른 동물 집단이 즐깁니다. 그치만 한편으로 같은 종의 다른 동물들은 그 색을 즐기지 않고 경멸합니다. 색의 배열을 흥미롭거나 놀랍다고 생각하지 않으며, 때로는 섬유에 있는 색에 격분하고, 너무 격분한 나머지 문제의 색을 차용해 만든 거주지 밖에 모여 다른 동물이 함부로 들어오지 못하게 합니다. 너무 위험하거나 도덕적으로 타락한 색이라 하면서요. 상상해 보세요.

　아니면 대칭과 매끄러움이 아름다운 최고의 돌을 찾아낸 동물이

불을 피우고 동물적 에너지를 쏟아부어 막대가 될 때까지 뜨거운 광석을 몇 번이고 두드린 뒤 자기가 만든 금속 틀 안에 그 돌을 배열하는 장면은 어떤가요.

한 동물은 아름답게 울부짖고 다른 동물은 망치로 철사를 때리는 장면도 그려 봅시다.

동물은 어두운 공간의 평평한 창공을 가로지르며 갈망이나 환희, 또는 자신의 동물성을 초월하여 다른 차원의 존재로 올라가려는 광대하고 끊임없는 열망으로 움직입니다.

감각적 경험을 나누고 그러면서 소통하기 위해서요⋯⋯ 뭘 위해? 그게 중요하긴 할까요?

MM


어쩌면 이건 신에게 토로하는 글 아닐까? 이 편지들은 서신이라기보다 기도에 가까웠다. 이메일을 쓰고 나서 '보내기'를 누르면 그 글들은 전자 대기 속으로 떠내려가 인터넷의 신비 속으로 사라졌다. 인터넷이 실제로 어떻게 작동하는지 누군가는 정말 이해했기 때문일까? 그래서 나이트비치는 이 시간이 되면 매우 종교적으로 변했고, 매일 아침 회신이 왔는지 확인했다. 그리고 어수선한 책상에 앉아 재봉틀을 잠시 옆으로 옮기고는 침실등 아래에 있는 너덜너덜한 책과 대학 웹사이트에 있는 유일한 연락처를 제외하면 어떤 흔적도 없는 완다 화이트에게 또 다른 메일을 썼다.


지금은 나이트비치가 '작업실'이라고 부르는 손님방을 살펴보자. 주름지고 어수선한 침대가 있고 그 위에는 『신비한 여인들에 대한 현장 안내서』, 할머니가 혼합 음료를 만들 때 사용했던 허브 공예 및 독극물 서적으로 희귀 도서 사이트에서 찾은 영어 판본, 파괴적인 공연 예술의 역사서, 직물과 의상에 관한 책, 허브 판매 설명서가 쌓여 있다. 더 깊이 파고 들면 잊힌 속옷 한 벌, 잊힌 진동기 하나, 먼지투성이인 박제 관련 서적도 찾을 수 있다. 구석에는 더러운 주황색 요가 매트, 폼 블록, 튼튼한 천 스트랩, 멋진 돌멩이 더미가 있다. 벽에는 가장 경이롭게 뒤틀린 무용수들의 사진, 할머니가 입었던 옷차림(즉 평범한 드레스와 긴 땋은 머리)의 여성들 사진, 말이나 개나 치타나 곰 등 움직이는 동물을 연구한 많은 연필 스케치, 어린 시절 헛간에 높이 매달린 표지판에 대한 기억으로 만든 육각 표지판, 고기 창고 내부 사진, 가게 앞 출산하는 여성을(그녀 자신도 한때 꿈꿔 왔던 일이었다.) 비롯해 예술을 위해 직접 자기 몸에 총을 쏜 뒤 고통스러운 얼굴로 팔을 들고 있는 예술가, 유명한 르네상스 그림 속 마돈나의 얼굴과 비슷하게 성형한 여성의 얼굴, 커다란 돼지 두 마리와 함께 짚 더미 위에서 자고 있는 나체 여성 등 극단적인 예술 행위를 찍은 스틸컷이 있었다. 반쯤 열린 옷장에서는 실과 구슬, 단추와 천 타래, 더 많은 책, 흙빛 물감, 가죽공예 도구, 빗질하고 방적할 준비가 된 양모 쓰레기봉투, 밀랍 통이 쏟아져 나왔다. 책상에는 재봉틀, 핀과 바늘, 실뭉치, 죽은 벌이 거의 가득 찬 항아리도 놓여 있었다. 책상 위 선반에는 치유 작업이 거의 끝난 토끼 발 열두 개가 2주 동안이나 방치되어 있었다.

나이트비치는 닫혀 있는 흰색 손님방 문을 아들에게 보여주며 진지하게 말했다. 여긴 절대 들어가면 안 돼. 알았지? 이 방은 엄마가 일하는 곳이거든. 엄마가 정말 중요한 일을 하고 있어서 우리 아들도, 멍멍이도 들어갈 수 없어. 명심해, 알았지? 나이트비치는 매섭게 요구했다.

지금껏 사납게 느껴질 만큼 엄격하고 매몰찬 엄마를 본 적이 없던 아들은 얼굴을 일그러뜨리며 울음을 터뜨렸다.

안 갈게. 엄마. 안 가. 아이를 품에 안은 나이트비치는 아이 귀에 대고 쉬쉬 속삭였다.

당신 괜찮아? 그 주 말미에 남편이 전화로 물었다.

괜찮은 것 이상이야. 나이트비치가 대답했다.

다행이야. 남편이 안심했다.

두 사람 사이에 잠시 침묵이 흘렀다. 나이트비치는 그 침묵 동안 아무것도 들리지 않았다. 수화기 너머로 들려오던 케이블 뉴스 소리, 음식을 씹거나 은그릇을 딸각거리는 소리도.

그게 다야? 남편이 물었다. 전화기에 대고 고개를 갸웃거린 아내는 그 주에 연습한 가장 예쁜 울음소리를 더 또렷하게 내며 노래했다. 아내가 응답을 마치자, 침묵의 웅덩이가 다시 고였다. 그제야 남편이 입을 열었다. 와우, 좋아. 자기가 하는 거면 뭐든…… 물론이지.


일정표, 멍멍이 놀이, 일상 잡무, 식료품 마련, 설거지, 그리고 저녁 식사와 목욕 시간 등 몇 주가 지난 것처럼 일주일이 지났다. 금요일이 되자 나이트비치는 지칠 대로 지쳐 기진맥진하고, 뼛속까지 진이 빠지고, 뼈마디까지 파김치가 됐다.

그날 아침 높은 초원을 달려가 마멋과 싸우고 싶은 충동을 느끼며 깨어난 나이트비치는 '캄 나우(Calm Now)'라는 허브를 두 배로 복용했다. 하지만 그때 아들이 왜건에 태워 끌어 달라고 보채서 왜건을 끌며 동네를 끝없이 돌아다녔다. 그 후 아들은 페달 없는 자전거를 타고 막다른 골목을 계속 돌아다니는 자기 모습을 지켜봐 달라고 했다. 아들이 자전거를 타고 계속 왔다 갔다 해서 그랬는지, 나뭇잎이 바람에 나부끼고 인도에 나비 그림자가 얼룩져서 그랬는지, 아니면 두 배나 복용한 캄 나우 때문인지 알 수 없었지만, 나이트비치는 앉아서 아들을 지켜보는 동안에 생명력이 빠져나가는 느낌을 받으며 잔디가 듬성듬성한 바닥에 누워 잠이 들었다.

엄마! 아들이 코앞에서 지르는 소리에 나이트비치는 깜짝 놀라 일어났다.

세상에. 그녀가 일어나 앉으며 중얼거렸다. 맙소사. 그러다 방향 감각을 잃은 채 눈을 비볐다.

나이트비치는 맘비를 세 배 복용하고, 작은 병에 든 '얼라이브'도 먹어 봤다. 그러다 점심이 되자 가슴이 쿵쿵거려 아들을 잡고 주방 주위로 빙빙 돌리다가 함께 쿠키 반죽을 섞었다. 주방 구석구석에서 둘 다 빵 터지게 웃고, 팬을 오븐에 넣고 꺼내고, 쿠키를 먹고, 바닥 전체에 바스러뜨리고, 괴물인 척 흉내 내고, 부스러기마다 숫자를 세며 웃고 또 웃고, 지칠 때까지 정신없이 웃다가 결국 단맛에 물려 점심을 건너뛰고 낡아 빠진 주방 나무 바닥에 앉았다. "멍멍이 놀이 할까?"

아들이 물었다. "멍멍이 놀이는 안 돼." 나이트비치가 말했다. 그래서 두 사람은 그 자리에 바로 누워 어느새 잠이 들었다.

하루가 지났다. 이상하고 긴 하루였다. 나이트비치가 남편이 그날 오후 집에 돌아오기를 기다리고 있는 사이, 아들은 캐서롤 접시에 담긴 작은 버섯을 나무 바닥에 놓인 금속 그릇에 숟가락으로 떠넣고 있었다. 밤샘으로 쌓인 오랜 분노가 가슴에서 부풀어 올랐지만, 그녀는 버럭 화를 내며 얼굴을 붉히는 대신 차분하고 침착하게 마음을 다스렸다. 이제는 남편이 집에 있는 날마다 밤샘 육아를 맡아야 했다. 참 간단했다.

남편은 금요일, 나이트비치는 토요일 같은 식으로 주말마다 요일을 바꿔 가며 육아에서 손을 뗐다. 뭐, 매일 밤 집에 있는다면 남편이 밤샘 육아를 맡아야지. 나이트비치는 이런 생각에 잠겨 아들 옆에서 두 다리를 꼰 채 주방 바닥에서 화이트 와인을 마시고 있었다. 솔직히 이제는 밤샘 육아가 훨씬 수월해졌다. 아들이 켄넬에서 잠이 드니까. 물론 그 방에서 몰래 빠져나오기 전에 동화책도 읽어 주고 이야기도 들려주고 때로는 오래 기다리기도 하지만.

남편이 저녁 6시에 집에 도착했을 때, 나이트비치는 지쳐 있었다. 그래서 아들을 남편에게 건네며 말했다. 내 일은 끝났어. 이제부터 당신이 주말 내내 밤샘할 차례야. 미리 고마워.

고개를 갸웃거린 남편은 턱 밑을 간지럽히며 아이를 웃겼다. 물론이지. 공평해 보이네.

남편은 아들과 함께 안으로 들어가 오늘 어떻게 놀았는지 묻고, 간지럽히고, 얼굴 전체에 입을 맞췄다. 나이트비치는 따뜻한 이른 저녁, 나무들의 넓은 팔 아래에서 달콤한 공기를 만끽했다.

아니, 그냥 요구하면 될 일을! 정말 쉬운 일이었다. 나이트비치는 정확히 남편이란 존재에게 화가 난 건 아니지만 분명 대개 그로 인해 점점 화가 났다. 이토록 쉽게 일을 시킬 수 있었는데 왜 처음부터 그러지 않았을까? 남편이 먼저 제안했어야 했다. 게다가 나이트비치는 왜 더 많은 것을 요구하지 않았을까? 어째서 자신의 권한과 권위를 주장하지 않았을까? 슬픔과 분노, 짜증 같은 모든 감정을 배 속으로 밀어 넣어 그 위를 화이트 와인으로 가득 채우고 자기 능력을 최대한 발휘하며 언제든 만족하는 척하는 법을 대체 어디서 배웠을까? 그간 얼마든지 헛소리하지 마나 해 줄래?라든가 나 필요해 같은 말을 할 수 있었는데도 말이다. 나이트비치는 따뜻한 여름날 밤 어두운 풀밭에 누워 있던 엄마를 떠올렸다. 엄마를 일으켜 세워 어깨를 잡고 사랑과 분노, 그것도 아주 큰 분노에 휩싸여 흔들고 싶었다. 그리고 이렇게 말하고 싶었다. 엄마 자신을 좀 봐 봐! 엄마는 대단해! 엄마는 우리 엄마잖아! 왜 이러고 있어? 유럽으로 가서 엄마가 좋아하는 일을 해. 시간이 별로 없어. 엄마 자신뿐만 아니라 날 위해서라도 서둘러야 해. 제발, 부탁이야.

나이트비치는 엄마를 구하고 싶었다. 그녀는 엄마가 늘 이러길 원했다는 걸 이제야 깨달았다.

나이트비치는 모든 것을 요구하기로 했다. 싹 다 요구하기로 했다. 저녁 식사를 요리하고, 밤샘 육아를 하고, 집 청소를 하고, 공과금을 내고, 선물을 사고, 카드를 보내고, 일정표를 세우는 모든 일을 혼자서 처리해야 한다고 생각하지 않기로 했다. 어쨌든 결혼 생활은 동반 관계 아닌가? 현대 사회는 결국 여성의 권익 신장과 페미니즘이 대세인 시대인데, 나이트비치는 그 어떤 것도 활용하지 못하고 있었다. 더 깊이 생각해 보니 직업이 없기 때문이었다. 아니, 정확히 말해 벌이가 있는 일이 전혀 아니라 오히려 돈을 낭비하는, 돈을 소비하는 이 엄마라는 일에 종사했다. 미술관에서 물러난 이후로 나이트비치는 그녀가 매일 집에 머물며 엄마 노릇에만 전념할 수 있는 특권의 대가를 남편이 지불했기에 자신은 뭐든 요구할 수 있는 입장이 아니라고 느꼈다. 자기 일을 자연스럽게 평가절하한 탓에, 일주일 내내 일하는 남편에게 주말에는 집안일 좀 도우라고 말하는 것조차 너무 무리한 요구라고 생각했다. 이제야 비로소 '엄마가 된 건 잘했어, 가서 네 할 일이나 해, 솔직히 그렇게 어렵지 않아'라는 문화적 관념을 주입당해 왔더라는 걸 깨달았다. 똑똑하거나 흥미가 있는 게 아니더라도 엄마 노릇을 통해 성취감을 느끼는 건 좋은 일이라는 생각을.

그날 밤에 남편은 아들을 재웠고, 그다음 날 밤, 그리고 그다음 날 밤에도 재웠다. 언쟁은 없었다. 물론 나중에는 남편이 하룻밤 휴가를 요구할 수도 있겠지만, 나이트비치는 남편을 향한 배려심과 동지애로 가득 차 있었다. 아무 이의 없이 아내의 부탁을 들어주었으니까. 그래서 항상 하룻밤 정도는 남편에게 넘겨받았다. 괜찮았다. 남편은 정말 사랑스러웠고, 나이트비치도 남편을 사랑했으니까. 그래서 남편이 그날 저녁 계단을 내려올 때 나이트비치가 말했다. 고마워. 그녀는 두 팔을 활짝 벌려 남편을 품에 안은 뒤 그의 목에 입을 맞추고 깊은 체취를 맡았다.

정말 고마워. 나이트비치가 말했다.


그달, 나이트비치는 남편이 집에 있을 때마다 작업실인 손님방에서 잠을 자기 시작했다. 사실 남편이 일을 마치고 돌아

오자마자 그 방은 나이트비치를 집어삼켰고, 나이트비치는
할 일이 바닥난 남편과 아들이 어리둥절해하며 그녀를 찾으
러 다닐 때에야 비로소 모습을 드러냈다.

나 혼자만의 시간이 필요해. 나이트비치는 그달 첫 주말에
남편에게 설명했었다. 나만의…… 시간.

가족들이 깊은 잠에 빠진 밤, 나이트비치는 깜깜한 밤거리
를 배회했다. 길모퉁이에 있는 깔끔한 정원 침대 사이로, 라
일락 덤불 사이로 가서는 옷을 벗어 털을 길게 기르고, 늘어
나는 근육의 힘을 시험하고, 몸을 쭉 늘리며 여기저기 긁었
다. 그러다 덤불 속으로 더 깊이 파고들어 옆 잔디밭과 뒷마
당으로, 울타리에 구부러진 널빤지 두 개 사이로 그네를 타러
가기도 했다. 땅의 수상한 구멍들에서 냄새를 맡고 큰 구멍에
머리를 집어넣은 뒤 머리에 풀을 뒤집어쓰고 얼굴에 흙이 묻
은 채로 빠져나왔다. 집 뒤편에서 물이 새는 수도꼭지를 발견
하고는 그 아래 웅덩이에서 물을 받아 마시기도 했다. 그리고
다른 마당에 있는 얼룩 고양이 한 마리가 방충망으로 막힌 현
관문 근처 계단에 웅크리고 있는 것을 발견했을 때는 번개처
럼 빠른 속도로 달려갔다. 얼룩 고양이는 잠시 멈춰 쉿 소리
를 내더니 현관 아래로 재빨리 뛰어내렸고, 나이트비치는 온
몸의 힘을 다해 현관 밑에 납작 엎드려 매섭게 으르렁거렸다.

이리 와. 나이트비치가 으르렁거렸다. 이 망할 고양이, 이리 와.

얼룩 고양이는 꿈쩍도 하지 않은 채 어둠 속으로 더 깊이 몸을 밀어 넣었다. 달빛에 비친 고양이의 눈이 선명한 황록색으로 번쩍였다.

리허설이 있는 주말. 나이트비치는 리허설을 예술적 실천의 중요한 부분이자 작품의 발전이라고 생각했다. 그래서 마당과 거리에 드리워진 어두운 그림자 별자리를 따라 동네를 돌아다녔다. 벌거벗은 등, 가슴, 허벅지에 벨벳처럼 부드러운 이끼의 감촉을 안겨 준 이끼밭을 뒹굴기도 했다. 꽃밭을 돌아다니며 꽃봉오리 하나하나의 냄새를 맡았고, 가장 맛나 보이는 푸르른 잎과 줄기를 맛보았다. 열 블록 아래 초등학교로 달려가 헐떡거리며 놀이기구 냄새를 맡고 땅바닥에 떨어진 껌 조각이나 사탕 포장지, 샌드위치나 캔디바가 있는지, 씹기 좋은 공이 있는지 킁킁거리기도 했다. 이어서 토끼들이 민들레 풀을 뜯어 먹는 학교 뒤편 축구장으로 가서 달빛 아래서 작고 경련을 일으키는 토끼들 몸을 바라보며 공격할 계획을 세웠다. 그리고 다음 주말에는 반대 방향으로, 첫날 밤에 갔던 기찻길과 개울가로 가서 벤치에서 잠든 남자들을 찾아냈고, 알몸이라는 약점에도 조금의 두려움도 없이 지나쳤다. 나이트비치는 그야말로 이 동네를 지배했다. 동네를 주재했다.

그녀는 괴물이자 안주인이었다. 그녀는 자기 몸의 힘과 분노의 깊이를 믿었다. 그 분노는 그녀의 시야, 신비와 창조 그 자체에 대한 자기만의 독특한 방향에 의해 이제는 한껏 누그러졌다.

날 덮쳐 봐. 나이트비치는 잠든 남자들을 보며 생각했다. 그냥 덮쳐 보라니까. 그러고는 개울로 걸어 들어가 털을 적시고, 진흙으로 아랫배를 적시고, 진흙투성이 둑의 눅눅하고 달콤한 곳에 코를 밀어 넣어 차갑고 맑은 물을 마셨다.

마법에 걸린 그달 동안 정처 없이 돌아다니며 주말을 보내고 나면, 막다른 골목에 있는 그들의 조용한 집으로 늦은 밤이나 이른 아침에 돌아가 유리문 뒤에 서서 남편이 컴퓨터의 푸른 빛에 잠겨 허우적대는 모습을 보는 게 습관이 되었다. 아내가 창문을 가볍게 두드리면, 남편은 아이처럼 아내를 안으로 들여 욕실로 인도한 다음 뜨거운 물을 틀고, 초에 불을 붙이고, 옷을 벗고, 샤워하는 그녀를 말없이 도와주곤 했다. 그는 비누와 샤워 수건으로 몸을 씻겨 주고 얼굴과 가슴, 다리 사이도 씻겨 주었다. 머리를 감기고 두피에서 나온 진흙을 어루만진 다음, 컨디셔너를 발라 엉킨 머리를 천천히 빗질했다.

자기는 왕자님인가 봐. 나이트비치가 남편에게 말했다. 남편은 쉬쉬, 쉬쉬하며 아내의 등과 어깨, 눈꺼풀, 입술에 키스했다. 이렇게 나이트비치가 집에 돌아오면 둘은 사랑을 나눴다. 아내가 너무 오랫동안 돌아다닌 탓에 근육이 저리고 맨발에 파편이 박혀 있어도, 온몸이 흙과 땀과 깊은 여름밤의 달콤한 이슬에 뒤덮여 있어도, 남편은 아내를 깨끗이 씻긴 후 매일 밤 사랑을 나눴다. 그런 일을 겪어도 아내를 사랑하다니, 이런 남편이 또 있을까.

그리고 이번 달 말 어느 월요일, 여름이 화창한 9월을 맞이하는 마지막 서곡을 장식하면서도 여전히 강가에 있는 아이스크림 가게로 유혹할 만큼 더운 날, 나이트비치와 아들은 애견 공원으로 향했다. 물론 그들은 키우는 개가 없었다. 하지만 파란 하늘 아래를 달리며 햇볕에 달궈진 바람을 맞보는 건 완벽한 날들이 선사하는 마지막 기쁨일 것이다.

우린 개를 너무 좋아해요! 나이트비치는 힐끗 쳐다보며 지나가는 사람들에게 말했다. 친절하든 불친절하든 상관없었다.

좀 쓰다듬어도 될까요? 나이트비치가 다정하게 개를 쓰다듬는 사이, 아들은 차갑고 축축한 개의 코를 어루만졌다.

개를 쫓아다녀도 될까요? 나이트비치는 휴대전화에서 거

의 고개를 들지 않는 또 다른 주인에게 물었다. 주인의 시큰
둥한 허락이 떨어지고 나서야 나이트비치와 아들은 달리기
시작했고, 그 개 역시 이슬방울이 맺힌 푸른 들판을 가로질러
달렸다.

그제야 나이트비치는 그들을 보았다. 골든레트리버와 바셋
하운드, 그리고 콜리가 연못가에 모여 있었다. 앞발은 시원한
물속에 담갔고, 입을 들썩이며 혀는 축 늘어뜨린 채 더위에
헐떡이고 있었다.

세상에. 나이트비치는 개들을 향해 뭉개진 풀밭 너머로 머
뭇거리며 다가갔고, 아들도 엄마 뒤를 따랐다.

안녕. 나이트비치가 우물쭈물 다가가자, 개들이 고개를 휙
돌리며 그녀를 바라봤다.

골든레트리버가 밝은 목소리로 멍멍 짖었고, 아들도 뒤따
라 짖었다. 엄마와 아들은 젖은 털과 진흙투성이 발로 연못에
서 뛰쳐나온 개들에게 다가갔다. 두 사람이 축축한 머리를 긁
어 주고 등을 토닥이자, 개들은 아들의 손을 열렬히 핥으며
웃게 한 다음 코로 나이트비치의 다리를 비벼 댔다.

나이트비치는 두 손으로 레트리버의 머리를 들어 눈을 들
여다봤다.

젠? 나이트비치가 속삭이자, 레트리버가 침착하게 눈을 깜

빡였다. 한동안 서로를 바라보다가 나이트비치가 입을 열었다. 알았어. 괜찮아. 가서 놀아. 그러고는 레트리버의 엉덩이를 탁 때렸다.

나이트비치는 공원 가장자리에서 이 개들의 이름을 부르며 그들에게 걸어가거나, 공을 던지거나, 간식을 주는 사람을 찾았다. 그러나 저마다 다른 개들과 어울려 쫓고 쫓기거나, 소리를 지르거나, 휘파람을 불거나, 무언가를 던지거나, 똥을 주울 뿐이었다. 아무리 봐도 그 개 삼총사와 붙어 있는 사람은 보이지 않았다. 다만 애견 공원 안 가장 먼 곳에 공책을 들고 조용히 서서 눈앞의 광경을 지켜보는 단 한 사람을 제외하면.

완다야. 은백색 머리카락에 날씬하고 가냘픈 그 여자는 나이트비치가 상상했던 완다 그 자체였다. 이지적으로 보이는 셔츠 드레스와 그에 어울리는 신발, 밀짚모자 차림의 모습이 놀랄 만큼 편안해 보였다. 나이트비치는 눈을 가늘게 뜨고 더 자세히 보려고 했지만, 너무 멀리 떨어져 있었다.

나이트비치는 두근거리는 마음으로 그쪽으로 걸어갔다. 완다 화이트가 틀림없어. 숨을 깊게 들이마시며 마음을 진정하려고 했지만 뜻대로 되지 않았다. 그저 순수한 환희에 휩싸여 있었다. 그래서 두 팔을 쭉 뻗고 그 여자를 향해 있는 힘껏 뛰기 시작했다. 나이트비치는 그녀가 완다라는 것을 알았다. 그냥 알았다.

실례합니다. 나이트비치가 공원 가장자리에 홀로 선 여자에게 달려가며 소리쳤다. 애네들이 선생님 개들인가요? 제가 주인을 찾고 있었어요.

그 여자는 아직도 너무 먼 곳에 있었다. 나이트비치는 그 얼굴도 자세히 알아볼 수 없었고, 표정도 읽을 수 없었으며, 태도로도 질문에 대한 반응을 추론할 수 없었다. 나이트비치를 향해 고개를 갸우뚱한 여자는 잠시 멈칫하더니 외쳤다. 아니요! 그러고는 공원과 맞닿은 숲을 향해서 반대 방향으로 힘차게 걸어갔다.

잠깐만요! 당황한 나이트비치가 소리를 지르는데, 그녀가 기대했던 바와 정반대인 상황이 펼쳐졌다. 그 신비한 여자도 이제는 손에 모자를 든 채, 머리카락을 뒤로 흘리며 숲속으로 황급히 달려간 것이다.

완다! 나이트비치가 다시 소리를 질렀다. 통제할 수 없을 만큼 절박한 목소리였다. 안간힘을 쓰며 순수한 감정에 매달린 나이트비치는 과호흡을 하며 몸을 떨기 시작했다. 여전히 달리고 있었지만, 심장이 쿵쾅거리고 열심히 달린 두 다리가 점점 뜨거워졌다.

나이트비치가 무릎을 손을 얹고 숨을 헐떡이며 서 있는 동안, 여자는 숲속으로 사라졌다.

제발, 돌아와요! 나이트비치는 숲속을 향해 애원했다. 제발요. 숲 가장자리에서 잡초와 쓰러진 나뭇가지, 가시덤불 사이를 헤치는 소리가 들렸다. 나이트비치는 무성한 늦여름 초목 탓에 더는 그 여자를 볼 수 없었고, 아이를 두고 갈 수도 없었다. 엄마가 자기를 버리고 달려가는 모습에 화들짝 놀란 아들이 계속 쫓아오고 있었다.

완다! 나이트비치가 덤불 속으로 외쳤다. 완다! 하지만 아무 대답이 없었다.


제가 오늘 오후 애견 공원에서 본 게 혹시 당신이었나요? 그날 저녁, 나이트비치는 젠에게 문자를 보내며 강아지 이모티콘, 나무 이모티콘, 햇살 이모티콘, 그리고 거꾸로 웃는 얼굴의 이모티콘을 잇달아 덧붙였다. 말하자면 그게 진짜 당신이라면 전 정말 바보였네요!라는 뜻이었다. 대담한 행동이었지만 그편이 안전하다고 생각했다. 이따금 진짜 개였는지 바로 묻지 않고 대화 중에 넌지시 에둘러 그런 화제를 꺼내는 게 나았다. 게다가 파티 이후로는 젠과 연락을 하지 않은 데다, 그저 북베이비즈 여기저기서 마주쳤을 뿐이다. 그래서 젠이 타자 치는 중임을 알려 주는 점 세 개가 깜빡이는 동안, 기다리고 또 기다렸다.

하하. 아뇨. 젠이 답장을 보냈다. 안 그래도 내가 문자를 보내려고 했어요.

개라는 자기 진짜 정체를 숨기려는 사람이라면 문자를 보내겠지. 나이트비치가 생각했다.

젠은 수백만 번의 lol과 omg를 넣고 완전히 이상하게 들리지 않으려는 긴장된 태도와 TMI일 수도 있다는 면책 조항을 드러내며 계속 문자를 보냈다. 그리고 나이트비치가 무척 개방적이고 예술에 빠진 것처럼 보이기에 최근에 자신이 경험하는 완전히 엉뚱한 변화를 털어놓을 수 있을 것 같았고, 설명하기 어려울 만큼 나답지 않다고 덧붙였다. 또한 요즘 계속 약에 취한 것 같고, 그냥 노화인지 뭔지 모르겠지만 통제 불능 상황이라 느꼈고, 대화할 사람이 없다 보니 새로운 회원 엄마를 만나는 데 관심이 있고 그렇게 만난 사람과 일대일로 만나 허브 얘기 대신 그냥 마음을 터놓고 얘기하고 싶다고 말했다. 젠은 최근 나이트비치의 대담하고 유행을 선도하는 변신 때문에 정말 이야기를 나누고 싶었다고 말한 다음, 다른 사람의 생각에 신경 쓰지 않는 모습이 마음에 든다고 덧붙였다! 거기다 농담 반 진담 반으로 자신은 완전히 이상한 사람으로 보이고 싶지 않았고, 이런 이야기가 떠돌면 모든 사람이 소름 끼칠 수 있기 때문에 새 친구는 자기랑 해야 할 말을 자신 있게 할 수 있기를 바란다고도 했다.

가끔은 밤새 동네를 배회하기도 하지만 그렇게 좋지는 않아요. 젠이 보냈다. 나이트비치의 마음속에 희망이 부풀어 올랐다. 가슴에 품고 있는 줄 몰랐던 희망, 모든 여성과 모든 엄마를 향한 눈부신 너그러움과 선의의 감정, 가장 사적인 충동과 생각을 모두 털어놓을 단 한 사람을 갖고 싶다는 희망! 누가 허브며 딸기 향 샴푸며 교외의 맥맨션\*이 특징인 이 엄마, 젠을 그런 상대라고 생각하겠는가? 나이트비치는 자기와 비슷한 어려움과 혼란스러운 성향을 가진 또 다른 엄마를 만날 수 있다는 기쁨과 안도감에 눈물을 흘렸다. 저도 꼭 만나고 싶어요! 나이트비치는 진지하게 문자를 보냈다. 진짜 기다려지네요.

그녀는 휴대전화를 머리 위로 든 채 부엌에서 살짝 춤을 췄다. 그리고 한때 꼬리였던 것을 쫓아 빙글빙글 돌았다.

다음 날 두 사람은 대학교 부설 자연사 박물관에서 만났다. 이 박물관은 나이트비치가 대학원생일 때 즐겨 찾던 작지만

---

\* 미국 교외 지역에서 중산층이 많이 거주하는 대규모 대량 생산 주택.

멋진 곳이다. 아직 아들과는 와 본 적이 없던 터라 애를 데리고 간다는 생각에 마음이 간질간질했다. 게다가 박물관의 평일은 무덤처럼 조용했다. 미시시피 서쪽에서 가장 오래된 박제품을 소장하고 있으니 어떤 면에서 무덤은 적절한 표현이었다. 아주 오래된 소장품들이라 엄마들과 아이들은 코뿔소 굴에 채워지는 짚이나 치타를 덮은 모피도 볼 수 있었다.

이곳에 한 번도 와 본 적이 없던 젠은 그들이 사는 작은 동네에 박물관이 있다는 사실에 매우 놀라며 나이트비치가 무척 창의적이라고 다시 한번 감탄했다.

나도 손재주가 있으면 좋겠어요. 젠이 깊은 생각에 잠긴 듯 말했다. 젠의 두 딸은 나이트비치의 아들을 전시실로 데리고 다녔는데 각자 손을 잡고 이쪽저쪽으로 끌어당기며 보살폈다. 나이트비치는 아이들에게 멈추라고, 아들을 돌보는 건 너희 일이 아니라고, 꼬마 녀석은 걱정하지 말고 전시회를 즐겨야 한다고, 너희들의 야망은 돌봄이 아니라 예를 들면 박제품을 향해야 한다고 말하고 싶었다. 하지만 젠의 말에 건성으로 웃기만 했다.

젠은 아주 익숙하지 않은 모습으로 도착했다. 깨끗하게 씻은 쌍둥이 딸이 색을 맞춘 옷을 입고, 정수리에서 뿔처럼 튀어나온 비단결 같은 양 갈래 머리를 가지런히 모은 것과는 대비됐다. 젠 자신은 평소답지 않게 눈 밑이 처져 초췌해 보였는데, 아이라인은 짝짝이에다 눈꺼풀 가장자리에서 너무 멀리 떨어지게 그려져 있었다. 게다가 탱크톱도 뒤집어 입었다. 물론 앞뒤를 구분하기 어려운 종류였지만. 하지만 이렇게 세세한 점을 따지는 게 젠의 장점인 것 같았다.

당신한테 영감을 받았거든요. 그래서 귀차니즘을 실험해 보고 싶었어요. 젠이 삼단 같은 금발을 거대한 나무늘보처럼 매만지며 말했다. 젠의 머리카락은 박물관의 낮은 조명에서조차 기름지고 텁수룩해 보였다. 나이트비치는 독특한 미적 감각을 매우 좋아했고, 작은 것 하나하나의 삐딱한 점을 발견하자 더욱 기뻤다. 그래서 젠에게 어떤 말도 강요해서는 안 된다고 스스로 다짐했다. 어떤 식으로든 상황을 조종하려 들지 말고, 침착하고 사려 깊게 경청하는 사람으로 남아야 한다. 나이트비치는 어두운 밤의 먹잇감을 보듯 부드럽고 조심스럽게 젠을 쳐다봤다.

아이들은 박제 새가 있는 전시실로 향했고, 젠은 단숨에 커피를 들이켠 뒤 유모차에 둔 허브 알약을 터뜨렸다. 원형 모양의 새 전시실은 높은 채광창이 있었고, 그 안에는 수많은 북미 조류의 비행 경로를 보여 주는 둥근 키오스크가 불을 밝히고 있었다. 바깥쪽 가장자리 주변에는 박제 새가 벽에 줄지어 설치되어 있었다. 일부는 나뭇가지에 붙어 있었지만, 대부분은 나이트비치가 중학교 시절 스티로폼 블록 위에 각 곤충을 핀으로 꽂아 그 아래에 깔끔하게 이름표를 붙인 표본 액자를 생각나게 했다.

새 전시실에는 누르는 버튼이 너무 많았다. 아이들이 그것들을 일일이 눌러 대는 통에, 두 엄마가 진열대의 부드러운 빛 속에 서 있는 동안 전시실은 겹겹이 울리는 새소리로 가득했다.

좋아요. 새소리에 피곤한 기색이 역력한 젠이 커피잔을 들며 말했다. 당신은 정말 창의적이에요. 젠이 아까 하려던 말을 다시 꺼냈다. 정말 좋은 엄마고요. 난 그냥……. 그러면서 울음을 터뜨린다.

괜찮아요. 속 시원히 이야기해요.

나이트비치는 얼음같이 차가운 기대에 부풀어 숨을 헐떡였다.

말해요. 그녀는 젠에게 원했다. 개라고 말해요.

있잖아요. 저 역시…… 아무에게도 말하지 않은 게 있어요. 나이트비치는 젠을 안심시키려 입을 열었다. 그러니까 제 말은, 저마다 문제가 있기 마련이잖아요.

나이트비치는 그 조언이 젠을 달래 주기를 바랐지만, 오히려 더 불안감을 키운 것 같았다.

난 정말 **망할 년**이에요! 젠은 아이들이 듣지 못하도록 **망할 년**이라는 단어를 속삭이며 말했다. 어차피 아이들은 듣고 있지 않았다. 난 **구제불능**이에요. 우리 남편도 몰라요. 특히 그 사람은 안 돼요.

우리는 다들 버둥거리고 살아요. 나이트비치가 말했다. 두 사람은 진정한 교감의 순간에 가까워졌다!

난 사실⋯⋯. 젠은 두 손에 얼굴을 파묻더니 이마에서 눈가로, 볼 아래로 손가락을 질질 끌어내렸다. 이 허브 때문에 너무 많은 돈을 잃었어요. 젠이 고백하더니 속삭였다. 만 명이 넘는 사람들이. 다들 내가 그렇게 성공한 줄 알지만, 실은 내가 내 제품을 사들인 것뿐이에요. 그리고 알렉스는 이 사실을 전혀 몰라요. 내가 돈 관리를 하니까. 이제 어떻게 해야 할지 모르겠어요. 시장이 포화 상태예요! 허브가 필요한 사람이 없다고요! 다들 이미 갖고 있으니까요! 그저 허브 장사치만 있을 뿐이죠.

젠이 두 딸을 애절하게 바라봤다. 그 아이들은 바닥에 누운 어린 남자애를 간지럽히고 있었다.

나이트비치는 아무 말도 하지 않았다. 그녀가 기대했던 말이 아니었기 때문이다. 전혀 아니었다.

난 성공한 여자의 자세를 보여 주고 싶었어요. 내가 이 일을 해내리라고 모든 엄마가 고대하고 있을 텐데, 난 도저히 그럴 수가 없어요. 젠이 그렇게 말한 뒤 앞에 있는 버튼을 눌러 길고 낮은 부엉이 소리를 냈다.

물론 그럴 만했다. 젠은 깊은 나락에 빠져 있었다. 게다가 너무 많은 돈을 허브에 쏟아부었다.

물론 젠은 개가 아니었다.

아니, 나이트비치는 왜 그리 어리석은 생각을 했을까. 이 엄마가 벌거벗고 털을 휘날리며 뒤뜰 잔디밭을 배회할 거라 상상했다니, 얼마나 우스꽝스러운 일일까. 나이트비치는 진정 마음을 가라앉혀야 했다. 몇 번이나 이 말을 스스로 되뇌어야 할까? 정신 차려야 한다고. 하지만 아니야.

아니.

나이트비치는 그럴 수 없었다. 정신을 차릴 생각 따윈 없었다.

세상에, 당신조차 할 말을 잃었군요. 젠은 나이트비치를 애타게 바라보며 위로의 말을 기다렸다. 다 괜찮을 거라는. 세 아이는 이제 엄마들 주변에서 시끄럽게 떠들었고, 중앙 진열대를 빙빙 돌며 활기차게 술래잡기 놀이를 했다. 비명을 지르고는 잠시 멈춰 서서 새소리 버튼을 누르고, 점점 더 뛰어다니며 소리를 질렀다. 그렇지만 엄마들은 아이들을 말리기는커녕 전혀 신경 쓰지 않았다. 잿빛 절망에 빠진 젠의 금발은 엉망진창이었다. 나이트비치는 마치 그들의 걱정 하나하나를 영양분처럼 흡수한 것처럼, 그리고 이 걱정들 덕에 자신의 목적을 더 강하게, 더 분명하게, 더 확신하게 된 것처럼 가슴이 벅차올랐다. 이 시점에서는 절대 돌이킬 수 없었다.

젠, 일부러 정신 차릴 필요는 없어요. 나이트비치가 젠의 팔뚝을 꽉 붙잡으며 말했다. 그러고는 젠의 눈을 똑바로 바라봤다.

망할 허브, 망할 돈. 나이트비치가 계속 말을 이었다. 그리고 팟캐스트에서 들었다며 다단계 판매에 대해 혹평을 쏟아냈다. 그녀는 다단계 회사가 무력감에 빠진 여자들, 집에 틀어박혀 있는 여자들, 금융기관의 알량한 약속에 잘 속아 넘어가는 여자들을 어떻게 구워삶는지 설명하며 절대 부끄러워할 필요가 없다고 위로했다. 또한 젠이 그 걱정에서 벗어날 수 있다고도 강조했다. 그래서 나이트비치는 젠이 벗어날 수 있도록 돕기로 했다. 우선 젠은 남편에게 털어놓고 사과하되, 다 해결하겠다고 그를 안심시켜야 했다.(절대 울지 마요. 나이트비치가 강하게 말했다. 당신은 빌어먹게 강한 사람이니까.) 그리고 젠이 그랬던 것처럼, 그들이 다른 모든 엄마를 불러낼 거라고 말했다. 나이트비치는 여자다움과 모성에 대해, 그녀 자신과 엄마들 모두에 대해 열심히 오랫동안 생각해 왔고, 이제

때가 되었다고 덧붙였다.

어떤 때가 되었다는 거죠? 젠이 나이트비치의 노력에 감동하며 물었다. 하지만 여전히 눈빛과 피부는 유난히 지쳐 보였고 입술은 샐쭉했다.

젠, 전에 PR 일 했었댔죠?

백만 년 전에요.

홍보 담당자가 필요해서요. 어쨌거나 적어도 급여는 줄게요.

뭐라고요? 젠이 살짝 미소를 지으며 말했다. 아이들이 새 전시실에 어수선하게 서 있는 엄마들에게 달려왔다.

나이트비치가 젠의 팔짱을 꼈다.

일단 걸어요. 걸으면서 얘기하자고요. 우리 할 일이 너무 많아요.

그 후 집에 돌아온 나이트비치는 『신비한 여인들에 대한 현장 안내서』를 펼쳤다.


이 점을 알았으면 한다. 마법이든 아니든 여성이 더 많은 권한을 누리고 보편적인 심오한 힘과 더 많이 접촉하고, 어떤 수단을 써서라도 진화와 성취를 위한 필수 능력을 더 많이 끄집어낼 수 있었던 적은, 그들의 역사에서 없었다는 점 말이다.

먼저, 이 책을 읽어요. 자, 봐요. 이래서 제가 달려요. 이래서 밤에 나타나죠. 여기 제 살갗이 있어요. 제 지지자도 있고요. 제 아이디어와 꿈도 있어요. 이 춤은 어때요? 이 몸짓은요? 동물? 주문? 다 배워 봐요. 그래요. 옷을 벗어요. 달려요. 확 덤벼들어요. 진흙 속에서 데굴데굴 굴러요. 냄새도 맡고요. 쥐 한 마리가 있어요. 씹어 먹기 좋은 껌 뭉치도 있고요. 핥기에도 좋죠. 웅덩이에서 찰싹거리다가 개울로 뛰어들어요. 그리고 어두운 골목으로 가요. 웅크리고, 으르렁거려요. 그러다 서성거려요. 먹이가 있거든요. 이제 힘이 생겨요. 제가 동물을 죽이는 방법이 있어요. 움찔거리면 안 돼요. 고개도 돌리지 말아요. 더 자세히 봐요. 뚫어지게 봐요. 심장이 난폭하게 뛰어요. 욕구가 폭발하죠. 이제 가만히 명상해요. 잠은 자도 되고 안 자도 돼요. 털을 기를 수도 있고, 털갈이도 할 수 있어요. 잠깐, 더 들어 봐요. 가만히 있다가 움직여요. 치아를 확인해요. 부드러운 머리카락도 쓰다듬어요. 더 많이 요구하고, 더 뭘 하려 들지는 말아요. 말해요. 묻지 말아요. 달을 향해 우짖고 또 우짖어요.

완다 화이트가 그러는데 우주의 신비는 일상과 육체, 바로 오늘, 풀과 하늘에서 드러난대요. 문명은 잊으래요. 이것이야말로 여성과 자연, 여성 자신의 본성일 뿐이라고요.

세상에. 젠이 중얼거렸다. 달빛에 비친 젠의 얼굴에서 진흙이 줄줄 흘러내렸다. 당신이었군요. 당신이었어요.


어쩌면, 솔직히 그리고 진심으로, 나이트비치는 남편이 아내의 비밀을 알아냈으면 했다. 어쩌면 이미 젠을 자신의 예술과 프로젝트와 계획에 끌어들였기 때문에, 남편 몰래 일한다는 게 꺼림칙하게 느껴지기도 했다. 남편은 문어에 오줌을 싸는 일본 여자들은 물론 색다른 즐거움을 처음 보여 준 사람이었다. 그러니 아내의 진짜 본성을 알게 되면 역겨워하기보단 오히려 놀라지 않을까? 게다가 나이트비치와 그녀의 프로젝트가 대중에게 공개될 날이 점점 가까워지고 있었다. 점점 더 많은 사람에게 이 존재를 소개하는 게 옳다고 느껴졌다. 그리고 과거에 남편은 나이트비치의 가장 이상한 프로젝트에서도 가장 열렬한 지지자라는 사실을 증명하지 않았나? 나이트비치가 지난 몇 달 동안 온갖 분노에 사로잡혔어도, 마음속으로는 수많은 방식으로 남편을 비난했어도, 아마 남편은 아내의 협력자이자 어쩌면 가장 훌륭한 지지자가 되어 주지 않을까? 이 생각들은 나이트비치가 완다 화이트의 책을 읽고 어떤 식으로든 자신을 보여 줄 준비를 하는 동안, 자기만의 작품을 개발하는 동안, 그녀의 마음가짐에 분명 영향을 주었다.

평범한 토요일 밤, 나이트비치는 그저 순수한 마음으로 쓰레기통에 쓰레기를 버리러 밖으로 나갔다. 하지만 밖에 있는 사이에 불길한 공기가 쓱 스치며 몇 주 전 묻었던 토끼의 썩은 내가 코끝을 진동했다. 고양이는 아닌 게 분명했다. 아들과 함께 묻은 고양이는 1미터가 넘는 적당한 깊이에 있었으니까. 맙소사, 토끼는 얕은 무덤에 묻혀 있었다. 게다가 아, 그 냄새! 그야말로 두텁고 음흉하고 자극적이고 피와 흙, 똥이 썩어 문드러지는 냄새가 풍겼다. 나이트비치가 차마 저항할 수 없어 피하던 냄새였다. 게다가 오늘 밤은 남편이 위층에서 밤샘 육아 중이었다. 그러니 살짝 들여다볼 시간쯤은 있지 않을까? 사과나무 아래, 옥잠화의 넓은 잎사귀 아래 아직 푸석푸석한 흙을 들여다보는 것 정도는 괜찮다. 젖은 땅바닥에 무릎을 꿇고 앉아 흙 아래를 점점 더 깊이 파고들며 털이나 뼈, 힘줄 같은 것을 찾는 것도 별일 아니다. 옷을 다 벗는 것도 전적으로 일리가 있다. 옷을 수선할 만큼 더럽히거나 고기 썩은 내를 묻히고 싶지 않으니까. 절대로!

나이트비치는 단지…… 토끼가 보고 싶었다. 냄새를 맡고 싶었다. 어쩌면 그 안에서 좀 뒹굴다가 수많은 가정용 비누와 다른 세정제로 오랫동안 뜨거운 목욕을 하고 싶었다.

그녀는 진흙 속에 있던 약간의 근육을 발견했다. 혹시 발효 냄새였을까? 흙과 오래된 피가 섞인 싸한 미네랄 냄새? 살 자체가 달콤하게 썩은 냄새? 살짝 물어 볼까. 나이트비치가 생각했다. 한입이 아니라 살짝 입질만. 거의 육포 맛이 나지 않을까. 쫄깃쫄깃하게 마른 육포. 그녀는 그 맛을 짐작해 봤다. 즙도 있을 거야. 지그시 눈을 감고 썩은 고기 조각을 손에 든 채 깊이 숨을 들이마셨다.

그런데 그때 남편이 옆에 있었다. 황혼 속에서 말없이 서 있었다.

나이트비치가 공황이 찾아오리라 생각했던 곳에 웅장한 고요가 흐르며 어마어마한 광경이 펼쳐졌다. 남편은 알았다. 아내가 어떤 사람인지 꿰뚫어 보고 있었다. 음, 이거였다. 그렇지 않을까? 빨리 해치우는 게 낫다. 나이트비치는 한때 소녀였고, 다음에는 여자였고, 신부였고, 출산을 앞둔 임산부였고, 엄마였다. 이제는 그게 무엇이든, 그렇게 될 것이다. 이상한 갈망을 품은 거칠고 복잡한 여자. 고집 세고 화가 난 여자. 하지만 부드럽고 상냥한 여자. 나이트비치는 창조자였고, 그 후에는 밤을 배회하는 어둠의 힘이기도 했다. 어떤 때는 고결한 의도로, 어떤 때는 본능적이고 원초적으로 달아났다.

나이트비치는 남편에게 이렇게 말하고 싶었다. 안녕. 난 당신 아내야. 그리고 여자야. 그리고 이 동물이기도 해. 난 모든 게 되었어. 난 새롭기도 하고 늙기도 했어. 부끄럽지만 더는 부끄러워하지 않을 거야.

이게 자기 새 프로젝트구나. 남편이 그렇게 말하더니 껄껄 웃었다. 그러니까 이 개 같은 짓 말이야. 한밤중의 나들이. 이 제 알 것 같아.

응, 맞아. 그리고 나서 나이트비치는 자기 안에 있는 텅 빈 공간으로 깊이 곤두박질쳤고, 그곳에서 오래도록 하늘을 응 시했다. 그리고 무언가를 기억하려 애썼다. 하지만 너무 먼 기억이었다. 남편은 기다렸다. 어둠이 그들을 감쌌다. 그러다 휙 움직이더니 딸깍 소리를 냈다. 두 사람 위로, 동물들이 나 뭇가지 사이를 뛰어올랐고, 나뭇잎들이 후드득 튕기며 떨어 졌다.

맞아. 나이트비치가 잠시 후에 입을 열었다. 그리고 남편을 이제 막 만난 것처럼 쳐다봤다. 그래, 개들과 함께하는 나들 이. 내 프로젝트.

나이트비치는 토끼의 잔해를 흙 속에 남겨 둔 채 남편에게 기어가서는 웅크리고 으르렁거리며 땅을 발로 찼다. 그러고 는 남편 오른쪽으로 뛰어가 잔디밭 둘레를 질주하며 몸의 힘 을 느끼고, 피부와 털을 스치는 서늘한 밤공기를 느꼈다. 짧은 울타리를 뛰어넘어 이웃집 잔디밭에 자란 무성한 풀밭에서 데굴데굴 구르더니 등과 엉덩이, 다리까지 빠짐없이 모두 긁은 다음 야생화 가장자리로 어슬렁어슬렁 걸어가 오줌을 누었다.

어두운 잔디밭에 있는 까만 점으로 남편을 인식한 나이트비치는 다시 그에게 달려갔다. 우아한 동작으로 울타리를 다시 껑충 뛰어넘어 남편에게 덤벼들었다. 어깨에 손을 얹어 더럽고 눅눅한 개가 된 자기 몸을 남편 목에 거세게 밀어대며 그를 쓰러뜨렸다. 그리고 남편의 얼굴과 목, 배를 핥고 가랑이를 깊이 킁킁거린 뒤 반바지 자락을 이빨로 물어 잡아당겼다.

남편은 그저 웃었다. 웃고 웃고 또 웃었다. 곧 그들은 둘 다 개가 되었고 사랑에 빠졌다.

그 후 샤워를 하는 동안 남편은 아내의 긁힌 어깨에 손을 얹고서 그녀의 눈을 들여다봤다.

역대급 작품이야. 남편이 말했다. 그의 얼굴에 있는 무언가가 훨씬 부드러워지고 누그러졌다. 어쩌면 깜짝 놀랐을지도 모른다. 10년 넘게 함께했는데도 아직 아내에게 보여 주지 않은 모습이었다. 나이트비치는 그 얼굴을 보며 남편의 사랑을 듬뿍 받고 있고, 남편이 그녀가 만들어 낸 것을 경외하고 있음을 알 수 있었다. 남편은 아내의 경력을 짓누를 의도는 전혀 없었다. 늘 아내의 행복과 예술을 원했다. 그리고 이제는 아내가 변한 모든 존재를 알았고, 그 존재가 아내만의 것이라는 사실도 알았다. 아내가 남편이랑 아들과는 상관없는 창조적인 힘이자, 그들을 통제하는 힘으로 존재한다는 것도 알았다. 이제 그는 할 수 있는 최선을 다해 아내를 위할 것이다. 수년 동안 매일같이 따분한 일상에서 길을 잃었던 아내를 향한 사랑과 헌신, 어린애 같은 순진한 숭배를 이제야 깨달았으니까.

엄마들이 삼삼오오 무리를 지어 왔다. 저마다 하찮은 끈적이 장난감에서 벗어나 밤을 위해 아껴 둔 옷을 입었다. 흘러내리는 실크 블라우스, 가장 비싼 핸드백, 어깨를 드러낸 야한 옷, 흰 바지 등등. 다들 사랑스러워 보였고 편안한 분위기를 풍겼다.

매미가 우렁찬 목소리로 울어 대는 계절의 끝자락이었다. 공기가 따뜻하게 팔에 닿았다가 차갑게 떠나는 길고 슬픈 당김이 모든 엄마에게 영감을 불어넣는 때, 흐트러진 학생들이 오후 한낮에 인도를 배회하고 가정(假定)과 회한이 뒤섞인 우울하고 몽롱한 지난 세월의 무게가 한꺼번에 다가오는 때, 호숫가에서 웃통을 벗은 아름다운 소년과 젖은 비치 타월을 뺨에 대던 기억이며 높고 하얀 태양이며 입안에서 달콤하게 터지는 차가운 청포도의 기억이 떠오르는 때이지 않을까. 그렇다. 느끼고 마시고 잊기에 완벽한 시간, 완벽한 밤이었다.

엄마들은 와인이 있다는 말만 들었을 뿐, 나이트비치의 집에 온 이유를 정확히 알지 못했다. 젠은 자칭 이 행사의 홍보대사로서 이메일 초대장을 제작해 엄마들에게 보냈고, 이 행사가 얼마나 획기적이고 완벽하게 전위적인지 끊임없이 이야기했다. 북베이비즈 회원들은 빠짐없이 참석했고, 레깅스와 에센셜 오일에 푹 빠진 허브 치료제 회원들도 와 있었다. 맞다. 어쩌면 이 동네에서 가장 열정적인 엄마들은 다 모였을 것이다. 그날 밤 수많은 여자가 이곳을 방문했고, 젠은 무척 기뻐했다. 한 손에 클립보드를 든 젠은 뒤뜰로 이어지는 덩굴나무가 무성하게 자란 아슬아슬한 아치형 입구에 서 있었다. PR 일을 하던 시절 입었던 몸에 꼭 맞는 정장 차림이었다. 부드러운 안감이 몸의 굴곡을 따라 얼마나 술술 흘러내렸는지! 딱 맞게 재단한 아름다운 경계 안에서 젠은 스스로 얼마나 능숙하고 유능하다고 느꼈을까!

안녕하세요. 어서 오세요. 환영해요. 젠은 엄마들이 지나갈 때마다 인사했다. 마음껏 드세요. 젠은 새롭게 찾은 근엄함, 허브 설명회 때는 없었던 전문성으로 행사를 지휘했다. 이 행사는 젠의 것이자 엄마들의 것, 그리고 나이트비치의 것이었니까. 젠은 나이트비치를 실망시키지 않기로 했다. 그래서 이 행사에 무척 공을 들였고, 더불어 자기만의 무언가를 이뤄 내고 싶다는 열망을 품었다. 그러면 둘 다 성공하고 번영할 수 있을 테니까.

젠은 나이트비치의 오랜 대학원 친구들인 워킹맘과 영상 제작자가 도착했을 때 특별히 주목했다. 그들이 가장 좋은 자리에 앉았으면 하는 나이트비치의 바람을 알고 있었기 때문이다.

엄마들은 모두 집 뒤쪽의 열린 프랑스풍 문으로 흐르는 음악, 뒤뜰에 배치한 다과 탁자, 가장 달콤한 꽃들을 수놓은 하얀 식탁보, 차가운 로제 와인과 피노 그리지오 와인 병, 탑처럼 쌓인 작은 플라스틱 컵을 보며 기쁘게 술렁였다.

탁자에는 크리스털 그릇마다 수북이 쌓인 견과류, 바구니를 가득 채운 초콜릿 바, 채식주의자를 위한 갓 자른 채소, 탄산수가 있었다. 엄마들이 아무리 많이 집어 먹어도 마법처럼 채워지는, 알이 굵고 반짝반짝 빛나는 블루베리 그릇도 있었다. 또 다른 바구니에는 아직 따뜻한 제과류도 있었다. 출산 후 늘어난 몸무게를 감량하고 허벅지 살을 줄이고 툭 튀어나온 옆구리 살도 정돈하기 위해 모든 엄마가 삼가는, 하지만 오늘 밤은 딱 한 개만 먹겠다고 다짐하는 온갖 탄수화물 사치품이 가득했다.

그들은 모두 뒤뜰에 앉아 있었는데, 하얀 접이식 의자가 중앙을 따라 세 줄로 늘어서 있었다. 이 의자들과 전채요리 탁자, 그리고 앞에 놓인 작은 나무 무대만 보면 마치 결혼식에 있는 것 같았다. 하지만 이 작은 무대는 결혼식을 위한 곳이 아니었다. 아무렴, 그렇고말고. 엄마들은 손으로 입을 가리며 은근한 어조로 속삭였다. 저것 좀 봐요, 저게 뭐죠? 설마 그럴 리가. 하지만 연단 중앙에 두껍고 시뻘건 생고기가 유리로 만든 진공 덮개에 덮여 있었다. 엄마들은 앉아서 킥킥거렸고, 술을 마시며 웃고 속삭였다. 그들은 어떤 공연인지 자세히 묻고 싶어 젠을 찾았지만, 젠은 더 이상 문 옆에 서 있지 않았다. 사방이 점점 내려앉는 땅거미 속에 잠식된 것 같았다. 참 희한하네요. 엄마들이 와인을 홀짝이며 중얼거렸다. 그리고 무슨 일이 일어나고 있는지 아닌지 왈가왈부했다. 아니 그게 뭐든, 아직 공연을 시작도 안 하다니 좀 무례하지 않아요? 정말 별일이군요. 제 말은, 다들 공연자가 누군지 알기나 해요? 나야 누군지 몰라도 상관없어요. 적어도 와인은 있잖아요. 그러면서 깔깔 웃다가 한숨을 쉬기도 했다. 피곤하네요. 난 이 공연 때문에 보모를 불렀다니까요? 정말요, 이게 무슨? 하지만 그때, 열린 프랑스풍 문 사이로 쿵쿵거리는 당김음이 가볍게 울려 퍼졌다. 오늘 밤 메아리치는 북소리가 들려요. 남자가 부르는 노랫소리였다. 분위기가 완전히 편안하게 바뀌었다. 엄마 한 명은 눈을 감고 나지막이

노래를 따라 불렀고, 또 다른 엄마는 의자에 너무 기대앉았다
가 뒤로 넘어졌다. 그러다 다들 노래를 부르기 시작했고, 솔직
히 킥킥거리기도 했다. 그들은 술에 취한 엄마의 손을 잡으며
말했다. 걱정 말아요, 당신 밤이잖아. 물론 제가 차로 집에 데려
다줄게요. 우버 어플 없어도 아무 걱정 하지 말아요. 케빈도 밤
마다 그렇게 나가면서 집에서 아이들 돌보는 당신 생각은 조금
도 안 했다면서요. **난 비를 축복해요오오오.** 엄마들은 모두 한목
소리로 노래를 불렀고, 반짝이는 황혼 속에서 춤을 추기도 했
다. 어떤 엄마는 피노 와인 잔을 높이 들고서 빗나간 음정으로
노래를 불렀고, 또 다른 두 엄마는 마치 잉꼬부부처럼 서로 뺨
을 맞대며 몸을 흔들었다.

　노래가 끝난 후 엄마들은 재잘거리며 수다를 떨고 늦게까지
이야기를 나눴다. 애초에 머무르려 했던 시간보다 더 늦게까지
그러다 보니 어느새 달이 휘영청 떠 있었다. 그들은 안주인을
찾는 것조차 잊고 있었다. 안주인이 어디에 있는지, 그리고 왜
아직 그들을 맞이하는 것처럼 보이지 않는지조차 알지 못했다.
유난히 술에 취한 어떤 엄마가 제안했다. 어쩜 그 여자는 지금
우리 틈에 있는지도 몰라요.

　아마 당신이 안주인일지도요. 그 엄마가 한 여자의 가슴을 쿡
쿡 찌르며 말했다. 대체 무슨 수작을 부르는 거예요! 그때쯤 음

악은 점점 낮게 고동치며 재즈인 듯 아닌 듯한 곡조로 진화했고, 그보다 더 무겁고 음울했다.

바로 그때 그 짐승이 나타났다. 어떤 이들은 개 같은 것, 아니면 작은 곰 같은 것, 또는 늑대인간 같다고 말하지 않았을까? 대체 저게 뭐야.

그 짐승은 조심스럽게 천천히 통로를 통해 움직였고, 예상했다시피 어떤 엄마도 움츠러들거나 물러서지 않았다. 아니, 그들 중 누구도 평범한 엄마라면 다 그럴 거라는 식으로 반응하지 않았다. 워킹맘과 영상 제작자는 무대 쪽으로 다가오는 짐승을 보려고 안간힘을 쓰며 몸을 기울였다.

모두가 그 짐승을 지켜봤다. 술에 취한 엄마들은 신경이 곤두서고 뻔뻔하고 무례하기도 했지만 다들 조용했다. 심지어 경외하는 이들도 있었다. 어쩌면 그들은 역사상 최고의 엄마들이었는지도 모른다.

여왕 폐하. 그 짐승이 성큼성큼 지나칠 때 엄마 중 하나가 중얼거렸다.

또 다른 엄마는 깊이 감명받아 무릎을 꿇고 그 짐승 뒤로 기어갔다. 또 다른 엄마도. 또 다른 엄마도 역시. 허약한 엄마 몇몇은 점점 두려움을 느끼며 불편해했고, 광견병 백신을 새로 맞아야 하는지 걱정하며 그곳을 떠나야 했다.

알아서 사라지니 속 시원하네. 다른 엄마들이 말했다.

이것도 일종의 숭배예요. 한 엄마가 말했다. 그러자 다른 엄마가 대답했다. 나도 팟캐스트에서 이런 일에 대해 들은 적이 있어요. 그리고 또 다른 엄마가 입을 열었다. 맙소사, 제가 너무 취했나 봐요. 하지만 그들은 그대로 남아 있었다.

남은 사람들…… 그들은 나이트비치의 움직임을 이해했기 때문에 남아 있었다. 나이트비치의 척추 꼭대기를 타고 흐르는 털, 달빛에 맞서 드러낸 이빨, 힘과 어둠, 분노와 생존으로 이루어진 모든 움직임을 이해했기 때문에 그 자리에 머물러 있었다.

이 엄마, 이 개가 당신들을 엉망으로 만들 것이다. 엄마들은 이 사실을 알고 있었고 좋아했다.

한 엄마가 고개를 뒤로 젖히더니 달을 향해 우짖었다. 다른 엄마는 썩어 가는 그루터기 옆에 몸을 웅크리고 앉아 잠이 들었다.

다른 이들은 서로 조끼를 빌려 입고는 시원하게 부서지는 달빛 아래서 그 개, 나이트비치가 나무 무대 위로 슬그머니 뛰어드는 모습을 지켜봤다. 위층에서 시작해 엄마들이 도착한 이후 줄곧 빛나던 스포트라이트가 무대를 환하게 밝히자, 그 짐승이 으르렁거리더니 잽싸게 움직였다. 그러고는 그 자리에서 유리 진공 덮개를 밀어내 깨뜨린 다음, 자기 몫으로 놓인 생고기를 게걸스럽게 먹어 치웠다. 나이트비치가 다 먹어 치우는 데 상당한 시간이 걸렸지만, 엄마들은 모두 참을성 있게 앉아 눈을 딱 고정한 채 지켜보고 또 지켜봤다.

침묵이 흘렀다. 나이트비치는 엄마들을 향해 시선을 돌렸다. 그녀의 얼굴과 뺨, 그리고 턱에 피가 흥건하게 묻어 있었다. 눈은 무엇으로 빛나는 걸까? 광기? 힘? 황홀한 깨달음? 야성적인 여성미?

어떤 엄마가 소리를 지르며 분위기를 깼고, 또 다른 엄마도 소리를 질렀다. 그리고 다 끝나 버렸다. 얼마나 균형이 잡혔든 이제는 다 기울어졌다. 무대를 벗어난 짐승이 벌거벗고 술에 취한 엄마들에게 달려들었고, 그들은 비명을 지르며 뒤뜰에서 뛰어나와 거리에 늘어선 어두운 차들로 달려갔다. 오직 워킹맘과 영상 제작자만 그 자리에 남아 할 말을 잃은 채 놀라움을 금치 못했다. 두 여자는 진짜 드라마, 웅장하고 절대적인 예술 드라마에 조용히 눈물을 흘리며 보드라운 서로의 손을 부둥켜 잡았다.

내 옷! 한 엄마가 말했다.

내 열쇠! 또 다른 엄마가 탄식했다.

젠장! 또 한 엄마는 침을 뱉었다.

나이트비치는 우버를 잡으려 몰려간 엄마들이 다 떠날 때까지 한 명 한 명 뒤쫓았다. 그들을 단번에 잡아 벌거벗겨 놀리고 싶었다. 그러다 화사한 다과 탁자에서 컵케이크를 집어삼키고는 가냘프게 고동치는 심장을 멈추기 위해 이웃집 뒷마당의 무성한 덤불 속으로 사라져 버렸다.


출산했을 때 나이트비치는 놀랍게도 아들을 알아보지 못했다. 분명 잘 아는 사람과 닮으리라 믿었건만, 아들은 화난 사람처럼 얼굴이 빨간 데다 코는 넙데데하고, 입술은 노인처럼 주글주글했다. 몇 년 후에야 아들은 나이트비치에게 익숙한 모습으로 성장했다. 이제는 아들을 보면 핏줄은 못 속인다고 생각하곤 했다. 그렇지. 내가 널 당연히 알아보지. 아들은 엄마를 닮았고 아빠도 닮았지만, 또 어느 순간에는 나이트비치의 아버지처럼 보이기도 하고, 또 어떤 때는 시아버지처럼 보이기도 했다.

가장 깊은 순간에는 자신의 육체적 일부인 아들과 그녀 자신을 구분할 수 없었고, 때때로 자신을 압도하는 현기증을 떨쳐 버릴 수 없었으며, 이러한 동질감이 한 쌍을 이루기도 했다.

언젠가는 부모님을 돌봐 드려야 한다고 생각했다. 물론 부모님은 70대의 나이에도 여전히 정정하시지만, 어느 순간에 건강이 나빠질지도 모를 일이다. 나이트비치는 부모님이 손님방에서 지내는 모습을 상상했다. 아침이면 마른 체구에 머리는 덥수룩하고, 여전히 졸린 모습으로 나타나서 아들 옆에 앉아 팬케이크와 비타민을 드실 것이다. 아침과 오후에는 어린애들처럼 낮잠을 주무실 테다. 거의 돌아가실 무렵에는 나이트비치가 부모님을 씻기고 옷을 갈아입혀야 할 것이다. 당연히 부담되는 일이겠지만, 관성이 아니라 선택에 따른 감사와 경외심으로 부모님을 돌보는 큰 사랑이 마음속에 있었던 것 같다. 따뜻한 천으로 어머니의 등을 사랑스럽게 씻겨 드리는 것. 아버지의 가는 머리카락을 감겨 드리는 것. 부모님은 나이트비치의 일부이기에 그들을 돌보는 일은 영예로울 것이다.

분명 동물이 된다는 것, 다른 동물을 보며 나와 다른 점이 많지만 우리는 서로의 일부라고 말한다는 것은 이런 뜻이리라. 내 피부. 당신의 피부. 달빛 아래에서, 우리는 따뜻한 동굴 안에 몸을 포개며 서로 온기를 나누는 하나의 생명체가 된다. 우리는 함께 호흡하고 함께 꿈을 꾼다. 항상 그래 왔고 앞으로도 그럴 것이다. 우리는 유대감이라는 완전한 혈통을 통해 서로를 살아 있게 한다.

완다 화이트는 사람이 아니다. 완다 화이트는 사람이 마침내 도달하는 곳이다.

나이트비치라는 엄마는 어둠이 내려앉은 밤, 짙은 벨벳 커튼 뒤에 서서 자신의 장미 머스크 향을 맡았다. 맞다. 그녀는 기대했던 황홀함에 푹 빠져 여기, 완다 화이트에 있었다. 그 어둠과 무대 너머에 있는 게 무엇이든, 불굴의 신념이든 공기 같은 것이든 바로 직전에.

커튼 줄이 삐걱거리며 당겨졌다. 깜깜한 어둠, 그리고 작은 불빛. 나이트비치는 공연장에 있는 모든 이의 냄새를 맡았다.

저기, 무대 위에 어둠이 깔렸다. 풍성한 털 한 다발이 나이트비치의 등을 타고 곤두섰다. 지그시 눈을 감은 나이트비치는 천장을 향해 깊이 숨을 들이마셨다. 얼굴에 난 털이 보이지 않는 찬바람을 따라 부드럽게 움직였다.

나이트비치는 벌거벗은 채 서 있었다. 눈과 얼굴 위에는 털이 뒤덮여 있었다. 벌어진 손바닥은 청중을 향했다.

이제 가슴속 공간을 열어 입을 벌리고 심장과 목소리 사이의 완벽한 통로를 열고서 방 전체에 울려 퍼지는 길고 높은 울부짖음으로 이 공연을 시작한다.

불이 살짝 더 켜지자 누군가 숨을 헐떡였다. 나이트비치는 눈을 떴지만 아무도 보지 못했다. 그래서 손을 떨어뜨린 뒤 무대를 가로질러 성큼성큼 걸어갔다. 그러다 몸을 돌려 관객을 향해 으르렁거렸다. 누군가는 깔깔 웃고, 누군가는 입을 틀어막았다.

뒤에서 음악이 울려 퍼지기 시작했다. 오랫동안 잊고 지냈던 어린 시절의 꿈, 또는 악몽에서 흘러나오듯. 바이올린 소리가 점점 커지고, 트럼펫 소리가 무언가의 시작을 예고하지만, 관객들은 아직 확신하지 못했다. 팀파니가 울렸다. **쿵쿵, 쿵쿵, 쿵쿵.** 저 멀리 어딘가의 무대에서 어떤 소프라노가 가슴에 손바닥을 대고 입을 벌려 긴 강물 같은 노래, 찬란하면서도 굽이치고, 슬픔으로 가득 찬, 사랑으로 가득 찬 노래를 풀어놓았다. 그녀는 독일어, 또는 독일어 비슷한 언어로 노래하지만 뭐라고 하는지 알아들을 수는 없다. 저 여자가 뭐라고 하는 거예요? 관객들은 그 노랫소리를 들으며 벅차오르는 소프라노의 가슴과 밧줄처럼 땋은 머리를 상상했다. 그리고 아주 특이하게도, 깜깜한 밤에 어두운 잔디밭에서 노래를 풀어 놓고 있다고 상상했다. 여자의 맨발을 파고드는 부드러운 풀잎. 암탉들이 모여 앉은 널찍한 가지가 달린 나무 아래에서 부르는 노래. 수수한 면 드레스를 입은 여자. 관객들은 하나같이 마음의 눈으로 이 여자를 보며 그녀가 누구인지, 그녀의 노래가 무엇을 의미하는지 궁금해했다. 이건 단지 나이트비치의 공연 트릭 중 첫 번째에 불과했다.

나이트비치가 무대 위를 서성였다. 배경음악이 점점 격렬해지자 관객들은 슬슬 불안해졌다. 하지만 물론 그들을 가장 불안하게 한 건 예술가 자체였다. 그들이 보러 온 바로 그 예술가. 그 예술가는 관객들이 힘들게 번 돈을 건넨 이유였다. 이런 광경을 목격하기 위해서였을까? 정확히 무엇 때문일까? 아니면 이 모든 게 진짜일까? 다 속임수일까? 그리고 정확히 무엇이 문제일까? 물론 이 여자는 존재하지만, 털은 어떨까? 머리에 난 털은 그 여자 것이라고 상상할 수 있어도, 등에 난 털은 어떨까? 팔은? 발은?

가장 불안한 건 나이트비치가 동물처럼 유연하게 네발로 움직인다는 것이었다. 공포 영화에서나 볼 법한, 공포 영화 팬이 아니라면 아주 먼 악몽 속에서 볼 법한 그런 모습이었다. 이 여자처럼 움직이는 사람이 있을까? 분명 이 여자는 춤을 배웠거나 선구적인 현대 운동을 훈련받았을 것이다. 그리고 정확하게 움직이기 위해 몇 시간 동안 연습했을 것이다. 관능적인 걸음걸이, 본능적인 자각, 공기 냄새를 맡기 위해 머리를 기울이는 법, 관객을 향해 앞으로 성큼성큼 다가서는 법, 그리고 가볍게 빙빙 돌다가 다시 그림자 속으로 뛰어가는 법도?

공연이 끝난 뒤 관객들은 공연장 정문 주변에 모여들었다. 어떤 이들은 음악이 시작되자마자 무대에 등장한 토끼들이 먹물처럼 검게 드리워진 날개 그림자에서 뛰어내린 뒤 불빛 속으로 조심스레 걸어 나와 부드럽게 눈을 깜빡였다고 했다. 다들 분명 어떤 마법은 아니었다고, 그 토끼들에 관한 합리적인 설명이 있어야 했다고 입을 모았다. 아직은 그중 누구도 자신이 느낀 게 진짜였다고 마음속 깊이 받아들일 준비가 되어 있지 않기 때문이었다. 그 토끼들이 뚱딴지같이 무대 위에 도착했다는 사실을. 더 끔찍한 건 관객들이 나중에 곰곰이 생각할 만한, 각자 침대에 누워 곱씹을 만한 문제였다. 그 동물들은 대체 어디서 왔을까? 이게 바로 가장 성가신 질문이었다. 진짜 동물이었을까? 마음 놓고 느긋하게 숲을 산책하다 마주쳤던 그런 동물처럼? 그리고 요즘 숲 어딘가에서 사라진 토끼들, 방금까지 꽃을 갉아 먹다가 숲속에서 돌연 튀어나와 무대 위에 등장한 토끼들이 있을까? 만약 어떤 곳에서 수송된 게 아니라면 그 토끼들은 대체 뭐였지? 무엇으로 만들어졌을까? 그리고 누가 만들었을까? 이 질문들이 모든 관객을 울고 싶게 했지만, 그 대신 그들은 선잠을 뒤척이며 밤을 지새웠다.

그렇다. 그 토끼들은 나이트비치의 공연에서 도발적인 사건이었다. 비록 나무 밑 맨발의 소프라노에 대해서는 아무도 언급하지 않았지만, 모든 비평마다 전 관객이 모두 소위 집단 환각에 빠졌다고 보도했다. 이 장면은 일종의 스포일러, 그 순간 관객들이 경험해야 하는 것으로 여겨졌다.

토끼들이 무대 위에 등장했다. 먼저 한 마리, 그리고 한 줌, 그런 다음 십여 마리. 나무가 우거진 배경 근처에서 웅크리고 있었다. 다른 토끼들은 앞쪽 가장자리에 바짝 다가서 있어 관객에게 바로 뛰어들 기세였다. 한편 나이트비치는 그녀를 둘러싼 어둠처럼 가만히 기다렸다. 각 근육이 하나씩 움직일 때마다 그녀의 긴장감은 물론, 몸이 기억하는 기다림도 볼 수 있었다.

금빛으로 반짝이는 작은 뼈 더미가 어두운 무대에 흩어져 있었다. 나이트비치는 무대 중앙에 서서 양옆으로 두 손을 번쩍 들었다. 서서히 음악이 희미해지면서 따분하고 낮은 음조가 극장 안에 윙윙거리자, 나이트비치는 상상도 못 했던 가장 느리고 조용한 오케스트라를 지휘하듯 손바닥을 들어 올렸다. 그녀의 손이 위로, 위로, 그리고 약간 더 높이 떠올랐을 때, 뼈 더미가 슬금슬금 움직이며 반짝거렸고 스포트라이트를 받은 도금 조각들이 백만 개의 찬란한 파편으로 반사되었다. 뼛조각들이 위로 떠오르자, 공포에 질린 토끼들이 무대 밖으로 깡충깡충 뛰어내렸다. 마치 현악기를 퉁기는 것처럼, 그리고 딴 세상의 좀비 꼭두각시처럼. 관객들은 아무리 열심히 눈을 가늘게 뜨고 주의 깊게 주변을 살펴봐도 현악기는커녕 다른 속임수도 볼 수 없다. 이 뼈들은 작은 동물들의 모습과 비슷하지만 평범한 종류는 아니다. 이 중 하나는 대초원 토끼들을 연상시키는 긴 귀뼈를 가진 코요테의 일종이다. 또 다른 하나는 사슴처럼 보이지만 고양이처럼 작은 머리를 가진 동물이다. 또 다른 동물은 토끼 뒷다리와 자연에서는 전혀 발견할 수 없었던 작은 뿔을 갖고 있다. 그런데도 이 뼈 동물들에게는 여전히 자연적인 특성이 있다. 심지어 논리적인 특성까지도. 그들의 작고 섬세한 움직임, 머리가 앞뒤로 경련하는 작은 조심스러운 발걸음, 검은 바닥에 넘어졌다가 다시 정렬되어 가는 방식, 마치 신의 힘을 통해 스스로를 재구성하는 모습은 나이트비치의 세계에서 충분히 이해된다.

비평가들은 나이트비치와 뼈 동물들이 선보인 놀라운 안무를 "마법의 사냥"이라고 불렀다. 나이트비치는 금빛 해골에 맞춰서 움직이고, 낮고 어두운 음악에 맞춰 금빛 해골을 사냥한다. 관객들은 공연이 끝날 때까지 계속 지켜보며 나이트비치와 뼈의 동물적 움직임에 몰두했다. 혼자서 무대 위를 힘들이지 않고 떠다니는 것 같은데, 대체 어떻게 했을까? 관객들은 눈앞에 펼쳐진 광경에 어리둥절해하며 현실과 예술을 구분할 수 없었다.

하지만 그날 밤, 그들 모두는 다음에 무슨 일이 일어날지 기다렸다. 물론 그 시점에서 어떤 일이 벌어졌는지는 금세 들을 수 있었다. 비평가, 작가, 동물 권리 운동가 그리고 일반 대중이 이 공연을 여러모로 비평하고 분석하고 비난하고 관찰했기 때문이다. 무대 위 토끼를 실시간으로 도살하는 나이트비치를 확인하는 건 사실상 다소 어려운 일이었지만, 이것이 그녀가 가장 잘 알려진 이유이기도 했다. 그러나 이 공연에는 훨씬 더 흥미롭고 특이한 면이 아주 많다는 사실에 주목해야 한다.

그래서 뼛조각들과 춤을 추고 난 후, 나이트비치는 이제 그림자 속에 숨은 토끼들을 향해 몰래 다가갔다. 사냥 자체는 이상하리만큼 사랑스러웠고 매혹적이었다. 심지어 그녀가 어떤 동물을 확 덮쳐 입에 물고, 결국 그 동물이 축 늘어질 때까지 흔들고 또 흔드는 순간에도. 공연장은 이제 조용했다. 그것도 쥐 죽은 듯이 침묵이 흘렀다. 나이트비치가 으르렁거리자 관객들도 차츰 불안해졌다. 왠지 그녀가 관객석을 향해 다가올 것 같았다. 뒤쪽에 앉은 몇몇 사람이 천천히 일어나 객석 가장자리로 슬금슬금 물러났다. 잠시 정적이 흘렀고, 곧이어 나이트비치가 무대에서 튀어나왔다. 깜짝 놀란 관객들은 자리에서 벌떡 일어나 비명을 지르며 사방으로 흩어졌다.

어떤 관객들은 그때 그들이 설명할 수 없는 숲속으로 쫓겨났다고, 잎과 덩굴이 너무 두터워 예술가 스스로 제작한 숲인지,

아니면 공연을 위해 실제 나타났다가 그날 밤 이후에는 사라지는 시공간의 이상 현상인지 알 수 없었다고 전할 것이다. 알려진 대로 그 임의의 행사 동안 관객들은 웨어마더의 굴을 발견했고, 웨어마더는 관객들을 데리고 들어가 맛있는 수프를 건넸다. 다른 이들은 이 행사 동안 화려한 날개가 달린 새 여인들을 만나 비행하는 법을 배우다가 극장을 빠져나왔다고 얘기할 것이다. 또 다른 이들은 그 행사 동안 마음대로 나타났다가 갑자기 사라진 여자들, 관객들이 눈물을 쏟으며 발 앞에 쓰러질 정도로 선의와 통합이라는 가장 심오한 감정을 불러일으킨 여신 같은 유령에 대해서도 전할 것이다.

정신과 의사들은 이 공연에서 흔히 경험하는 집단 광기와 환각 증세를 오랫동안 연구한 끝에, 대규모 약물 복용이 있었음이 분명하다고 결론 내렸다. 결국 각 관객은 공연장에 들어가자마자 '하울(Howl)'이라는 이름의 작은 알약 한 봉지와 종이컵에 담긴 물을 건네받았고, 가장 몰입감 있는 공연 효과를 경험하는 것 외에도 건강함과 통찰력이라는 개념에 도전하기 위해 그 약을 빠르게 삼켜야 한다고 강력히 당부받았다. 어쩌면 곳곳에 설치된 통풍구에 약물이 주입되어 냉난방 시스템을 통해 은밀하게 투여되었을 수도 있다. 누가 장담할 수 있을까? 정신과 의사들은 관객들이 약물에 중독된 게 아니라면 최면에 걸려 예술가의 상상에 이끌렸을 거라고 추론했다. 물론 나이트비치는 최면을 연구하지도 않았고, 면허를 받은 의사도 아니라고 못 박았다. 그리고 만약 관객들이 최면에 걸렸다면 그것은 고의적인 사건이 아니라 예술 자체의 매혹적인 본질을 보여 주는 증거라고 말했다.

젠은 공식 성명을 통해 "이 공연의 중독성 있는 효과는 나이트비치의 예술성을 강조할 뿐이다."라고 언론에 공표하며 공연 효과를 의심하고 폄훼하는 자들, "진짜 예술"이나 "진정성 있는 예술"이 아니라 "흔해 빠진 여흥"으로 우매한 대중을 자극하고 열광시키는 "마약쟁이 좌파의 허튼소리"에 불과하다고 비판하는 자들에게 반박했다. "이 공연의 마지막에 경험한 효과는 20년 넘게 갈고 닦은 엄격한 예술적 실천의 극치를 보여 준다. 이따금 관객들이 나이트비치 공연에서 겪는 극단적인 경험은 예술가의 높은 작업 수준과 예술의 변형 능력을 여실히 보여 줄 뿐이다."

그리고 공연을 "필요 이상으로 잔인한" 그리고 "최악의 공연 예술", "인간성의 가장 기본 요소를 불러내 모두가 볼 수 있도록 드러내는 건 혐오스러운 짓"이라며 혹평하는 이들에게 나이트비치는 직접 이 작품을 통해 엄마가 된다는 것의 잔혹성, 즉 아이의 첫 번째 행동은 자신을 만든 여성을 향한 폭력임을 강조하고 싶었다고 설명했다. 그러면서도 엄마는 이 세상에 알려진 가장 강력한 사랑으로 자식을 아낀다고 덧붙였다.

이 일은 우리한테서 왔어요. 나이트비치는 인터뷰에서 이렇게 말하곤 했다. 아이가 우리 몸을 빠져나오잖아요. 그야말로 생살을 둘로 찢어 버리죠. 엄청난 고통과 피와 똥과 오줌을 휩쓸면서요. 아이가 이런 식으로 세상 밖으로 나오지 못하면, 칼로 우리 배를 잘라 내요. 아이가 떨어져 나가고 장기까지 제거되고 나면, 우리는 다시 안에서 꿰매져요. 죽음 그 자체와는 별개로 출산은 아마 인간이 겪는 가장 폭력적인 경험일 겁니다. 그래서 이 공연은 모성의 잔혹함과 힘과 어둠을 강조하기 위한 것이에요. 왜냐하면 현대의 모성은 중성화되고 살균되었으니까요. 우리의 기반은 동물입니다. 우리가 동물적 본성이나 인간으로의 존엄성을 부정하는 건 존재에 반하는 범죄죠. 여성성과 모성은 인간 사회에서 가장 강력한 힘일 거예요. 그래서 남자들은 이 힘을 서둘러 진압해 왔죠. 두려우니까요.

나이트비치의 가장 열렬한 팬들은 '밤에 어디 가세요?'라는 문구가 달린 핀을 꽂고 다녔다. 그 핀에는 입을 벌린 채 금방이라도 공격할 듯한 맹렬한 개 이미지가 달려 있었다. 핀과 다른 상품들은 젠의 솜씨였다. 젠은 홍보 천재임을 스스로 증명하듯, 세간의 이목을 끈 토끼들과 특이한 무대장치, 신비로운 소셜 미디어 광고 공세 등으로 가장 눈부신 판촉물을 만들어 냈다. 그러면서 능숙하게 꾸며 내고 절묘하게 실행된 "미스터리"로 전문가로서 최고의 성공을 거두었다. 한때 절판된 『신비한 여인들에 대한 현장 안내서』의 판매량도 치솟았지만 그 누구도, 절대 아무도 완다 화이트를 추적할 수 없었다. 기자들이 조사한 바에 따르면 새크라멘토 대학교는 더 이상 운영되지 않는 단명한 기관이었고, 화이트라는 인물은 사라진 학교의 온라인 프로필로만 존재했다.

공연을 관람한 몇몇 관객에게는 공포에 떨지도, 도망치지도 않는 가장 유연하고 침착한 기질, 이른바 엔지니어의 평정심이 있었다. 이 사람들은 공연의 마지막 장면, 나이트비치가 작은 꼬마, 즉 무대에 같이 선 자기 아들에게 축 늘어진 토끼를 건네 냄새를 맡고 어루만지게 하는 모습을 목격했다. 커튼이 닫히는 동안, 소수의 용감한 관객이 본 장면은 바로 이것이다. 야생의 여인과 손에 여전히 따뜻한 토끼의 사체를 들고 있는 그녀의 자식. 그들은 아이를 그런 공연에 노출하는 건 아동학대라는 일부의 항의에도, 이 두 사람이 전에 본 적이 없는 아름다움을 내뿜었다고 얘기할 것이다.

아니, 그 공연을 본 사람들은 이렇게 주장할 것이다.

삶이 아무 설명 없는 신비와 은유를 통해 펼쳐진다는 것을 이제야 알게 된 한 여인이 자신의 완벽한 아들을, 자신의 가장 강력한 마법으로 만들어 낸 사람을, 눈부신 스포트라이트 아래서 바라보고 있다. 마치 그 아이가 기적이 아닌 것처럼, 세상에서 가장 불가능한 존재가 아닌 것처럼.

〈끝〉

## 감사의 말

제 에이전트인 모니카 우즈의 확고한 지도, 마고 시크맨터의 훌륭한 편집에 감사 인사를 전합니다. 이 책에 많은 정성과 노력을 기울여 주신 더블데이 출판사의 트리샤 케이브, 로런 웨버, 로레인 하일랜드, 빅토리아 피어슨, 마리아 카렐라, 에밀리 메이혼 등 팀원 여러분께도 감사드립니다. 특히 세라 슈레이더, 케리 하울리, 니나 로먼, 알리샤 제델로, 제니 콜빌, 헬렌 루빈스타인, 세라 바이렌, 아리엘 르위튼, 크리스틴 라트케, 자이나 아라파트, 로런 할드먼, 잉그리드 요더 등 똑똑하고 관대한 제 친구들과 독자들에게도 감사의 마음을 전합니다. 재정적, 전문적 지원을 아끼지 않은 아이오와 예술위

원회에 감사드립니다. 이 책의 초안이 된 여름날의 1000단어를 제공해 주신 제이미 어텐버그에게도 고맙다는 말을 전합니다. 이 책에 예술적 천재성과 영감을 준 리 러닝에게도 감사합니다. 제가 작가가 될 수 있도록 조언해 주신 멜라니 비숍에게 감사의 말을 전합니다. 수십 년 동안 동지애와 협업을 보여 준 마크 폴란자크에게 감사합니다. 오랜 시간 동안 아이를 돌봐 준 폴라와 톰 미셸에게 감사합니다. 저만의 길을 가도록 격려해 준 린다와 웨인 요더에게도 감사합니다. 제 인생 최악의 날에도 열렬한 팬이 되어 준 세스에게 감사합니다. 그리고 저를 변화시킨, 오직 하나뿐인 코코에게도 감사합니다. 사랑합니다.

**옮긴이 | 고유경**

영국 카디프대학교 저널리즘스쿨에서 언론학 석사 학위를 받았다. 오롯이 나에게 물들 수 있는 '몰입의 즐거움'을 찾아 번역가의 길을 걷게 되었고, 입시 학원에서 수학을 가르치며 바른번역 소속 번역가로 활동하고 있다. 옮긴 책으로는 『주디스 헌의 외로운 열정』, 『그리고 여자들은 침묵하지 않았다』, 『너는 여기에 없었다』, 『웰컴 투 셰어하우스』, 『다이아몬드가 아니면 죽음을』 등이 있다.

# 나이트비치

1판 1쇄 찍음  2024년 3월 29일
1판 1쇄 펴냄  2024년 4월 5일

**지은이 |** 레이철 요더
**옮긴이 |** 고유경
**발행인 |** 박근섭
**편집인 |** 김준혁
**책임편집 |** 장은진
**펴낸곳 |** 황금가지

**출판등록 |** 2009. 10. 8 (제2009-000273호)
**주소 |** 06027 서울 강남구 도산대로 1길 62 강남출판문화센터 5층
**전화 | 영업부** 515-2000 **편집부** 3446-8774 **팩시밀리** 515-2007
**홈페이지 |** www.goldenbough.co.kr

도서 파본 등의 이유로 반송이 필요할 경우에는 구매처에서 교환하시고
출판사 교환이 필요할 경우에는 아래 주소로 반송 사유를 적어 도서와 함께 보내주세요.
06027 서울 강남구 도산대로 1길 62 강남출판문화센터 6층 민음인 마케팅부

©황금가지, 2024. Printed in Seoul, Korea
ISBN 979-11-7052-382-6  03840

㈜민음인은 민음사 출판 그룹의 자회사입니다.
황금가지는 ㈜민음인의 픽션 전문 출간 브랜드입니다.